Über den Autor:
Chang Kuo-Li, ehemals Chefredakteur der *China Times Weekly*, hat zahlreiche Preise für sein Schreiben gewonnen. Als Linguist, Historiker, Militärexperte, Sportfan, Food-Kritiker sowie Dichter, Dramatiker und Romanautor glänzt er durch Vielseitigkeit. Er hat über die Jahre ein Dutzend Bücher veröffentlicht, darunter *Italy in One Bite*, *Birdwatchers* und *The Jobless Detective*.

CHANG KUO-LI

DER GRILLENDE KILLER

THRILLER

Übersetzt nach der englischsprachigen
Ausgabe von Alice Jakubeit

Die Originalausgabe erschien 2019 unter dem Titel *Chao fan ju ji shou*
(*The Stir-Fry Sniper*) bei Marco Polo Press, a division of
Cite Publishing Ltd., Taipeh.

Besuchen Sie uns im Internet:
www.droemer.de

Aus Verantwortung für die Umwelt hat sich die Verlagsgruppe
Droemer Knaur zu einer nachhaltigen Buchproduktion verpflichtet. Der
bewusste Umgang mit unseren Ressourcen, der Schutz unseres Klimas
und der Natur gehören zu unseren obersten Unternehmenszielen.
Gemeinsam mit unseren Partnern und Lieferanten setzen wir
uns für eine klimaneutrale Buchproduktion ein, die den Erwerb von
Klimazertifikaten zur Kompensation des CO_2-Ausstoßes einschließt.
Weitere Informationen finden Sie unter: www.klimaneutralerverlag.de

Deutsche Erstausgabe März 2022
Droemer HC
© 2019 by Chang Kuo-Li
German translation rights arranged in agreement
with Marco Polo Press acting in conjunction with the
Grayhawk Agency through Liepman AG Literary Agency.
© 2021 der englischsprachigen Übersetzung: Roddy Flagg
© 2022 der deutschsprachigen Ausgabe Droemer Verlag
Ein Imprint der Verlagsgruppe
Droemer Knaur GmbH & Co. KG, München
Alle Rechte vorbehalten. Das Werk darf – auch teilweise – nur
mit Genehmigung des Verlags wiedergegeben werden.
Redaktion: Kerstin Kubitz
Covergestaltung: Zero Media
Satz: Adobe InDesign im Verlag
Druck und Bindung: C.H. Beck, Nördlingen
Printed in Germany
ISBN 978-3-426-28389-9

Mit Dank an Hou Er-ge, den schelmischen alten Mann am Meer: für die Inspiration und die Expertise

HANDELNDE PERSONEN

DIE SCHARFSCHÜTZEN:

Alexander (Alex) Li: so versiert mit dem Wok wie mit der Waffe
Chen Li-chih, genannt »Fat«: Freund von Alex während der Scharfschützenausbildung

DIE OPFER:

Kuo Wei-chung: Spezialist für U-Boot-Abwehr
Chiu Ching-chih: Oberst bei der Beschaffungsstelle des Heeres
Chou Hsieh-he: Militärberater der Regierung; Universitätsprofessor

DIE ERMITTLER:

Wu: Kommissar kurz vor der Pensionierung
Eierkopf: Wus Chef, Dezernatsleiter
Yang: Rechtsmediziner

UND AUSSERDEM:

Huang Hua-sheng, genannt »Eisenschädel«: Oberst, Scharfschützenausbilder
Luo Fen-ying, genannt »Baby Doll«: kennt Alex seit der Scharfschützenausbildung; arbeitet jetzt im Verteidigungsministerium
Paulie, Zar, Krawatte: Kameraden von Alex bei der Fremdenlegion

Hsiung Ping-cheng: Kapitän zur See, arbeitet im Verteidigungsministerium
Shen Kuan-chih alias Peter Shan: Waffenhändler, früher Stabsfeldwebel
Julie: Inhaberin eines Cafés
Julies Vater und seine drei Freunde, die Gangsterbosse Stich, Lucky und Kong
»Großvater«: steht der sog. Bande der *Familie* vor
Frau Kuo: die Witwe von Kuo Wei-chung
Wus Vater: der Kochwütige

ERSTER TEIL

»Es gibt drei Arten von Scharfschützen. Gefechtsscharfschützen arbeiten innerhalb eines Zugs oder einer Kompanie, um während eines Gefechts für Angst und Verwirrung zu sorgen, indem sie einzelne Soldaten, Offiziere und Fahrzeuge ausschalten. Taktische Scharfschützen werden militärischen Einheiten auf Brigade- oder Divisionsebene zugeordnet und eliminieren feindliche Scharfschützen, hohe Offiziere und andere wertvolle Ziele. Und dann ...«
Er hielt kurz inne, und der Stummel seiner Zigarre zischte, als er ihn in eine Kaffeetasse fallen ließ, ehe er ihm die Finger versengen konnte.
»Und dann sind da die Scharfschützen, die nur selten einen Schuss abgeben. Scharfschützen, die hinter den feindlichen Linien eingebettet sind und auf den Befehl warten, ein bestimmtes Ziel zu liquidieren. Die nenne ich strategische Scharfschützen ...«

KAPITEL EINS

ROM, ITALIEN

5:12 Uhr, La Spezia, Italien. Er stieg in den Zug und machte, eingelullt vom Schaukeln des Waggons, ein Nickerchen, die Kapuze tief ins Gesicht gezogen.

6:22 Uhr, Pisa Centrale. Er würde nicht den Shuttlebus zur Piazza dei Miracoli nehmen. Würde sich nicht den Schiefen Turm ansehen und sich vorstellen, wie Galilei Kugeln herabfallen ließ, um sein Fallgesetz aufzustellen. Nicht seine Kreativität demonstrieren, indem er sich selbst dabei fotografierte, wie er den Turm stützte.

Ehe er ausstieg, ging er auf die Zugtoilette, stopfte sein leuchtend gelbes Kapuzensweatshirt in den Mülleimer und ersetzte es durch ein rotes Trainingsanzugoberteil. Dann wechselte er den Bahnsteig und bestieg den Zug um 6:29 Uhr nach Florenz. Er suchte sich einen Platz und schlief erneut ein.

Die ganz frühen Züge sind nur selten verspätet. Um 7:29 Uhr traf er in Firenze Santa Maria Novella ein. Unterwegs hatte der Zug sich gefüllt. Die meisten Ankömmlinge wandten sich beim Verlassen des Bahnhofs nach Südosten und steuerten die Kuppel an, die Brunelleschi für die Kathedrale Santa Maria del Fiore entworfen hatte. Dort würden sie die vierhunderteinundsechzig schmalen Stufen hinaufkeuchen und -schnaufen, um stolz auf die windgepeitschte alte Stadt unter ihnen hinabzublicken.

Sein Plan war, erneut den Bahnsteig zu wechseln und den Zug um 8:08 Uhr nach Rom zu nehmen. Er änderte den Plan, ging auf die Bahnhofstoilette und zog einen kurzen schwarzen Mantel an. Schon wollte er das Trainingsanzugoberteil in einem Zwischenraum über der Toilette verstecken, da fiel ihm der alte Mann ein, den er draußen in einer Ecke neben dem Eingang zum WC gesehen hatte, zusammengerollt, das Gesicht in den Armen vergraben. Behutsam drapierte er die rote Jacke um die Schultern des Mannes.

Dann ging er zum Busbahnhof. Dort fuhr um 8:02 Uhr ein Bus nach Perugia. Er hielt in sämtlichen kleinen Städten, doch es blieb noch jede Menge Zeit. Ein Fehler jedoch: Er hätte das Kapuzensweatshirt behalten sollen. Der Mantel war zu förmlich für einen Touristen. Nichts mehr zu machen. Er holte einen Rucksack aus seinem Koffer und verstaute Letzteren dann hinter einem Zeitungskiosk.

Der Bus fuhr pünktlich ab. Bei einem Halt in Arezzo kaufte er sich einen Kaffee und ein Schokocroissant. Die Italiener liebten ihre Süßigkeiten. Sie waren wie Ameisen.

10:54 Uhr, Perugia. Er eilte zum Bahnhof, um den Zug um 11:05 Uhr nach Rom zu erreichen; keine Zeit, um in Erinnerungen an das hiesige geschmorte Kaninchen zu schwelgen. Kein Kleiderwechsel diesmal, nur eine Ergänzung, eine Yankees-Kappe. Drei weitere Stunden, um Schlaf nachzuholen.

Im Zug war es ruhig: vier Backpacker mit schottischem Akzent; drei Geschäftsreisende, die es kaum erwarten konnten, an ihre Laptops zu kommen; eine allein reisende Frau aus Taiwan, vielleicht auch Hongkong. Er wählte einen Sitz am Ende des Waggons und schlief ein. Das lag nicht nur daran, dass er in der Nacht zuvor nicht geschlafen hatte. Er wusste einfach nicht, wann er das nächste Mal Gelegenheit zum Schlafen haben würde.

Um 14:01 Uhr fuhr der Zug in Roma Termini ein, fünf Minuten verspätet. Er stieg aus und fand sich in einer quirligen Menschenmenge. Beim Verlassen des Bahnhofs wandte er sich nach Süden, fort von den Massen, die zur Piazza della Repubblica strebten, und steuerte auf eine Reihe Schließfächer neben einem Kaffeestand zu. Mit einem Schlüssel öffnete er eines der Fächer. Gut: wie erwartet zwei zugeklebte Plastiktüten. Er nahm sie an sich und ging gegenüber in eine Gasse, wo er einen algerischen Laden betrat. In einer dunkelbraunen Safarijacke mit Lederflicken an den Ellbogen und mit einem Rollkoffer im Schlepptau kam er wieder heraus.

Die Gassen in der Umgebung des Bahnhofs waren von Flüchtlingen und Immigranten bevölkert. Er schlug eine Adresse nach und kam bald zu einem hohen Gebäude, das der Smog mit einer gelbgrauen Schmutzschicht überzogen hatte. Mit dem Aufzug fuhr er in den vierten Stock. Die Glastür öffnete sich mit einem Summen.

Das Gebäude beherbergte drei Hotels: das Hotel Hong Kong, das Hotel Shanghai und im vierten Stock das Hotel Tokyo. Der mittelalte Mann mit dem Bierbauch im Hotel Tokyo stellte keine Fragen, sondern händigte ihm im Austausch für dreißig Euro einen Schlüssel aus.

Das Zimmer war schlicht. Ein Bett, ein Stuhl und ein so kleiner Fernseher, dass man sich die Nase am Bildschirm platt drücken musste, um etwas zu erkennen. Das Telefon – so alt, dass es vielleicht schon Vintage war – klingelte um exakt 14:40 Uhr. Er meldete sich.

Eine Frauenstimme, was ihn aus der Fassung brachte. War sie das? »Hotel Relais Fontana di Trevi«, sagte sie.

»Wo ist Eisenschädel?«

Seine Gesprächspartnerin senkte die Stimme und verriet keinerlei Gefühle. »Das Zimmer ist reserviert. Zweiter Pass.«

Ehe er nachhaken konnte, war die Leitung tot.

Er öffnete seinen neuen Koffer, in dem sich eine lange Reisetasche und weitere Kleidung befanden, zog die Safarijacke und die Jeans aus, warf sie in den Koffer und schob ihn unters Bett, zog eine schwarze Hose und eine schwarze Jacke an, setzte eine schwarze Wollmütze und Kopfhörer auf. Mit der Reisetasche über der Schulter verließ er das Zimmer.

An der Rezeption war niemand; der Mann mit dem Bierbauch sah nun im Hinterzimmer Fußball. Er verließ das Hotel und ging über die vollgestellte Treppe nach unten.

Wieder auf der Straße, zog er ein Allzweckwerkzeug aus dem Ärmel und knackte das Schloss an einem der zahlreichen Fahrräder, die am Geländer angeschlossen waren. Er schob das Rad einige Schritte weiter und schwang sich auf den Sattel.

Durch abgelegene Gassen fuhr er nach Westen bis zur Metrostation Barberini, wo er das Fahrrad stehen ließ und sich in Trab setzte, um sich einer Gruppe Japaner anzuschließen, die einem Fähnchen folgten. An der Fontana di Trevi löste er sich von den silberhaarigen Touristen und schlängelte sich durch die geschäftige Menge zu einem Hotel an der Südseite des Platzes.

Dort reichte er dem breit lächelnden Angestellten einen Pass, den dieser betrachtete und ihm mit einer Schlüsselkarte zurückgab. »Nur eine Nacht?«

Er lächelte und nickte.

»Aus Korea? Meine Freundin spricht ein bisschen Koreanisch.«

Er lächelte und nickte erneut. Der Mann im Hotel Tokyo hatte einen unscheinbaren Asiaten gesehen. Dieser Angestellte sah einen schüchternen Koreaner mit schlechten Englischkenntnissen.

Seelenruhig ging er zum Aufzug und gelangte unbehelligt in Zimmer 313. Einhundertfünfzig Euro für ein einfaches Zimmer mit einem Fenster, das den Lärm der Menschenmassen draußen nicht abschirmte.

Er riss die erste der beiden Plastiktüten aus dem Gepäckschließfach auf, und ein großer brauner Umschlag fiel heraus, der zwei Fotos enthielt: das eine eine Halbprofilaufnahme eines Asiaten in mittlerem Alter; das andere offenbar ein Tisch auf einer Caféterrasse, mit einem X markiert. In der zweiten Tüte ein ganz und gar nicht smartes Mobiltelefon, ein silbernes Candybar-Nokia 7610. Er steckte es in die Tasche.

Der Adidas-Reisetasche entnahm er ein Zielfernrohr, das in eine schützende Schicht Unterwäsche gebettet war. Er wickelte es aus und beobachtete durchs Fenster die Fontana di Trevi und den Platz davor. Trotz der jahreszeitlichen Kälte waren noch immer zu viele Menschen hier, undeutliche Gestalten, die kreuz und quer durch sein Blickfeld liefen. Hatten sie unbedingt das beliebteste Touristenziel der Welt für diesen Auftrag auswählen müssen? Jeden Tag wurden Münzen im Wert von dreitausend Euro in den Brunnen in der Mitte des Platzes geworfen, wurden zehntausend Fotos vom Meeresgott Oceanus mit grinsenden Touristen gepostet.

Er zog einen Rollkragenpullover an, setzte seine Sonnenbrille wieder auf und hängte sich eine Kamera um den Hals. Wie Eisenschädel gesagt hatte: Wenn du die Umgebung nicht ändern kannst, werde ein Teil davon.

Unten auf dem Platz verschmolz er mit den Touristenströmen, stöberte in einigen Souvenirläden und nahm dann in einem Café Platz. In den Macchiato, den er dort bestellte, gab er wie die Italiener zwei kleine Löffel Zucker und biss – natürlich – in einen sizilianischen Cannolo.

Er blätterte in dem Donato-Carrisi-Roman, den er bei

sich trug, und betrachtete das Foto, das im Buch lag. Der runde Tisch gleich vor dem Fenster war der mit X gekennzeichnete. Vom Hotelzimmer aus würde er gute Sicht auf den Tisch haben, die Entfernung betrug etwa hundertfünfundzwanzig Meter. Die Gebäude, die den Platz umgaben, würden den Wind größtenteils abschirmen, und nichts wäre im Weg. Außer Menschen.

Doch es gibt eine Lösung für jedes Problem. Im Durchschnitt dauert es vier Sekunden, bis jemand auf einen Schreck reagiert. Sagen wir sicherheitshalber drei Sekunden. Das bedeutete, ihm blieben drei Sekunden, nachdem er sich um einen etwaigen Passanten in der Schusslinie gekümmert hatte. Drei Sekunden, um seinen zweiten Schuss abzugeben, von dem Augenblick an, in dem besagter Passant zu Boden ging.

Das würde eine Kugel mehr bedeuten, aber das war kein Grund zur Sorge. Mit seinem Telefon schoss er ein Foto vom Brunnen, darauf bedacht, den Kellnern nicht prägnanter in Erinnerung zu bleiben denn als monochrome Mischung aus sämtlichen asiatischen Gesichtern, die sie täglich sahen.

Das Problem bei Cannoli sind die Krümel. Krümel, die Fettflecken auf den Seiten seines Romans hinterließen. Er hatte gerade vom Tod des Waisenjungen Billy gelesen, des Kindes, das einmal seelenruhig die Stricke, an denen die Leichen seiner Eltern baumelten, durchgeschnitten hatte, der fröhlichste von den sechzehn Schützlingen des Waisenhauses. Ein Junge mit einem unverwüstlichen Lächeln auf den Lippen. Dem Totenschein zufolge war Billy an Meningitis gestorben. Doch als die Polizei zwanzig Jahre später seine Leiche exhumierte, stellte man fest, dass jeder Knochen in Billys Leib gebrochen war. Er war totgeprügelt worden.

Hatte Billy auch noch gelächelt, als er starb? Widerstrebend steckte er den Roman ein. Auf der Rückreise würde er vielleicht Zeit haben, ihn zu Ende zu lesen. Er musste wissen, wer Billy getötet hatte. Die Frage beschäftigte ihn; sie steckte wie ein Schleimpfropf in seiner Kehle fest.

Und bis dahin keine Cannoli mehr.

KAPITEL ZWEI

TAIPEH, TAIWAN

Wu legte seine Essstäbchen ab und beglich die Rechnung. Er mochte noch nicht ins Büro zurückkehren, winkte ein Taxi heran und nahm die Autobahn durch Shenkeng zum Bahnhof Shiding, wo Chen Li-chang warten wollte.

Chen musste um die siebzig sein, und ihm fehlten mehrere Zähne. Am Ende seiner zehnminütigen Erklärung war Wu mit Speicheltröpfchen übersät. Wenn Wu ihn richtig verstanden hatte, wurde der Dorfbewohner Wang Lu-sheng vermisst. Jedes Mal, wenn Chen ihn besuchen wollte, sagten Wangs zwei Söhne, er sei im Krankenhaus. In welchem Krankenhaus? Familienangelegenheit, sagten sie, das brauche er nicht zu wissen. Daher hatte der alte Herr Chen im Veterans General Hospital und im Tri-Service General Hospital nachgefragt. Keine Spur von Wang Lu-sheng. Besorgt hatte Chen eine Vermisstenanzeige aufgegeben.

Vielleicht hatte Herr Wang das Gedächtnis verloren und fand nicht mehr nach Hause. Oder war von einem Auto angefahren worden und lag jetzt in irgendeiner namenlosen Gasse. Tja, keiner seiner Söhne wollte ihn als vermisst melden. Das blieb an Herrn Chen hängen.

Dann sehen wir uns das einmal an. Wu forderte bei der Zentrale einen Wagen an. Der kam mit einer Besatzung von zwei Grünschnäbeln frisch von der Polizeischule – ihre Abzeichen mit dem einen Streifen und den drei Sternen verrieten sie. Also ab nach Wutuku. Von der Provinzstraße bogen sie auf eine Landstraße, dann auf eine Dorfstraße und schließlich auf eine Zufahrt ab, die ihrerseits nach wenigen Kilometern im Sande verlief.

An einem Hang stand eine Blechhütte von zweifelhafter Legalität, ein Anbau an ein älteres Ziegelgebäude, das wie eine unterfinanzierte historische Ruine inmitten seiner herabgefallenen Ziegel und Fliesen stand. In geborstenen Mauerecken wuchsen junge Bäume langsam auf das Dach zu, das sie irgendwann durchstoßen würden. Keine Chance, Wind und Wasser draußen zu halten, außer vielleicht, man stellte drinnen ein Zelt auf. Es sah aus, als wären die Eigentümer zu dem Schluss gekommen, dass eine Instandsetzung zu teuer wäre, und hätten lieber an einer der Mauern besagte Blechhütte errichtet, wobei sie sich zugleich ein Stückchen vom umliegenden staatlichen Waldgebiet angeeignet hatten.

Der Wagen hielt am Ende des schlammigen Wegs, und drei schwarze Hunde stürmten bellend heran. Seine beiden Begleiter wirkten verunsichert, also stieg Wu aus und warf die Überreste eines Take-away-Essens, das irgendjemand auf dem Rücksitz hatte liegen lassen, in Richtung eines Hundenapfs an der Mauer. Nachdem die Hunde gefressen hatten, legten sie sich friedlich hin.

»Sind seine Söhne hier?«

»Vor zwei Tagen waren sie hier«, erwiderte Herr Chen besorgt.

»Wie heißen sie?«

»Der Ältere wird Taugenichts genannt, der Jüngere Hohlkopf.«

Wu nickte, ging zur Tür der Blechhütte und schnupperte. Penetranter Klebstoffgeruch. Er löste die Verriegelung an seinem Holster, streifte sich den Nieselregen vom grauen Flattop, krempelte die Ärmel seiner Jacke hoch und trat die Tür ein.

»Taugenichts! Hohlkopf! Kommt raus, ihr Arschlöcher!«

Drinnen klapperte etwas, doch niemand antwortete. Wu ging hinein und kam gleich darauf wieder heraus, an jeder Hand einen hageren Mann um die fünfzig. Er stieß die beiden gegen die Motorhaube des Wagens.

»Legt ihnen Handschellen an. Dadrin sind Drogen. Seht euch nach Paps um.«

Das Gelände grenzte an einen Steilhang und war ansonsten von Wald umgeben. Der nächste Nachbar lebte am Fuß des Hügels.

Sie fanden keine Spur des alten Mannes. Aber auf den Plastiktüten und Nadeln in der Hütte Spuren von Heroin. Kategorie A, bis zu drei Jahre, doch wegen ihrer Vorstrafen und der zwei abgebrochenen Entzüge würde es mehr geben. Auf einem Tisch stand außerdem ein großer Behälter mit Klebstoff, zu zwei Dritteln leer, daneben lagen haufenweise vergilbende Plastiktüten. Kein Geld für Heroin, da hatten sie sich auf Klebstoff verlegt. Junkie-Schicksal.

Aber scheiß auf die Drogen. Wo war der Vater?

Großer Bruder Taugenichts wirkte verwirrt, die Schmutzränder um die Augen gut gereift. Sabbernd hockte er neben dem Auto. Der Jüngere, Hohlkopf, konnte immerhin stehen; ein Fuß war nackt und schlammverkrustet, der andere steckte – ebenso schlammverkrustet – in einer billigen Plastiksandale.

»Hier kannst du dich nicht rauswinden, indem du in den Entzug gehst, Hohlkopf. Diesmal geht es in den Knast, und du wirst sechzig sein, wenn du wieder rauskommst. Also sag mir, wo ist euer Vater?«

Hohlkopf starrte auf den Schlamm an seinen Füßen.

»Euer Vater«, fuhr Wu fort und konsultierte die Notizen in seinem Telefon. »Wang Lu-sheng, siebenundachtzig, Unteroffizier des Heeres a. D. Klingelt da was?«

Immer noch keine Antwort.

»Zum letzten Mal.« Wus Blick war finster, seine Stimme dröhnte jetzt. »Wo habt ihr zwei Mistkerle euren Vater vergraben?«

Er packte Hohlkopf am Kragen. »Wie lange ist er schon tot? Seit wie vielen Jahren streicht ihr seine Pension ein?«

Dies erschien Wu nach allem, was Herr Chen berichtet hatte, am wahrscheinlichsten. Und es wäre gar nicht so ungewöhnlich. Die beiden Männer hatten schon als Jugendliche Drogen genommen und gestohlen – keine schweren Verbrechen, aber sämtliche Kleindelikte. Keiner von beiden hatte jemals eine richtige Arbeit gehabt, und die gesamte Familie hing von Wang Lu-shengs staatlicher Rente und seiner Soldatenpension ab. Doch es hatte ihn seit Jahren niemand mehr gesehen. Wu vermutete, dass er tot war und seine Söhne ihn still und heimlich vergraben hatten, damit das Geld weiter floss.

Von der Zentrale der Kriminalpolizei Criminal Investigation Bureau (CIB) und der Außenstelle in Xindian traf Verstärkung ein.

Wu bearbeitete die beiden Junkies noch eine Weile, dann stieß er den schluchzenden und schniefenden Hohlkopf vor sich her in den Wald. »Er hat sich euer ganzes Leben lang um euch zwei Versager gekümmert, und jetzt, wo er tot ist, gibt es nur ein flaches Grab im Wald? Schämt ihr euch nicht? Tiere tun mehr für ihre Toten. Wo ist er?«

Hohlkopf brach im Schlamm zusammen. Sein Bruder führte sie, von beiden Seiten gestützt, tiefer zwischen die Bäume und deutete auf einen Steinhaufen auf einer Lichtung. »Wir ... wir ... wir sind zum Totenfest immer hergekommen und haben das Grab in Ordnung gebracht.« Das Gejaule eines trauernden Sohnes.

»Ach, scheiß auf euch.« Das Knurren eines zornigen

Cops. Wu konnte sich nicht mehr beherrschen und verpasste dem Mann einen Haken, der ihn zu seinem jüngeren Bruder in den Schlamm schickte.

Alle setzten Masken auf. Schon nach kurzem Graben stießen sie auf die Überreste einer menschlichen Leiche. Es war eine regenreiche Gegend, und die Leiche war direkt in die Erde gelegt worden, ohne Sarg oder auch nur eine Matte. Wangs Lohn dafür, dass er sich so lange um seine pflichtvergessenen Söhne gekümmert hatte.

Er war vier oder fünf Jahre zuvor an einer Krankheit gestorben – wobei seine Söhne sich beide nicht mehr erinnern konnten, wann genau. Sie waren sich nicht einmal sicher, woran er gestorben war. Eines Tages war Hohlkopf nach Hause gekommen und hatte seinen Vater reglos im Bett gefunden. Wie lange hatte er da auf dieser speckigen Matratze gelegen? Auch das wussten sie nicht. Taugenichts behauptete, er habe in Yilan auf dem Bau gearbeitet, und Hohlkopf wollte auf den Fischerbooten gewesen sein. Sie waren monatelang nicht hier gewesen.

Ihr Vater war einsam in einer Hütte auf einem entlegenen Hügel gestorben. Hohlkopf rief weder Polizei noch Krankenwagen. Zwei Wochen lang schlief er mit der Leiche in einem Raum und wartete auf Taugenichts' Heimkehr. Gemeinsam beschlossen sie, die Leiche verschwinden zu lassen und mit dem Siegel und dem Sparbuch ihres Vaters weiter seine Pension abzuheben.

Wenn Herr Chen sich nicht für den Mann interessiert hätte, hätte Wang Lu-sheng auf dem Papier hundert Jahre alt werden können. Unsterblich sogar, dachte Wu.

Er beobachtete, wie der Staatsanwalt mit zugehaltener Nase aus dem Wald floh und davonfuhr, nachdem er Haftbefehle für die beiden Männer unterzeichnet hatte. Das CIB-Team weigerte sich, die zwei mitzunehmen, weil sie

Angst hatten, die ungewaschenen Kerle könnten ihnen den Wagen vollstänkern. Dann war jemand aus Xindian so schlau, einen Schlauch zu suchen, und so bekamen die beiden eine Dusche verabreicht. Zwei Straftäter bei diesem Wetter mit eisigem Wasser abzuspritzen ... War das Folter? Ein Verstoß gegen die Menschenrechte? Möglich. Ging Wu aber nichts an.

Er lief noch einige Male um und durch die Hütte. Draußen verrostete eine Gasflasche. Der Strom war abgestellt. Ein als Schrank dienender Kühlschrank war leer. Wu fand keine Spur von etwas Essbarem, abgesehen von einer leeren Instantnudelverpackung, in der es von Kakerlaken wimmelte. Wie kam es, dass sie nicht verhungert waren? Er fand einen Stapel Stromrechnungen. Die beiden hatten vor fünfzehn Monaten aufgehört zu bezahlen, und seit einem halben Jahr war der Strom abgestellt.

Da stand ein altes Fass, das sie zum Kochen benutzt hatten; über der Asche hing ein Topf. Am Topfboden waren Überreste dessen, was sie zuletzt zubereitet hatten, überzogen von einer grünen Schimmelschicht. Die beiden waren am Ende, ausgezehrt von ihrer Schnüffelsucht. Da konnte man kaum erwarten, dass sie noch auf eine gesunde Ernährung achteten.

Wu erkundete den Wald und folgte dabei einem schmalen Pfad, der so überwuchert war, dass er die Nase ins Gras stecken musste, um ihn zu erkennen. Ein widerlicher Gestank machte ihn auf eine weitere, kleinere Hütte aufmerksam, die aus drei Eisenblechen und einer klapprigen Tür konstruiert war. Dem Aussehen nach eine Toilette. Es bestand keine Notwendigkeit, die Tür zu öffnen. Zwei Füße – weiblich, noch in Sandalen – schauten darunter hervor.

Er hatte hier kein Signal, daher ging er zurück zu den Autos und brüllte einem der Jungs aus Xindian zu: »Hier drüben! Da ist eine Frauenleiche!«

Mit einem der in die Wagen eingebauten Computer machten sie eine Datenbankabfrage. Hohlkopf war zweimal geschieden, beide Male von derselben Frau, einer Reinigungskraft in einem Thermalkurort. Anscheinend waren sie ein letztes Mal wieder zusammengekommen.

Noch bevor der Wagen des CIB auch nur den Hügel verlassen hatte, wurde er zum Tatort zurückbeordert.

Die Frau war totgeprügelt worden; die Hämatome waren inmitten der Verwesung noch zu erkennen. Ganz in der Nähe fanden sie einen Baseballschläger aus Aluminium im Gras, ramponiert und blutig. Im Blut waren deutliche Hand- und Fingerabdrücke zu erkennen. Wu konnte Hohlkopfs Gestank daran förmlich riechen.

Ein paar Telefonate förderten zutage, dass Hohlkopf und seine ehemalige Frau einen Sohn hatten, der zurzeit wegen Telekommunikationsbetrugs eine zehnjährige Haftstrafe in einem Gefängnis in Guangdong absaß. Wenigstens gingen Kost und Logis für ihn zulasten der Steuerzahler auf dem Festland.

Wang Lu-sheng hatte sich der nationalistischen Armee in Shandong angeschlossen, noch ehe er ganz erwachsen gewesen war. Man hatte ihn überall eingesetzt, zuerst gegen die Japaner, dann gegen die Kommunisten. Er war beim Artillerie-Bombardement auf Kinmen gewesen und hatte für seine Tapferkeit Orden erhalten. Schließlich hatte ihn sein Weg zurück auf die Hauptinsel geführt, und er hatte sich dort niedergelassen, nur damit die drei Generationen seiner Familie ein so schändliches Ende nahmen.

Wu schnappte sich den Schlauch und richtete ihn erneut auf Hohlkopf. Der Mann hüpfte nackt im Schlamm von einem Fuß auf den anderen und bedeckte mit den Händen seine Genitalien. »Wenn euer Vater Hunde aufgezogen hätte, wäre er besser dran gewesen!«, brüllte Wu ihn an.

Wus Chef, Eierkopf, bewahrte Hohlkopf vor einer Lungenentzündung, indem er sich genau diesen Augenblick für seinen Anruf aussuchte. Er schien guter Laune zu sein, allerdings waren seine Worte kryptisch. »Wu, was halten Sie davon, nach Keelung zu fahren und eins dieser köstlichen Sandwiches zu besorgen, die es da auf dem Nachtmarkt gibt?«

»Was halten Sie davon, wenn ich Ihnen sage, wie lange es noch bis zu meiner Pensionierung dauert?«

»Zwölf Tage; das steht auf meiner Tafel. Ich ziehe jeden Morgen einen Tag für Sie ab.«

»Und anstatt mir ein bisschen Frieden zu gönnen, schicken Sie mich nach Keelung?«

»Zum Jahresende ist immer viel zu tun, und dann ist da der neue Chef, Sie wissen ja, wie er ist. Jedenfalls, es ist ein einfacher Selbstmord. Sehen Sie sich da mal um, werfen Sie einen Blick auf Leiche und Waffe, schreiben Sie einen Bericht und überlassen Sie den Rest dem Rechtsmediziner.«

»Ah, also haben Sie doch ein Gewissen. Sie haben mit Bedacht den langweiligsten Auftrag ausgewählt, den Sie finden konnten, damit diese letzten Tage sich auch so richtig in die Länge ziehen.«

Eierkopfs Erwürgtes-Huhn-Lachen. »Und bringen Sie mir zwei von diesen Sandwiches mit – mit Ketchup, nicht mit Mayo. Sieht wieder nicht so aus, als wäre ich zum Essen zu Hause.«

Wu winkte einen der Wagen aus Xindian herbei, als dieser gerade davonfahren wollte. »Wir fahren nach Keelung.«

Der Uniformierte am Steuer wagte eine Rückfrage: »Keelung, Herr Kommissar?«

»Ja.« Wu setzte sich auf den Rücksitz. »Und seien Sie froh, Sie bekommen ein Mittagessen auf Kosten des Dezernats für Organisierte Kriminalität.«

Begeisterungsstürme waren keine zu hören, als der Wagen im Regen davonfuhr. Die Temperatur war auf acht Grad gesunken, der kälteste Tag des Winters bisher, und der Regen fiel unaufhörlich.

KAPITEL DREI

KEELUNG, TAIWAN

Unaufhörlicher Regen, und jetzt noch stärker. Keelung war eine Hafenstadt, aber Wu glaubte allmählich, die Luft enthalte genauso viel Wasser wie das Hafenbecken.

Er trank gerade den Rest des großen Kaffees aus, den er sich in einem 7-Eleven besorgt hatte, um seine Lebensgeister zu wecken, da hielt der Wagen vor dem Laurel Hotel an der Südseite des Hafens. Im gläsernen Aufzug nach oben hatte er einen guten Blick auf den Hafen und zwei Fregatten der Cheng-Kung-Klasse, die im Marinestützpunkt ankerten.

Als Wu aus dem Aufzug trat, erblickte er an der Tür zu Zimmer 917 mehrere Uniformierte. Während er auf sie zuging, setzte sich ein süßlicher Gestank hinten in seinem Rachen fest, und er blieb stehen, um sich eine Gesichtsmaske zu leihen.

Also: Kuo Wei-chung, Bootsmann auf einem Zerstörer der Kee-Lung-Klasse, hatte sich an diesem Morgen erschossen. Das Hotel hatte die örtliche Polizei gerufen, die zum Tatort geeilt war und dann das CIB informiert hatte.

Der Verstorbene war adrett in eine blaugraue Uniform gekleidet und saß da mit Blick aufs Meer. Er hatte sich in die rechte Schläfe geschossen. An der linken Schädelseite war die Kugel wieder ausgetreten, begleitet von Blutstropfen, Gehirnstückchen und Knochenfragmenten, die daraufhin auf das zuvor makellos weiße und immer noch faltenfreie Bettzeug gespritzt waren. Die Waffe war eine halbautomatische T75-Pistole, eine Version der Beretta M92F, hergestellt in der militärischen Waffenfabrik 205. Neun Millimeter, effektive Reichweite fünfzig Meter, Fünfzehnpatronenmagazin. Hauptsächlich dafür bekannt, dass sie veraltet und ungenau war. Doch es war schwer, nicht zu treffen, wenn man sich mit der rechten Hand selbst in die rechte Schläfe schoss.

Die örtliche Polizei hatte die gesamte Etage abgesperrt und vor einer halben Stunde die Marine informiert. Diese hatte sieben uniformierte Matrosen geschickt, die nun an der Zimmertür strammstanden. Doch noch war es Wus Tatort; die Marine konnte warten.

Wu überflog die verfügbaren Informationen: Kuo Weichung, achtunddreißig, lang gedienter Bootsmann, verheiratet, zwei Söhne, lebte in Taipeh. Kuos Frau war in einem freundlicherweise von der Marine zur Verfügung gestellten Wagen unterwegs, um die Leiche zu identifizieren.

Auf ein lautes »Achtung!« hin drehte Wu sich um und sah drei Marineoffiziere hereinkommen. Der Mann ganz vorn, ein Kapitän zur See, rümpfte angewidert die Nase, während er den Tatort betrachtete.

»Wer hat hier die Leitung?«, fragte er.

Wu war nicht erfreut. Wer hatte die an seinen Tatort gelassen? »Der Name ist Wu, Kriminalpolizei.«

»Suchen wir uns ein Fleckchen, wo wir reden können«, erwiderte der Kapitän.

Sie stellten sich an ein Fenster neben den Aufzügen. Wu war eins achtzig, groß für einen Polizisten, doch dieser Kapitän war noch einen Kopf größer. Muskulös obendrein, vielleicht ein ehemaliger Bodybuilder.

»Wir sind erschüttert über diesen Vorfall. Ein Krankenwagen vom Tri-Service General ist unterwegs, um die Leiche zurück nach Taipeh zu bringen.«

Tri-Service General? Wu nahm die Maske ab. »Wir sind

mit der Untersuchung des Tatorts noch nicht fertig, und wir warten auf den Rechtsmediziner.«

»War es kein Selbstmord?«

Von wegen, dachte Wu. Was er sagte, war: »Möglicherweise nicht.«

»Wenn es kein Selbstmord war, was dann?«

Mord, dachte Wu. Doch er sagte: »Wir müssen einfach noch ein paar Punkte abklären.«

Der Kapitän machte ein finsteres Gesicht. »Was für Punkte?«

Wu unterdrückte seinen Ärger und zwang sich, zu erklären: »Der Griff der Tasse auf dem Tisch vor dem Verstorbenen weist nach links. Da sind zwei Schachteln mit Takeaway-Essen und zwei Paar Essstäbchen. Ein Sixpack Bier, eine Dose geöffnet und halb ausgetrunken ...«

»Und?«

»Er muss mit jemandem verabredet gewesen sein und ...«

»Fahren Sie fort«, sagte der Kapitän und funkelte ihn wütend an.

»Die Ausrichtung der Tasse: mit dem Griff nach links. Er war Linkshänder.«

»Na schön, war er also Linkshänder. Was noch?«

Wus Geduld hatte Grenzen. »Also sitzt er da allein, trinkt Bier, isst ein, zwei Happen von seinem Take-away-Essen. Sein Freund taucht nicht auf, oder er taucht auf, isst aber nichts, und in einem Anfall von Wahnsinn beschließt Kuo, sich mit der rechten Hand zu erschießen, nur um zu sehen, ob er mit rechts ein genauso guter Schütze ist wie mit links?«

»Ihr Name, Kommissar?«

»Zum zweiten Mal: Wu. Das schreibt sich W ... U ...«

»Ein bisschen mehr Respekt.«

Ohne die versuchte Provokation zu beachten, fuhr Wu fort: »Die Essstäbchen: Die des Verstorbenen lagen auf der linken Seite, auf einem Teller, und waren benutzt. Das andere Paar war noch eingepackt und lag auf der gegenüberliegenden Tischseite. Er hat auf einen Freund gewartet.«

»Auf einen Freund?« Der Kapitän runzelte die Stirn.

»Die Imbissverpackung im Mülleimer stammt von einer Filiale von Nanjing Salted Duck auf der Xinyi Road in Taipeh. Er hat also in Taipeh Essen besorgt, den Zug oder Bus nach Keelung genommen, auf dem Weg zum Hotel Bier gekauft, dann den Tisch gedeckt: Essen, Bier, Essstäbchen, Hoteltassen ... er wartet auf jemanden. Aber er ist aus Taipeh, warum macht er das alles also so weit weg hier drüben in Keelung und bezahlt für ein Hotelzimmer? Wenn es wegen einer Geliebten wäre und er Sorgen hätte, dass seine Frau davon erfährt, warum trägt er noch die Uniform? Ein Handtuch hätte genügt.«

»Also denken Sie, es ist Mord?«

»Verdacht auf Mord, um genau zu sein.«

Die Aufzugtür öffnete sich, und Yang, der Rechtsmediziner, kam in seinem weißen Kittel heraus, gefolgt von zwei Assistenten. Er nickte Wu zu und ging zu Zimmer 917.

»Machen Sie eine Obduktion? Er gehört zur Marine, ob tot oder lebendig, das fällt eigentlich in unsere Zuständigkeit.«

»Da müssen Sie mit meinen Vorgesetzten sprechen. Ich bin bloß ein einfacher Kriminalpolizist und muss mich an die Vorschriften halten. Ob es eine Obduktion gibt oder nicht, hängt vom Rechtsmediziner ab.«

Ohne ihm zum Abschied auch nur zuzunicken, winkte der Kapitän die anderen beiden Offiziere zu sich und betrat wieder den Aufzug. Wu gesellte sich zu ihnen und erntete eine erhobene Augenbraue. »Will nur schnell unten eine rauchen.« Die Augenbraue des Kapitäns blieb oben. Kein Raucher vielleicht.

Wu stand vor dem Hotel, zündete sich eine Zigarette an und sah dem militärgrünen Toyota-Jeep hinterher.

Sein Mobiltelefon klingelte. Wieder Eierkopf, der nun nicht mehr lachte. »Das Verteidigungsministerium war am Telefon, sie sagen, der Verstorbene sei ein Bootsmann gewesen, der sich umgebracht hat, und Sie beharren darauf, es sei Mord ...«

»Verdacht auf Mord.«

»Okay, Verdacht auf Mord. Der Chef will einen Bericht, bevor Sie Feierabend machen.«

»Soll ich nicht warten, bis Yangs Leute fertig sind?«

»Kommen Sie jetzt zurück.«

»Dann werde ich keine Zeit haben, Ihnen dieses köstliche Sandwich zu besorgen.«

»Besorgen Sie, was Sie kriegen können. Von mir aus ein nicht sehr köstliches Sandwich, ein überhaupt nicht bemerkenswertes Sandwich. Okay?«

Normalerweise mussten in einem Fall wie diesem sowohl der Bericht der ermittelnden Kriminalbeamten als auch der der Rechtsmedizin vorliegen, ehe der Chef entschied, ob eine Besprechung weiterer Schritte erforderlich war. Und jeder wusste, dass der Chef ein viel beschäftigter Mann war, dessen Tage mit Händeschütteln und Rückenklopfen ausgefüllt waren. Doch heute war es anders. Wurde die Marine besser behandelt als die Bevölkerung? Wie viele Sterne zierten die Schulterklappen des Generals, der diesen Anruf getätigt hatte, und welche bürokratischen Strippen waren gezogen worden?

Wu gefiel das gar nicht.

Wie sein Sohn, wenn der die Essstäbchen hinknallte und sein Abendessen halb gegessen stehen ließ.

Wie sein Sohn, wenn er zu spät zur Universität loskam und ein Schuhchaos hinterließ.

Wie seine Frau, wenn sie von einer frühen Wanderung zurückkam und ihm vorwarf, er gammele im Bett herum, dabei versuchte er bloß, sich von einer durchgearbeiteten Nacht zu erholen.

Wie der Kripochef, wenn er während einer Besprechung ans Telefon ging.

Wie eine Fahrt mit einem überfüllten Flughafenbus, wo man beim Aussteigen feststellte, dass die Brieftasche weg war.

Wie die Entdeckung jetzt, nach dem Verlassen des Hotels, dass der Polizeiwagen kein Benzin mehr hatte.

Wie ein Polizeiwagen mit leerem Tank, der sich in eine lange Schlange an der Tankstelle einreihte.

Wie zwei Müllwagen an der Tankstelle, aus deren offenen Heckklappen ein beißender Gestank drang, und man selbst dazwischen.

Wie das Plakat an der Tankstelle, das eine Preissteigerung von fünfzig Cent verkündete.

Wie der Chef, der ausgerechnet so hereinkam, dass man nur das »Flach...« aussprechen konnte, das harte, unverdauliche »...wichser« aber herunterschlucken musste.

Und genau so fühlte es sich an, zwölf Tage vor dem Ruhestand einen Mordfall auf den Tisch zu bekommen, der sich niemals so schnell würde aufklären lassen.

KAPITEL VIER

ROM, ITALIEN

Aufstehen um 6:30 Uhr, Kampfsportübungen, einhundert Liegestütze. Runter ins Café für ein Panino mit Schinken und Salat und einen Latte, während der Blick über den Brunnen und dessen Umgebung schweifte. Ein frostiger, feuchter Tag. Laut Wettervorhersage stand ein langer, heißer Sommer bevor, daher der kalte Winter. Schnee wäre gut. Schnee würde die Touristen nach drinnen treiben und ihm einen saubereren Schuss ermöglichen.

Doch es schneit nie in Rom. War das ein Lied? Nein. *It never rains in Southern California*, das war es.

Wieder suchte er den Platz ab, überprüfte seinen Fluchtweg. Weniger Touristen bedeuteten weniger Deckung, aber auch weniger Risiko: Mit Kameras und Telefonen wurden Tausende und Abertausende von Fotos geschossen. Man brauchte nur einen Crack, der das Programmieren übernahm, und dann war es bloß noch eine Frage der richtigen Suchkriterien: *männlich, allein, Reisetasche, verdecktes Gesicht, in Eile, versteckt sich in der Menge, Asiate.* Und im Nu hätten sie ihn, von vorn, im Profil und von hinten.

Tarnung. Eisenschädel, die Fremdenlegion, alle hatten sie ihm das eingeschärft. Die erste Aufgabe eines Scharfschützen ist nicht, zu schießen, sondern zu verschwinden. Keinerlei Auffälligkeiten. Er betrachtete sein unrasiertes Spiegelbild auf der Fensterscheibe. Seine herausragenden Merkmale? Asiate, männlich.

Nach dem Frühstück geht er zurück nach oben, um sich zu verwandeln. Westlich, immer noch männlich. Von einer Internetseite hat er das Bild eines männlichen Amerikaners heruntergeladen, an dem er sich orientieren will. Nennen wir ihn Tom.

Tom hat einen Bauch: Taillenumfang einhundertzwanzig. Trotz der Temperaturen um den Gefrierpunkt trägt er Shorts und Sandalen, die nackten Waden und die Gänsehaut ein sicheres Anzeichen für einen Urlauber. Eine Sony SLR hängt ihm um den Hals, ein ausgebeulter Rucksack auf dem Rücken. Darunter ist ein Schlafsack festgezurrt – der könnte noch nützlich sein, selbst wenn er in Hotels übernachtet – und darunter ein Paar Wanderstiefel. Dazu eine Baseballmütze der Yankees, Redskins oder Dodgers – die der Yankees kommt ihm jetzt gelegen –, unter der krauses rotes Haar hervorschaut. Und um der Sache den letzten Schliff zu geben: ein Klebetattoo an der Wade, das chinesische Zeichen für »Zen«. Ein ins Auge springendes, aber schnell abgelegtes Merkmal ist eine gute Tarnung.

In einem Café auf dem Platz trinkt Tom einen Macchiato – die Milch macht das Getränk für seinen gerade erst erwachten Magen bekömmlicher – und isst zwei Brötchen mit Honig. Zufrieden wischt er sich den Mund ab, macht seinen Gürtel ein Loch weiter, zieht seine voluminöse Jacke an und geht zurück zum Brunnen.

Schreie. Tom ist ebenso fassungslos wie alle anderen und sieht sich nach der Ursache des Tumults um. Als er jemanden »Waffe!« schreien hört, duckt er sich und brüllt zusammen mit dem mittelalten Schweizer, den jungen Japanerinnen und den mit Kameras hantierenden Koreanern. Und nach dem Schrei »Er ist tot!« flieht Tom neben dem Schweizer rückwärts, stößt die Japanerinnen zu Boden, schlägt den Koreanern die Kameras von den Riemen. Tom rennt um sein Leben, verliert eine Sandale. Macht aber nichts; er trägt wie alle amerikanischen Männer Socken in den Sandalen.

Einige Minuten später drängelt Tom sich in die Metrostation an der Spanischen Treppe, wo er zwei Minuten auf einen Zug wartet. Am Hauptbahnhof steigt er aus und entledigt sich auf der Bahnhofstoilette der Shorts, der Sandalen, der Perücke, der Baseballmütze, seiner voluminösen Jacke und des Kissens, das er sich unters Hemd geschoben hatte. Er zieht einen Boss-Mantel und eine Hose aus seinem Rucksack an, dazu Wanderschuhe, deckt den Rucksack mit einem leuchtend grünen Regenschutz ab, setzt eine Wollmütze auf und schlendert aus der Toilette, den Rucksack über einer Schulter. Ehe er in den Zug nach Florenz steigt, stattet er noch dem Kaffeestand auf dem Bahnsteig einen Besuch ab.

Wenn die italienische Polizei die Überwachungsbilder der Kameras in der Umgebung des Tatorts prüft und Tom als Verdächtigen identifiziert, wird der Schütze bereits in einer Gasse abseits des zentralen Platzes in Florenz sitzen und ein Panino mit heißem *lampredotto* – einer Innerei, dem Labmagen der Kuh – genießen.

Doch jetzt hatte er gerade erst ein Croissant gegessen, und das Panino würde warten müssen. Er kehrte ins Hotel zurück, um sich die Waffe anzusehen.

Dieses Modell wurde im Allgemeinen Springfield M21 genannt. Es gab auch verbesserte Versionen, MK15 und M25. Er nannte es bei sich das M14. Als er Soldat geworden war, hatten sie ein Sturmgewehr aus taiwanischer Herstellung verwendet, das T65, nach dem Modell des US-amerikanischen M16. Während der Scharfschützenausbildung hatte er dann ein bejahrtes M14 bekommen.

Die U.S. Army hatte den Wechsel vom M1 zum M14 1969

vollzogen und die Scharfschützenwaffe M21 entwickelt, indem man das neue M14 mit einem neunfach vergrößernden Zielfernrohr versehen hatte. Doch es war immer noch eine halb automatische Waffe; dreieinhalb Sterne für Reichweite und Genauigkeit. Im Jahr 1988 wurde es durch das Repetiergewehr M24 ersetzt, das in beiden Kategorien einen zusätzlichen Stern bekam.

Großpapa hatte zu seiner Zeit das M14 benutzt und liebevoll und in aller Ausführlichkeit darüber gesprochen. Einfacher zu reinigen als das alte M1, leichter, genauer. Doch wir werden alle irgendwann alt: Verglichen mit einem M16 aus der Vietnamzeit war das M14 eine plumpe Waffe und konnte mit dem besser zu tragenden SRS oder dem futuristischen schweren Scharfschützengewehr Barrett M107 auch nicht annähernd mithalten.

Am ersten Ausbildungstag hatte Eisenschädel schweigend am Pult gestanden, ein M14 zusammengebaut und sachte über den hölzernen Kolben zwischen Verschluss und Schaftkappe gestrichen, bevor er das Wort ergriffen hatte.
»Von heute an ist eure Geliebte nicht mehr euer Mädchen oder eure Frau oder der Schwanz in eurer Hose. Sondern diese Waffe. Sie ist hässlich. Hässlicher sogar als euer Mädchen. Sie hat ein Zehnpatronenmagazin und wiegt leer viereinhalb Kilogramm. Klingt zu leicht? Angst, ein Windstoß lässt euch verziehen? Dann packen wir mal was drauf.«
Eisenschädel schob ein rechteckiges Magazin in den Schaft und befestigte ein taktisches ART-Zielfernrohr auf der Montage. »Jetzt wiegt sie 5,6 Kilogramm. Seht ihr langsam, wie tödlich sie ist?«
Niemand traute sich, das zu bestreiten.

»Leider mussten wir uns die hier von der Marineinfanterie leihen, aber es ist das Beste, was wir tun konnten. So, Indoktrinierungsquatsch werdet ihr auf unseren Stundenplänen keinen finden. Morgens werdet ihr um sechs Uhr aufstehen – mindestens eine halbe Stunde später als in der Rekrutenausbildung. Ihr macht euch startklar, geht in aller Ruhe pinkeln, und um Viertel nach sechs stellt ihr euch mit dieser Schönheit hier auf. Und dann macht ihr mit ihr einen Fünfkilometerlauf. Wenn ihr ihn morgens nicht zu Ende bringt, lauft ihr mittags noch mal. Wenn ihr ihn mittags nicht schafft, lauft ihr ihn abends noch einmal. Es ist mir egal, ob ich euch Wichser die ganze Nacht wach halte, aber ihr bringt diesen Lauf zu Ende.«

Die Gruppe wurde unruhig. Fünf Kilometer waren nicht viel, aber mit dieser alten Waffe? Da fielen einem die Arme ab.

»Ach, ihr schafft das schon. Ihr werdet jeden Tag mit ihr laufen, bei Wind und Wetter, und ihr werdet sie so zärtlich halten wie euer Mädchen. Dann werdet ihr sie reinigen, bis der Lauf von innen makellos sauber und der Schaft so glatt und weich wie der Popo eures Mädchens ist. Kapiert?«

Alle: »Jawohl, Herr Oberst!«

»Von wegen. Lauft die fünf Kilometer, und dann sagt mir, dass ihr es kapiert habt.«

Während Eisenschädel über das M14 strich, fuhr er fort: »Nach eurem Lauf ist es Zeit fürs Frühstück. So, damit ihr wieder ein bisschen Auftrieb bekommt, hier die Speisekarte: gedämpfte Teigtaschen, so weich wie die Titten eures Mädchens, Sojamilch, so schaumig wie ihr Speichel ... dazu Marmelade, Butter, Fleisch, sauer eingelegtes Gemüse, gekochte Eier. Jemand Lust auf Burger? Ich sage der Küche, sie sollen sie auf chinesische Art machen, gebratenes Hähnchen in einer gedämpften Teigtasche.«

Auf dem Ausbildungsgelände händigte Eisenschädel jedem der Scharfschützenanwärter ein Gewehr aus. »Die hier wurden in Korea und Vietnam eingesetzt; es wurden eins Komma drei acht Millionen davon hergestellt. Viel weniger als vom AK-47. Von dem wurden rund hundert Millionen hergestellt. Das hier ist eine verbesserte Version des M14, das M21, und sogar noch seltener, also geht sorgsam damit um. Mit beiden Händen: linke Hand hinter die vordere Riemenhalterung, rechte Hand an den Kolbenhals – das ist der schmale Teil des Kolbens. Auf mein Kommando ... Lauft!«

Und von da an hieß es fünf Kilometer täglich mit einem M21-Gewehr. Selbst an freien Tagen musste der Lauf absolviert werden, ehe man den Stützpunkt verließ. Drei Monate und einen Tag mit dieser Routine, und das Gewehr wurde zu einem Teil des eigenen Körpers. Egal in welcher Haltung man schoss, mit der Zeit wurden die Arme zu einem stählernen Rahmen, einer soliden Stütze für die Waffe.

Und beim Combatschießen fand er Gefallen an dem Gefühl des hölzernen Schafts an seiner Wange. Seither hatte er sämtliche Typen von Scharfschützenwaffen verwendet, allesamt besser als das M21, aber mit keiner fühlte er sich so im Einklang.

Er saß im Hotelzimmer an der Fontana di Trevi, nahm das M21 auseinander und wischte die einzelnen Teile mit einem Öltuch ab. Ebenso sanft, wie Eisenschädel vor all den Jahren die Rundungen des Kolbens gestreichelt hatte.

Genauigkeit benötigt eine solide Grundlage. Mit drei

Auflagepunkten kann jeder ein Scharfschütze sein. Damals in der Ausbildung hatte man ihm beigebracht, auf diese drei Punkte zu achten: Der Kolben des Gewehrs, fest in die Kuhle an der Schulter gedrückt, war der erste; die rechte Hand um den Kolbenhals – nur halten, nicht zu fest –, ein Finger am Abzug, das war der zweite; die linke Handfläche als Stütze unter dem Lauf – das war der dritte.

»Ganz sachte, als würdet ihr eure Eier halten, nicht wie beim Wichsen. Wenn ihr sie zu fest haltet, kann die Waffe nicht atmen.«

Eingeölt und wieder zusammengesetzt, hatte sein M21 eine Reichweite von achthundert Metern. Einer aus seiner Gruppe hatte einmal versucht, ein Ziel in einem Kilometer Entfernung zu treffen – mit Erfolg. Aber Eisenschädel hatte sich daran gestört.

»Was willst du denn auf diese Entfernung abschießen? Flugzeuge? Bist du eine Luftabwehrbatterie? Dafür haben wir Raketen. Es hat keinen Sinn, mit dem alten Ding zum Himmel zu fuchteln. Bleib bei zwei- bis vierhundert Metern. Wie weit du schießen kannst, ist mir egal; du sollst dafür sorgen, dass jede Scheißkugel zählt – das ist mir wichtig.«

Der Regen prasselte so heftig auf den Boden, dass der Schlamm seine Hosenbeine bespritzte. In dreihundert Metern Entfernung hing ein Pappkamerad.

»Eine Kugel, ein Leben. Wer wird's sein, dein Ziel oder du? Mach deinen Kopf frei, konzentrier dich, erledige deinen Auftrag!«

Eisenschädel stand vor einer Reihe von Gewehren, die sich mit dem ruhigen Atem der Anwärter hoben und

senkten. »Ihr seid dafür da, eure Befehle auszuführen. Wessen Befehle?«
Zehn Stimmen, unisono: »Ihre, Herr Oberst!«
»Ihr seid Soldaten. Ihr habt kein Leben; ihr habt keine Gefühle. Ihr habt Befehle.«
Eisenschädel ging vor zur Hundert-Meter-Marke; der Regen prallte vom Grün seiner Uniform und vom Schwarz seiner Stiefel ab. Die Hände hinter dem Rücken verschränkt, sah er in Richtung der Zielscheiben und brüllte: »Feuer!« Dann lief er zwischen den Schützen und ihren Zielen hindurch und verstellte ihnen so zeitweise die Sicht.
Schüsse hallten über den Schießplatz. Eisenschädel blieb hier einen Augenblick stehen, als wäre ihm gerade ein Gedanke gekommen, dann ging er dort kurz schneller. Kugeln pfiffen zwischen den beiden Hügeln dahin, die den Schießplatz begrenzten, jede ein Flugobjekt, das eilig auf sein Ziel zuraste.

Bei früheren Aufträgen hatte er ein Zehnpatronenmagazin plus eine Patrone in der Kammer gehabt. Doch nur diese erste war für das Ziel bestimmt; die übrigen dienten der Verteidigung, wenn das Ziel tot war. Hier allerdings gab es nichts, wogegen er sich verteidigen musste. Er würde fünf Patronen nehmen. Eine, um Hindernisse zu eliminieren, eine für das Ziel, drei in Reserve.

Er wählte fünf Patronen aus den Dutzenden auf dem Bett. Von manchen Patronen, hatte er festgestellt, ging ein gewisser Glanz aus, der einen dazu aufforderte, sie auszuwählen.

Das M21 war ihm im Irak in die Hände gefallen; die Kurden hatten es zurückgelassen. Kriegsbeute in gewisser Weise. Den Schalldämpfer hatte Paulie gebaut. Schießen ohne

Schalldämpfer, hatte Paulie oft gesagt, war wie Vögeln ohne Kondom – da musste doch was schiefgehen. Alle hatten gedacht, nach dem Abschied von der Fremdenlegion würde Paulie für einen Waffenhersteller arbeiten oder wenigstens in einer Autowerkstatt. Doch stattdessen hatten diese geschickten Hände sich dem Gebet zugewandt, und heute trug Paulie die Kutte eines Mönchs. Kein Waffenbau für Paulie mehr.

Er überprüfte den Verschluss und wurde mit einem präzisen, sauberen Klang belohnt. Breitbeinig saß er auf dem Bett und nutzte nur zwei Auflagepunkte: die Schaftkappe des Gewehrs in der Mulde an der Schulter und die rechte Hand am Kolbenhals. Mit der linken schob er das Zielfernrohr in die Montage, schwenkte die Waffe zum Fenster und richtete das Fadenkreuz auf Oceanus.

Dann stellte er sich vor, wie die Kugel den Lauf verließ, in einem Bogen über die Touristen mit ihren Selfies und den mit Münzen gefüllten Brunnen flog, der Statue in die Stirn drang und steinernes Hirn gegen die griechischen Säulen, die römischen Kapitelle und die barocke Kuppel dahinter spritzen ließ.

Damit war die Überprüfung beendet, und er verwahrte das Gewehr. Es war über ein halbes Jahr her, dass er eines in der Hand gehalten hatte, doch es hatte sich nichts verändert.

Um 10:05 Uhr setzte er seine rote Perücke und die Yankees-Kappe auf, stopfte sich für den Schwangerenlook eine Jeans unter die Weste und wurde zu Tom, der Shorts und Sandalen mit Socken trug. Er nahm das M21 und lud eine Patrone in die Kammer. Das Magazin mit den übrigen vieren rastete mit einem beruhigenden Klicken ein.

Die Wettervorhersage war ungewöhnlich, aber korrekt gewesen: Es graupelte in Rom, winzige Eisstückchen prasselten ans Fenster. Trotzdem drängten sich Touristen um den Brunnen, wie erwartet mit Selfie-Stäben und schrillen

Mützen ausgestattet. Und Schirmen! Wie hatte er die Asiatinnen und ihre Schirme vergessen können? Der Brunnen war halb verdeckt. Warum immer diese Schirme? An sonnigen Tagen, an Regentagen, an allen Tagen ...

Es waren zu viele. Er musste umziehen. Über die Treppe stieg er aufs Dach des Hotels, wo er sich so hinter einem Schornstein verbarg, dass nur der Gewehrlauf hervorschaute. Es war windiger als wünschenswert, und die Graupeln behinderten seine Sicht.

Er durfte sich nicht auf sein Glück verlassen. Daher nahm er seinen Gürtel ab, fädelte das eine Ende durch die Riemenhalterung vorn am Lauf und schlang sich das andere Ende um den linken Bizeps. Mit der linken Hand griff er am straff gezogenen Gürtel vorbei, um etwas Gewicht vom Lauf zu nehmen, während er mit der rechten den Kolben wieder an die Schulter legte. Drei Auflagepunkte und seine linke Hand so gut wie festgenagelt.

Nach einem weiteren Blick auf das Foto zielte er. Und wirklich, da saßen drei Männer vor dem Café: links ein grauhaariger Asiate, in der Mitte ein Europäer in einem pelzbesetzten Mantel und rechts ein weiterer Asiate mit glatt gekämmtem, glänzendem Haar – und denkwürdigen Ohren. Scharfschützen mochten sich nicht daran erinnern, wie ihr Ziel aussah, aber an Ohren erinnerten sie sich.

Kein Ohr gleiche dem anderen, belehrte Eisenschädel sie.
»Meinen Sie nicht die Fingerabdrücke, Herr Oberst? Wirklich die Ohren?« Man stellte Eisenschädel keine Fragen, man hatte nur zu schreien: »Jawohl, Herr Oberst!« Aber er hatte gefragt.
»Und wer hat Zeit, die Scheißfingerabdrücke zu überprüfen, bevor er einen Schuss abgibt?«

Entsichern. Atem anhalten. Und sobald ein roter Regenschirm aus dem Weg schwebte, nahm er das glänzende Haar des Ziels ins Visier, verschob das Fadenkreuz zu einem Ohr ... einem geschwungenen Ohr, einem Fragezeichen, dem der Punkt fehlte.

»Was ist, wenn das Ziel langes Haar hat?«
»Pech für dich, Idiot.«
Für diese Frage hatte er quer über das Trainingsgelände froschhüpfen müssen.

Als er das punktlose Fragezeichen heranzoomte, wurde es in seinem Visier zu einem Elefanten. Er zielte auf den Ohransatz und betätigte den Abzug.

Aus dem Lauf trat ein weißes Rauchwölkchen aus und war in den Graupeln gleich darauf nicht mehr zu sehen. Aber die Kugel konnte er sehen, sie drehte sich, während sie durch die Luft raste, beschrieb im Herabsinken einen leichten Bogen und drang in den Schädel des Ziels ein. Ein Sprühnebel aus Blut spritzte aus der Eintrittswunde, ein Tropfen befleckte die weiße Schürze eines Kellners, ein weiterer den feuchten Steinboden.

Eins. Zwei. Drei.

Eins. Der Europäer in der Mitte blinzelte.

Zwei. Der Europäer öffnete den Mund.

Drei. Der Europäer fiel nach hinten.

Er wartete nicht erst ab, ob der Mann sich unter dem Tisch oder zu Füßen des anderen Asiaten verstecken würde, sondern nahm sofort die Waffe auseinander und verstaute sie in seinem Rucksack. Schließlich richtete die Yankees-Kappe und tappte in Toms Sandalen zügig die Treppe hinab.

Als er das Hotel verließ, stellten sich ihm im kalten Wind

sämtliche Haare an den Beinen auf. Warum mussten amerikanische Touristen immer Shorts tragen?

Tom, der Amerikaner mit der Yankees-Kappe, wandte sich nach rechts und ging nordwärts durch eine Gasse. Niemandem fielen seine Shorts oder seine Sandalen auf; alle starrten zum Brunnen.

Polizeisirenen. Tom lief eine Koreanerin mit einer Prada-Tasche um, dann nickte er dem Französisch sprechenden Mann, der ihr aufhalf, entschuldigend zu. In diesem Teil Roms kannte er jede Gasse. Zehn Minuten und diverse Abzweigungen später war er an der Spanischen Treppe.

Touristen aus aller Herren Länder saßen da und bewunderten den barocken Brunnen. »Barkassenbrunnen« hieß er, erinnerte er sich, und schien seine Glanzzeit hinter sich zu haben. Er fand einen Platz, an dem er sich setzen und ebenfalls den Brunnen bewundern konnte, nahm die Kappe ab und fuhr sich durch die roten Locken, ehe er eine Marlboro rauchte und dann zufrieden die Treppe zur Metrostation hinabtrottete.

Die römische U-Bahn ist an Feiertagen immer überfüllt. Er zwängte sich in eine Wagenecke und fuhr bis Termini, wo er eine Toilette aufsuchte. Fünf Minuten später war Tom, der rothaarige Amerikaner, verschwunden, und ein attraktiver Asiate warf eine Tüte in einen Mülleimer, trank einen Espresso von einem Kaffeestand und ging zu einem Zug, der gleich Richtung Süden nach Neapel abfahren würde. Es war ein Regionalzug, die Fahrt würde zweieinhalb Stunden dauern. Er sah sich ein letztes Mal um und stieg ein.

Mit dem Nokia wählte er eine Nummer, die Anrufqualität war gut: »Hab den Reis gebraten, ein Ei. Spüle jetzt nur noch ab.«

»Entsorg das Telefon. Ich melde mich.« Wieder keine Gelegenheit, der Frau am anderen Ende der Leitung irgendwelche Fragen zu stellen.

Er hatte etwas vergessen. Auf der Zugtoilette zog er das Tattoo mit dem *Zen*-Schriftzeichen von seiner Wade ab und klebte es an die Kabinenwand. Eine kleine Hilfe für die italienische Polizei, sollte sie beschließen, sich für Tom, den rothaarigen Amerikaner, zu interessieren.

Toms Zusammenstoß mit der Prada-Taschen-Koreanerin war durch ein geöffnetes Fenster in einem nahe gelegenen Hotel beobachtet worden. Durch ein Fenster, aus dem die Mündung eines AE-Scharfschützengewehrs ragte.

Das AE war eine verlässliche Waffe, und das Zweibein auf dem Frisiertisch vor dem Fenster hielt es auf der idealen Höhe. Auf eine Entfernung von bis zu fünfhundertfünfzig Metern traf es mit einer Genauigkeit von einem halben Zentimeter und war mit einem Schalldämpfer praktisch geräuschlos.

Durch ein Zielfernrohr von Schmidt & Bender suchte der Beobachter die umliegenden Fenster und den Platz ab, ehe er zu den drei Männern vor dem Café sah. Mit einer .44er-Magnum-Patrone in der Kammer konnte das AE ein Ziel so zerstören, dass nur eine blutige Sauerei zurückblieb.

Zuerst ein schmaler, grauhaariger Asiate, der einen Mundwinkel zu einem Lächeln hochzog. Er sah aus wie eine ältere Ausgabe des Schauspielers Chow Yun-fat, nur sein Markenzeichen, der Zahnstocher, fehlte. Als Nächster der Europäer, das Gesicht über dem Fellkragen bleich. Dann ein Kopf mit perfekt gekämmtem Haar im Profil. Die Waffe ruhig in den Händen, löste er mit dem Daumen die Sicherung und ... bevor er den Abzug betätigen konnte, war der Kopf im Visier auf den Tisch geknallt.

Er beobachtete, wie das Geschirr erzitterte und das Blut

floss, dann suchte er erneut den schirmgespickten Platz ab. Sein Telefon klingelte.

»Status?«

»Ziel erledigt.«

»Verschwinde.«

»Herzliche Grüße an die Familie.«

Das Telefonat wurde beendet, das AE zurückgezogen.

KAPITEL FÜNF

BEZIRK JINSHAN, NEU-TAIPEH

Warum tauchten Leichen immer ausgerechnet dann auf, wenn er schlief?

Der Wind an der Nordostspitze Taiwans heulte dämonisch um den Löwenkopfberg. Angeblich ist dieser Nordostwind so heftig, dass er die beiden steinernen Säulen der sogenannten Kerzenhalter-Inselchen aus dem Fels gemeißelt hat. Ein besonders grimmiger Windstoß ließ die Ketten an den Armen der beiden Gottheiten, die das Tempeltor bewachten, unheilvoll klirren: die Geister der Unbeständigkeit, deren Aufgabe es war, die Seelen der Verstorbenen in die Unterwelt zu geleiten. Wenigstens war er nicht der Einzige, der heute arbeiten musste.

Wu lief durch den unheimlichen Sprühnebel, der vom Meer heraufgepeitscht wurde, bis die Leiche in Sicht kam, Eis-am-Stiel-steif in der kalten Luft. Übelkeit stieg in ihm auf; er unterdrückte sie.

23:27 Uhr am 30. Dezember. Um diese Leiche zu sehen – nackt, völlig zerschlagen, die Haut an den Felsen aufgerissen –, war Wu mit vier diensthabenden Polizisten, auf zwei Wagen verteilt, zur Mittbucht gefahren, wo die Neu-Taipeher Bezirke Shimen und Jinshan aufeinandertrafen.

Vier Suchscheinwerfer auf dem Pick-up der Küstenwache beleuchteten den Fundort; das rot-blaue Licht der Polizeiwagen hob sich vom Weiß der Brecher ab. Um sich vor dem bitterkalten Seewind abzuschirmen, zog Wu den Mantelkragen zusammen und zündete sich in seinem Schutz eine Zigarette an.

Ein einzelner Schuss. Das war eine Triadenexekution. Dafür brauchte man keine Spurensicherung. Die Leiche selbst erzählte einem die Geschichte: ein dunkles Loch in der Mitte der Stirn. Das Dezernat für Organisierte Kriminalität wurde benachrichtigt.

Im heulenden Wind und strömenden Regen stellte Wu sich zum Rauchen in den Lichtstrahl eines der Suchscheinwerfer. Irgendwie kam es ihm dort wärmer vor.

Jedes Jahr fegten Ende November diese bitterkalten Nordostwinde heulend vom Mongolischen Plateau herab und stürmten erbarmungslos in die Häfen und Deltas Nordtaiwans. Die anfangs trockene Kälte nahm über dem Meer Feuchtigkeit auf, um so noch besser in die zitternden Knochen dringen zu können.

Lan Pao von der Spurensicherung war vor Wu eingetroffen. Der Anruf hatte ihn beim Mah-Jongg-Spiel erreicht; nun rieb er sich wärmesuchend die Hände. Er hörte Wu kommen und blickte hoch. »Kleine Abkühlung gefällig, Wu? Kalte Bäder sollen gut für die Gesundheit sein.«

Wu wollte ihm diesen Vorschlag schon mit einem Schimpfwort vergelten, doch als ein Uniformierter ihm eine Flasche Kaoliang-Schnaps reichte, war er besänftigt.

Nachdem auch Lan einen Schluck aus der Flasche getrunken hatte, ergriff er wieder das Wort. »Ein Schuss in die Stirn. Kein Sand oder Seetang im Mund, also sehr wahrscheinlich erschossen und dann ins Wasser geworfen. Weniger als einen Tag her, dem Stadium der Aufblähung nach zu urteilen. Die Kleidung könnte vor oder nach dem Tod entfernt worden sein, vermutlich, damit wir keine Spuren finden. Haben ihn hübsch sauber hinterlassen. Wie ein Koch, der einen Aal zubereitet: die Augen, die Haut, die Gräten – man entferne das alles, und zurück bleibt schönes weißes Fleisch.«

Ein Surflehrer aus der Gegend hatte die Leiche beim Treibholzsammeln für einen Zaun entdeckt. Wu ließ den Blick über das Treibholz, die Trinkflaschen, die Plastiktüten und die Styroporstücke wandern und seufzte. Eigentlich müsste er jetzt die Umgebung nach Spuren absuchen. Aber wo sollte er auf dieser Müllkippe von einem Strand damit anfangen?

Es gab keinerlei Hinweis auf die Identität des Toten. Besondere Merkmale: drei falsche Zähne, schütteres Haar, zwei Narben von Bruchoperationen.

Auf der Polizeischule hatte Wu dank seiner Körpergröße und Statur die Karate- und Ringkampfmatten beherrscht. Fast hätte er es zu den Olympischen Spielen geschafft, doch eine Rückenverletzung hatte diesem Traum ein Ende gesetzt und dafür gesorgt, dass er sich auf die Polizeikarriere konzentriert hatte. Dennoch hatte er sich immer darauf verlassen können, dass sein Körper tat, was nötig war – bis jetzt. Völlig erschöpft nahm er Lan die Flasche ab und trank einen weiteren wärmenden Schluck, um sich zu stärken. Unter besonderen Umständen war Alkohol im Dienst erlaubt.

Der eisige Wind vom Kontinent fegte in Sturmstärke vorbei und entzog der Küste alle Wärme. Wu spürte, wie seine Hoden wärmesuchend aufwärts flüchteten.

»Wie lange noch bis zum Ruhestand?«, fragte Lan.

Wu sah auf die Uhr. »Elf.«

»Schön weiter Karma sammeln, Wu. Man muss sich auf das nächste Leben vorbereiten. Dreißig Jahre Gebet und Meditation, dann kommst du vielleicht als Unsterblicher wieder.« Die Jungs von der Spurensicherung waren Quatschköpfe, und Lan war der Schlimmste von ihnen.

Elf Tage, um seine Polizeilaufbahn zu einem erfolgreichen Abschluss zu bringen, und er bekam noch zwei Morde auf den Tisch. Wu rieb die Hände aneinander und stampfte mit den eiskalten Füßen.

Also gut. Zunächst: Wer war der Mann? Wu schickte die Fingerabdrücke, die man der Leiche abgenommen hatte, ans Büro und bat die Leitstelle, die Vermisstenanzeigen der letzten Zeit für ganz Taiwan durchzusehen. Dass die Leiche keine Tätowierungen oder Narben von früheren Messerstechereien oder Schießereien aufwies, störte ihn; das passte nicht zum Mitglied einer Triade. Möglicherweise war es eher jemand, der seine Schulden bei einem Kredithai nicht beglichen hatte, erschossen als Warnung an alle anderen, die eine ähnliche Vorgehensweise in Betracht zogen? Wu schlug sich diese Frage erst einmal aus dem Kopf, bis er mehr Anhaltspunkte hatte.

Als er um halb acht gerade die Lailai-Sojamilch-Filiale in Neihu betrat, klingelte sein Telefon. Die Telefonzentrale, die Anordnungen des Leiters der Kriminalpolizei weitergab. Wu legte, ohne zu antworten, auf.

Er bestellte salzigen Haferbrei mit Sojamilch, eine Rindfleischpastete und ein Stück Rettichkuchen, dann drehte er sich nochmals zur Theke um und orderte eine zusätzliche Portion Haferbrei, eine weitere Pastete und eine frittierte Teigstange. Die vier Uniformierten, die sich ebenfalls gerade an ihrem Frühstück gütlich taten, beschlossen, das Ausmaß von Wus Appetit nicht zu kommentieren.

Der olivgrüne Toyota-Jeep hielt draußen, als Wu gerade den letzten Rest Haferbrei hinunterschluckte. Drei Militäroffiziere in Uniform liefen mit gebeugten Köpfen durch den Regen und betraten das Restaurant. Zwei Oberleutnants des Heeres und ein Kapitän zur See. Wu blickte kurz hoch und widmete sich dann wieder seiner Pastete.

Der Kapitän ignorierte das Ausbleiben eines Empfangs mit allen Ehren und nahm ohne Umstände Wu gegenüber

Platz. Er zog sich den Handschuh von der fleischigen Hand und klopfte Wu auf die Schulter.

»Kommissar Wu! So sehen wir uns wieder! Hsiung Pingcheng, Verteidigungsministerium.«

Wu nahm einen Zahnstocher und versuchte, eine Rindfleischfaser zwischen seinen Zähnen zu entfernen. »Dann erzählen Sie mal«, sagte er.

»Was meinen Sie?«

»Kapitän Hsiung, nennen Sie mir Namen, Dienstgrad und Funktion, Geburtsdatum und -uhrzeit sowie das Sternzeichen des Verstorbenen. Er war beim Militär, Sie sind beim Militär; Sie haben Zugriff darauf. Dann muss mein Chef nicht Ihren Chef anrufen, Ihr Chef muss nicht Sie anrufen, Sie müssen nicht zu mir kommen, und wir müssen nicht diese ganzen Memos hin- und herschicken. Diese Papierverschwendung ist schlecht für die Umwelt.«

Hsiung zog die Mundwinkel hoch. »Sehr witzig, Kommissar Wu.« Pause. »Aber in einem Tag wissen Sie das sowieso, selbst wenn ich es Ihnen nicht sage. Die Fingerabdrücke, die Ihre geschätzte Behörde durchs System gejagt hat, gehören zu einem gewissen Chiu Ching-chih, einem Oberst bei der Beschaffungsstelle des Heeres. Also gab es ganz schnell einen Anruf beim Ministerium, und vor siebenundzwanzig Minuten und acht Sekunden wurde ich benachrichtigt.«

»Und haben Wind und Regen getrotzt, um mit mir zu frühstücken.«

»Noch bevor wir richtig wach waren. Dieser teigig aussehende Oberleutnant da hat es nicht einmal geschafft, sich die Zähne zu putzen.«

»Ah, kein Wunder, dass er nichts isst. Wäre unhygienisch.«

»Sie scheinen selbst keine allzu gute Laune zu haben, Kommissar Wu. Schlafen Sie nicht gut?«

»Moment mal. Beschaffung?«

Hsiung musterte Wu, ohne zu blinzeln, bis die anderen beiden Offiziere mit seinem Sojamilchhaferbrei kamen. Er hob die Schüssel an die Lippen und nahm einen großen Schluck. »Sind die Sparmaßnahmen bei der Polizei so schlimm, dass Ihre Zeitungsabos gekündigt wurden? Das Amt für Waffenbeschaffung. Er war gerade zum Oberst befördert und zum Leiter der Waffenbeschaffung für das Heer ernannt worden.«

»Das ist dann das Amt, das die M1A1-Panzer von den USA kauft?«

Hsiung blickte nicht von seinem Frühstück hoch. »Militärgeheimnis.«

»Ich habe das komische Gefühl, dass auch alles andere, was mit diesem Amt zu tun hat, ein Militärgeheimnis ist.«

Hsiung aß seinen Haferbrei auf, zog die Handschuhe an und richtete zwei Finger wie eine Pistole auf Wu. »Sie sind ein kluger Mann, Kommissar Wu. Aber ich bin nicht nur wegen des Haferbreis hier. Sobald Ihre geschätzte Behörde mit der Leiche fertig ist, schicken Sie sie weiter ans Tri-Service. Wir kümmern uns gern um unsere Leute.«

Das war eine ganz große Sache. Der größte Fall seiner fünfunddreißigjährigen Karriere, wenn er sich nicht irrte. Und nur noch elf Tage Zeit. »Wenn ich nur einen Monat hätte. Eine gekochte Ente ...«

Hsiung schob sein Gesicht dicht an Wus heran und ergänzte das Sprichwort: »... kann immer noch wegfliegen.«

»Noch ist sie nicht weggeflogen. Mir bleiben elf Tage.«

Hsiung grinste so breit, dass die silbernen Füllungen in seinen Backenzähnen zu sehen waren.

KAPITEL SECHS

TAIPEH, TAIWAN

Unter Berücksichtigung der üblichen winterlichen Nordostwinde musste Chiu irgendwo nördlich von der Stelle, wo man seine Leiche gefunden hatte, ins Wasser geworfen worden sein. Nicht lange, und man entdeckte an einem steinigen Strand unweit der Bucht ein Auto mit militärischem Kennzeichen. Leider gab es in der Nähe keine Kameras.

Wu besah sich den Fundort kurz. Es war Chius Auto, doch der nächtliche Starkregen hatte sogar Reifenspuren fortgespült, von Fußabdrücken ganz zu schweigen. Der Chef war allerdings deutlich gewesen: Klären Sie das auf, und zwar schnell.

Es musste irgendeine Verbindung zwischen Chiu und Kuo geben. Hatten sie sich gekannt? Der eine beim Heer, der andere bei der Marine; der eine Oberst, der andere Bootsmann?

Wu nahm die Tamsui-Xinyi-Linie nach Zhongshan und suchte sich einen Fensterplatz in der ersten Etage eines Muffincafés, das bei den hippen jungen Leuten Taipehs sehr beliebt war. Kuo hatte im dritten Stock eines alten Mehrfamilienhauses auf der anderen Seite des Parks gewohnt. Es wirkte alles ganz durchschnittlich.

Als er gerade gehen wollte, wurde eines der Fenster in der Wohnung geöffnet, und eine Frau erschien – zwischen dreißig und vierzig, kurzes Haar, schlank, scharf geschnittenes Gesicht. Sie stützte den linken Ellbogen auf den Fensterrahmen und hielt in der rechten Hand eine Zigarette. Das Treiben der japanischen und Hongkonger Touristen unten auf der Straße beachtete sie gar nicht; ihre blicklosen Augen nahmen nichts wahr, gaben nichts preis. In kurzen Abständen blies sie Rauch durch dünne Lippen, verschwand dann kurz und kehrte mit einem Aschenbecher und einer neuen Zigarette zurück.

Graue Mauern, ein Fensterrahmen, ein düsterer Himmel, eine Frau im Halbprofil.

Wu erinnerte sich an die Spekulationen in der Presse: War Kuo bei einem Stelldichein mit seiner Geliebten von einem gehörnten Ehemann erschossen worden? Aber das hatten die Zeitungen sich bloß ausgedacht. Das Bettzeug hatte keine einzige Falte aufgewiesen und Kuos Uniform nur dort, wo eine hingehörte. Kein Stelldichein.

Die Frau drückte ihre Zigarette aus und blickte weiter zum tristen Himmel hoch.

Wus Benachrichtigungston für Textnachrichten ertönte, und er legte einen fast unangetasteten Muffin zurück auf den Teller. Er erreichte die nächste U-Bahn, ehe die Türen sich schlossen, und musste unterwegs noch zweimal umsteigen.

Yang, der Rechtsmediziner, war als Scherzbold bekannt. Während eines Fernsehinterviews hatte er einmal einen Finger durch die Flüssigkeit, die aus einer Leiche sickerte, gezogen, dann daran geleckt und behauptet, so könne er den Todeszeitpunkt bestimmen. Der Reporterin, einer attraktiven jungen Frau, verschlug es zunächst die Sprache, und dann erbrach sie sich über ihr Mikrofon. Yang selbst hatte Wu später begeistert erklärt, es sei ein Trick gewesen. Er habe den Zeigefinger durch die Flüssigkeit gezogen, dann aber den Mittelfinger in den Mund gesteckt. Was es, dachte Wu, nicht weniger abstoßend machte.

Yang kam gerade aus dem Obduktionssaal und zog beim

Sprechen den Kittel aus. »Die Fingerabdrücke auf der Waffe stammen von Kuo, aber es ist nicht seine Waffe.«

»Wie das?«

»Es ist eine der neuen T75-Halbautomatikpistolen. Sogar nachdem sie abgefeuert wurde, ist da immer noch eine Ölschicht drauf, in der man was braten könnte. Aber Marineoffiziere nehmen regelmäßig an Schießübungen teil, und Kuo war kein neuer Rekrut. Er hätte auf keinen Fall eine neue Waffe gehabt.«

»Vielleicht haben sie ihm eben eine gegeben?«

»Die Marine verwendet immer noch die alte T51, nicht die T75.«

»Sonst noch was?«

»Na ja, sein Mörder ist wohl nicht knapp bei Kasse. Brandneue Waffe, einmal benutzt und zurückgelassen wie Einwegstäbchen. Oder vielleicht hat er auch eine kleine Zwangsneurose und arbeitet nur mit sauberen Waffen?«

»Und?«

»Sie hatten recht; er war Linkshänder – der linke Arm war kräftiger als der rechte, und am linken Daumen und Zeigefinger fanden sich Spuren von Speiseöl. Und vor allem« – mit einem glänzenden Finger deutete Yang auf Wus Nase – »hatte unser großer Kommissar Wu bereits vor der Ankunft des Rechtsmediziners festgestellt, dass der Tote Linkshänder war.«

»Also ist es kein Selbstmord?«

»In den Worten des Pressesprechers: Wir können nicht bestätigen, dass es kein Selbstmord war.«

»Irgendwelche Hinweise auf den Täter?«

»Kein einziger. Falls – und ich meine wirklich *falls,* Wu – falls es einen Mörder gibt, ist es jemand, den Kuo kannte, vielleicht ein Freund. Jemand, der hereinkommen und Kuo dazu bringen konnte, sich hübsch brav hinzusetzen, sodass er ihm aus nächster Nähe in die Schläfe schießen, Kuos Fingerabdrücke auf der Waffe platzieren und dann nach Hause fahren konnte, um ein Nickerchen zu machen.«

»Haben Sie dafür Ihr Hirn benutzt? Ich bin da mit meinem Arsch draufgekommen.«

»Tja, was Ihr Arsch nicht weiß, ist, dass Kuos Fingerabdrücke zwar auf der Waffe sind, aber der Mörder einen Fehler gemacht hat – keine Fingerabdrücke am Abzug.«

»Okay, weiter.«

»Das Sternzeichen des Mörders war Jungfrau.«

»Yang, vor einer Minute hatte er noch eine Zwangsneurose, jetzt ist er Jungfrau. Sind Sie der Rechtsmediziner oder ein Hellseher?«

»Warten Sie. Wahrscheinlich wusste er, dass Kuo Linkshänder war, hat ihm aber trotzdem in die rechte Schläfe geschossen. Raten Sie mal, warum.«

Wu überlegte. »Keine Ahnung.«

»Also, wenn Sie nicht mitspielen wollen ...«

»Na schön, ich rate. Ihm war das weiße Bettzeug links von Kuo aufgefallen. Wenn er ihn von rechts erschießt, ergeben die Blutspritzer ein hübsches abstraktes Muster auf dem Bett. Er ist Impressionist?«

»Sie verwechseln da abstrakte und impressionistische Kunst. Nein, er hat es gern sauber. Wenn er von der anderen Seite geschossen hätte, wäre das Blut durch das ganze Zimmer gespritzt. Totale Sauerei.«

»Herrgott noch mal, Yang, ist das alles, was Sie haben? Dass der Mörder einen kleinen Ordnungsfimmel hat?«

»Das glaube ich jedenfalls. Das ganze Gehirn, das Blut, die Knochensplitter, alles aufs Bett. Das Hotel muss nur das Bett neu beziehen; sie müssen nicht mal streichen.«

»Tja, danke für Ihren überschaubaren Beitrag.«

»Na schön, hier kommt noch eine kleine Info: Kuo hatte

eine Tätowierung, am linken Oberarm, etwa so groß wie eine alte Dollarmünze. Kaum zu erkennen, wurde wahrscheinlich vor langer Zeit gemacht. Raten Sie mal, was es ist?«

»Ein Anker? Schließlich war er Seemann.«

»Würde ich so ein Gewese wegen eines Ankers machen?«

»Ein Fisch?«

»Das liegt an diesen ganzen Sparringskämpfen, als Sie jünger waren, Wu, das hat Ihrem Gehirn geschadet. Ein Schriftzeichen: ›Familie‹.«

Wu studierte das Foto, das Yang ihm zeigte. Da war die Tätowierung, aber er konnte sie nicht entziffern. »›Familie‹?«

»Es ist Orakelknochenschrift, vielleicht zweitausend Jahre alt. Das ist nicht die ›Kampf den Kommunisten‹-Tätowierung meines Vaters oder die mit dem gebrochenen Herzen von Ihrem Sohn. Ich hätte sie selbst nicht erkannt, wenn ich nicht mit ein wenig Belesenheit gesegnet wäre.«

»Orakelknochenschrift? Wie auf echten Orakelknochen? Sind Sie sicher?«

»Ja. Nun zu Chiu: Auch bei ihm war es so, wie der renommierte Kommissar Wu gefolgert hat: Die Todesursache war ein einzelner Schuss in die Stirn. Kein Wasser in der Lunge, also ist er post mortem schwimmen gegangen.«

»Irgendwelche Anzeichen von Gegenwehr?«

»Keine.«

»Alles sehr professionell. Und seit wann hat Taiwan eigentlich so professionelle Killer?« Vor sich hin murrend, stand Wu auf und machte Anstalten zu gehen.

Yang hielt ihn zurück. »Einen Moment! Gehen Sie nicht bald in den Ruhestand?«

»Noch zehn Tage. Ich schaue mal, wie weit ich mit den beiden hier komme.«

»Was denn, ich helfe Ihnen bloß, sich die Zeit bis zum Ruhestand zu vertreiben?«

»Ich muss zugeben, Yang, es wäre mir zuwider, einen unabgeschlossenen Fall zu hinterlassen.«

Wu streckte die Hand nach der Tür aus, doch Yang hielt ihn erneut zurück: »Was ich zu erwähnen vergaß: Als Chius Witwe die Leiche identifizierte, erwähnte sie einen Drohanruf.«

»Wurde sie selbst bedroht?«

»Er. Anscheinend hat er den Anrufer angeschrien. Alles, was er sagen wollte, war, es sei ein vorgesetzter Offizier gewesen.«

»Also, das ist nützlich. Chiu hatte nicht zufällig auch eine Tätowierung?«

»Leider nicht.«

Als Wu gerade das Polizeigebäude betrat, klingelte sein Mobiltelefon.

»Bin im Haus. Komme sofort hoch.«

»Schneller!«, brüllte Eierkopf.

»Wozu die Eile?«

»Ich bin unterwegs zum Flughafen, nach Rom. Sie haben das Kommando.«

»Rom? Ich wusste gar nicht, dass Sie einen Urlaub gebucht hatten.«

»Haben Sie die Nachrichten nicht gesehen?«

»Nein. Was ist passiert?«

»Chou Hsieh-he, Militärberater der Regierung, wurde vor wenigen Stunden in Rom ermordet.«

KAPITEL SIEBEN

MANAROLA, ITALIEN

Trotz der Umwege war Alex bei Einbruch der Dunkelheit zu Hause in Manarola, einem kleinen Fischerort am Ligurischen Meer, einem von fünf solcher Orte, die sich, Cinque Terre genannt, an die geschwungene, bergige Küste nördlich von La Spezia schmiegten. Manarola, der zweite der fünf, war nur durch einen Eisenbahntunnel durch die Berge oder mit dem Boot zu erreichen.

Die Adidas-Reisetasche über einer Schulter, sprang Alex von der Fähre. Eine schmale, aus dem Fels gemeißelte Straße führte bergauf ins Dorf. Auf einer Bank neben einem Restaurant lag ein dickbäuchiger Mann und ließ mit seinem Schnarchen die Straße erbeben.

Alex trat gegen die Bank. »Auf mit dir, Giorgio. Der Mond ist schon draußen.«

Giorgio schlug die blutunterlaufenen Augen auf und blickte verwirrt um sich, während Alex leichtfüßig die steinernen Stufen hinaufsprang.

Dies war die Hauptstraße des Dorfes, ihre Stufen führten direkt hinauf zum Bahnhof. Enge Gassen zweigten links Richtung Kirche und rechts zu den Wohnhäusern ab. Auf halbem Weg zu der hoch über dem Hafen gelegenen Kirche wohnte Alex im Erdgeschoss eines dreistöckigen Hauses, das so vom Wind gebeutelt und vom Salz zerfressen war, dass es wie die Lunge eines hundertjährigen Rauchers aussah. Der Innenraum war höchstens zwanzig Quadratmeter groß. An der Tür stand eine selbst gebaute Theke aus Holz, und dahinter lag die Küche.

Es gab kein Schild, nur ein Foto von einem in einem Wok bratenden Ei am Fenster. Wohl aus Langeweile hatte jemand ein paar Fünf- und Sechsecke auf das Ei gemalt und es in einen Fußball verwandelt, mit der unerwarteten Folge, dass Passanten stehen geblieben waren und hereingeschaut hatten, weil sie wissen wollten, was für ein Lokal Fußbälle briet. Diese Passanten waren seine ersten Kunden geworden.

Sitzplätze gab es nicht. Alex verkaufte gebratenen Reis zum Mitnehmen – und nur das.

Es war Großpapas Rezept. Nach seiner Militärzeit hatte Großpapa Busse gefahren, und wenn viel Verkehr geherrscht hatte, war er erst spät nach Hause gekommen. Dann hatte er zuerst ihm einen Keks zu essen gegeben, damit er still war, und sich mit dem Rest Zeit gelassen, gemächlich den Wok auf den Herd gestellt, vier Eier aus dem Kühlschrank ausgewählt. Es gibt nichts Erfreulicheres für die Geschmacksknospen als gebratenen Reis – und nichts, was leichter zuzubereiten wäre. Alles, was man zur Perfektion braucht, ist ein wenig Übung.

Er war zwei Tage fort gewesen, und die Tür war mit Nachrichten gespickt. Die meisten wollten wissen, wann er denn wieder da war. Einige der älteren Leute hatten keine Lust, dreimal am Tag zu kochen, und waren inzwischen ganz versessen auf seinen gebratenen Reis.

»Alex, du bist wieder da!« Ein kleiner Junge hing kopfüber vom Balkon im ersten Stock, die Füße durchs Geländer gehakt.

»Komm runter. Ich mache dir gebratenen Reis mit Ei.« Alex winkte, während er aufschloss.

Mit einem dumpfen Aufprall landete der Junge neben ihm.

»Hilf mit, hol den Reis aus dem Kühlschrank.«

Alex schob sein Gepäck in den Wohnraum im Zwischengeschoss und schaltete den Gasherd ein. Auch er hatte Hunger.

»Ich will Garnelen drin!« Giovanni lebte im ersten Stock bei seinen Großeltern. Die beiden waren über siebzig und hatten nicht mehr die Kraft, mit einem neunjährigen Jungen fertigzuwerden.

»Es dauert zu lange, erst noch Garnelen kaufen zu gehen. Wir nehmen Salami.«

Innerhalb von drei Minuten hüpften die Eier und der Reis durch den schweren eisernen Wok, als wollten sie sich nicht die Füße verbrennen.

An einem Regal über dem Herd hingen noch immer die Bestellungen von vor zwei Tagen – elf an der Zahl, davon fünf mit Garnelen, zwei mit Salami. Seine Preise waren fair – fünf beziehungsweise acht Euro –, und sein Angebot war es ebenfalls. Er wurde nicht reich damit, aber es genügte.

Die Salami im gebratenen Reis beanspruchte Alex als seine eigene Erfindung. Hier an der Nordwestküste Italiens bekam man kein Char-siu-Schweinefleisch, und das Aroma der italienischen Schinken passte nicht zu gebratenem Reis. Daraufhin hatte er es mit der bei den Italienern so beliebten Salami probiert, und das kam sehr gut an. Das Schweinefett in der Salami setzte beim Braten im Wok sein Aroma frei; das Salz darin machte gesondertes Salzen überflüssig.

Heute kamen keine Touristen auf der Suche nach Stärkung, was ungewöhnlich war, und so setzten sich die beiden, der Mann und der Junge, und aßen ihren gebratenen Reis. Giovanni war begeistert von seinem Essen und drückte seine Bewunderung für Alex in Form von Fragen aus: »Warum nimmst du Eier?«

»Dante hat gesagt, als er eines Tages vor seiner Tür saß, sei Gott vorbeigekommen und hätte ihn gefragt, was die köstlichste aller Speisen sei. Und Dante antwortete: ›Eier.‹ Ein Jahr später saß Dante wieder vor seiner Tür, und Gott kam vorbei und fragte: ›Aber Dante, wie schmecken Eier am besten?‹ Und Dante sagte: ›Mit Salz.‹«

»Kann nicht sein! Warum sollte Gott so eine blöde Frage stellen?«

»Das tut nichts zur Sache. Die Moral von der Geschichte ist, dass Eier lecker sind.«

»Aber deine Eier sind gebraten, nicht gesalzen.«

»Ich gebe beim Braten Salz hinzu.«

»Aber das ist nicht dasselbe. Das ist nicht wie bei Dantes Eiern.«

»Eier sind Eier.«

Einen Dorfimbiss mit gebratenem Reis aufzumachen war Paulies Idee gewesen. Er hatte gesagt, es gebe jetzt so viele asiatische Touristen in Italien, dass er es allmählich mit Hongkong verwechsele, und gebratener Reis auf chinesische Art werde sich gut verkaufen. Alex hatte keine bessere Idee, daher briet und briet er und staunte, als die Bestellungen nur so hereinströmten. Er verkaufte täglich Dutzende von Portionen, und das viele Kochen wirkte Wunder an seiner Oberarmmuskulatur.

Giovanni wurde von seinem Großvater wieder nach oben gerufen, und Alex hatte seine Ruhe. Er fiel auf seine Matratze und schlief ein.

In der Nacht wurde er wach und ging nach unten, um ein wenig Wasser zu trinken. Dabei fiel ihm draußen ein Lichtpunkt auf, und er trat ans Fenster und spähte am bratenden Fußball vorbei. Niemand auf der Straße, keine andere Beleuchtung als die Straßenlaternen.

Nach einigen Schluck Wasser konnte er klarer denken. Ein Lichtpunkt? Er suchte seine Nachtsichtbrille heraus und saß reglos da. Die Nacht war voller Geräusche: ein nicht ganz zugedrehter Wasserhahn, das Husten eines älteren Menschen, jemand, der aus einem Albtraum erwachte und sich Wasser holte, das Tippen von jemandem, der sich die Nacht im Internet um die Ohren schlug, das Scharren von Stuhlbeinen auf Holz, das Prasseln des Regens gegen die Scheibe.

Da war er wieder. Ein kleiner roter Lichtpunkt. Ein Laservisier.

Alex nahm den kleineren Wok, stülpte ihn über den Stiel eines Schrubbers und lehnte diesen vorsichtig an die Theke. Der Wok schaukelte noch eine Weile hin und her.

Dann zog er seine Tasche aus dem Zwischengeschoss zu sich herunter und setzte das M21 zusammen, kauerte sich in eine Ecke und beobachtete den Wok, der mittlerweile zur Ruhe gekommen war.

Alles blieb still. Die Augen fielen ihm zu, die Waffe ruhte auf seinem Schoß. Ein kalter Luftzug weckte ihn; er hatte ein kleines Belüftungsfenster oben in der Wand offen gelassen, und der Wind hatte den Wok wieder in Bewegung versetzt. Alex streckte die Hand aus, um ihn anzuhalten, da spürte er einen Luftzug im Nacken, und der Wok fiel klappernd herunter.

Alex ließ sich zu Boden fallen und robbte ein Stück vor, um den Wok still zu halten, damit die Nachbarn im Bett blieben, wo sie sicher waren.

Waffe über die Schulter, Arme hoch, zog er sich hinauf ins Zwischengeschoss. Eine Kugel bohrte sich in die gegenüberliegende Wand, dass der Putz nur so in alle Richtungen spritzte.

Sein Lokal befand sich auf halber Höhe einer nicht einmal zwei Meter breiten Gasse. Gegenüber ein weiteres dreigeschossiges Gebäude aus Ziegeln und Naturstein. Zu nah für den Winkel dieser Schüsse; der Schütze musste sich weiter weg befinden, auf höherem Terrain. Dafür kam nur eine Stelle infrage.

Alex setzte die Nachtsichtbrille auf, zwängte sich durch ein kleines Fenster und stieg die Metallleiter hinten am Gebäude hinauf. Zwischen den Häusern war gerade eben genug Platz für eine Katze – vorausgesetzt, die Katze litt nicht unter Klaustrophobie. Keine Gefahr, entdeckt zu werden.

Die erste Etage beherbergte Giovanni und seine Großeltern, die alle früh zu Bett gingen. Der Eigentümer der zweiten Etage floh jedes Jahr im November vor dem kalten Seewind ins Inland. Alex fand unter dem Ziegeldach, das ein Stück über die Hauswand vorragte, Deckung und suchte mit der Nachtsichtbrille das Gelände weiter oben ab.

Wenn man vom Hafen aus die rechte Treppe hinaufstieg, gelangte man zu einer Gruppe älterer Häuser. Alex war bereits in allen gewesen, um Essen auszuliefern. Nur aus dem Obergeschoss des am westlichsten, etwa hundert Meter entfernt gelegenen Hauses konnte man seinen Imbiss sehen. Er hob die Waffe, doch er hatte keine klare Sicht und kein Ziel. *Dies,* wurde ihm erschrocken klar, *ist nicht mehr mein Zuhause.* Es war ein von seinem Feind gewähltes Schlachtfeld.

Er kroch zurück ins Zwischengeschoss, warf ein paar Sachen in seine Tasche und öffnete behutsam die Tür. Eine weitere Kugel krachte in die Wand. Alex rollte sich hinaus auf die Straße und lief, die Tasche über der Schulter, den Berg hinauf, während von den Steinen zu seinen Füßen Kugeln abprallten. *Such dir einen vorteilhafteren Standort, dann kontere,* dachte er.

Er lief mit gesenktem Kopf, schwang sich über ein Tor und sprintete einen Bergpfad entlang, den er gut kannte. Die Via dell'Amore verband Manarola mit dem einen Kilometer entfernt gelegenen Riomaggiore und war zum Sonnenuntergang bei Touristen sehr beliebt. Im Winter war sie gesperrt – zu nass und zu windig für Touristen.

Hinter einer kleinen Anhöhe, unmittelbar bevor der Weg Riomaggiore erreichte, blieb er stehen, wartete, bis sein Atem sich beruhigt hatte, und zielte mit dem Gewehr auf den Pfad vor ihm. Der Regen hatte aufgehört, und der Mond stand am Himmel; kein Verfolger käme ungesehen an ihm vorbei. Dann erkannte er seinen Irrtum. Es brauchte nur einen zweiten Schützen am anderen Ende des Wegs, und er war tot.

Er musste an Eisenschädels Geschichte über Yang Youji denken.

»Die Geschichte berichtet uns von Yang Youji, der um 560 v. d. Z. lebte und ein talentierter Bogenschütze war. Er soll in der Lage gewesen sein, mit einhundert Pfeilen einhundert Blätter von einer Weide in einhundert Metern Entfernung herunterzuschießen. Der damalige König schickte Truppen aus, um einen Aufstand niederzuschlagen, doch der Anführer der Rebellen war selbst ein gefürchteter Bogenschütze, was für Unruhe unter den Soldaten sorgte. Daher versprach der König jedem, der sich dem Rebellengeneral entgegenstellte, Reichtümer und Ehren.

Schließlich trat ein einfacher Soldat, Yang Youji, vor. Das sah nicht nach einem fairen Kampf aus, doch der Rebellengeneral nahm die Herausforderung an: ein Bogenschützenduell, jeder drei Pfeile, der General durfte als Erster schießen, der Ausgang sollte die Schlacht entscheiden. Die beiden Männer standen zwischen den geballten Reihen zweier Armeen, die mit Yangs Tod rechneten.

Alle drei Pfeile des Rebellenführers gingen fehl. Yang

tötete ihn mit einem einzigen Pfeil – mit nur einem, hört ihr? Von da an wurde er ›Yang Einpfeil‹ genannt. Und warum verlor der große General gegen einen einfachen Soldaten? Ich werde es euch sagen: Beim ersten Mal schoss er aus Arroganz daneben. Beim zweiten Mal aus Wut. Und beim dritten Mal vor lauter Panik. Wenn man in Panik gerät, gehorcht einem der Körper nicht mehr, und man wird zum leichten Ziel, wie der Rebellenführer.«

Alex war klar, dass er selbst jetzt an diesem Punkt war – in Panik. Er zwang sich, ruhiger zu atmen. Drückte das Ohr an den Boden. Schritte? Eine Person. Mit einem einzigen Gegner würde er fertig, wenn er geduldig hier auf ihn wartete, doch falls es Verstärkung gab, saß er in der Falle.

Er schnappte sich sein Gewehr und rannte los, gebückt, aber auf dem mondbeschienenen Bergrücken dennoch exponiert. Plötzlich ein stechender Schmerz in der rechten Schulter – der Feind hatte ihn. Alex hechtete zu Boden, kroch durch den Schlamm und hielt nur kurz inne, um das Visier ans Auge zu heben und sich zu vergewissern, dass weiter vorn kein Hinterhalt lauerte.

Er musste fliehen – weit weg – und dann entscheiden, was zu tun war. Dies war sein Zuhause, und er durfte nicht riskieren, es zu verlieren.

Alex zertrümmerte ein Autofenster, stieg ein und schloss die Zündung kurz. Er musste den Feind in die Irre führen, und je weiter er ihn fortlockte, desto besser. Als er losfuhr, durchschlug eine Kugel lautlos die Autotür und drang in sein linkes Bein. Keine Zeit, die Wunde zu untersuchen. Er riss das Lenkrad herum; die Reifen quietschten.

Die Straße führte ostwärts nach La Spezia. Sein verwundetes linkes Bein kämpfte mit der Kupplung, während er über die verschlungene Bergstraße raste. Als er um eine Kurve bog, entdeckte er hinter sich Scheinwerfer.

Wo die Straße aus den Bergen hervorkam, gabelte sie sich und bot ihm zwei Möglichkeiten: links nach La Spezia, einer großen Hafenstadt, und rechts nach Porto Venere, einer kleinen Hafenstadt – mit der potenziell lebensrettenden Kirche San Lorenzo. An der Kreuzung zog Alex die Handbremse an und drehte das Lenkrad blitzartig nach rechts, sodass er auf die Straße nach Porto Venere schleuderte. Würde Paulie in der Kirche sein?

Vom Mond war nichts mehr zu sehen, und es goss wieder in Strömen. Der Regen drang durch das zertrümmerte Fenster herein und durchnässte ihn.

In Porto Venere gab es eine einzige Hauptstraße, die dem Hafen folgte; kleinere Straßen zweigten in die Wohngebiete ab. Im Hafen war alles still; der Mond kam immer wieder hinter den Wolken hervor, sein Licht spiegelte sich auf den Wellen und Regenböen, nahm zu und verebbte. Alex ließ das Auto so stehen, dass es die Fahrbahn blockierte, und rannte eine steile Straße hinauf, wobei er möglichst leicht auftrat, um in den wenigen erleuchteten Wohnungen keine Aufmerksamkeit zu erregen. Er würde dies auf dem Platz vor der Kirche zu Ende bringen: klare Sicht, höheres Gelände und Wind und Regen im Rücken.

Die Kirche stand auf einer lang gezogenen, schmalen Hügelkuppe, eine steinerne Treppe führte hinauf zum Eingang. Er blieb stehen, um nach seinem Telefon zu tasten. Dabei vergaß er kurz seinen Atheismus und betete zu Gott.

Diesmal erhörte Gott ihn. Paulie nahm nach dem ersten Läuten ab. »Wo bist du?«, fragte er Alex leise mit tiefer Stimme.

»Vor der Kirche.«

»Wie viele?«

»Einer, ein Scharfschütze.«

»Komm hoch, ich kümmere mich um dich.«

Aus einer anderen Tasche zog Alex das Nokia, das er in Rom bekommen hatte, und rief die einzige gespeicherte Nummer an. Auch hier wurde nach einem Klingeln abgenommen.

»Ich habe dir gesagt, du sollst dieses Telefon loswerden.« Wieder ihre Stimme.

»Hol Eisenschädel.«

»Probleme? Fahr zum ersten sicheren Unterschlupf.«

»Baby Doll?«

Schweigen.

»Warum meldest du dich unter dieser Nummer, Baby Doll?«

»Eisenschädel hat dir die Adresse gegeben. Bestimmt erinnerst du dich.«

Die Verbindung wurde unterbrochen. Keine Zeit, in Erinnerungen an die Besitzerin dieser vertrauten Stimme zu schwelgen. Alex hatte Dringenderes zu tun.

Unten am Hafen bewegten sich Scheinwerfer die Straße entlang. Alex legte das M21 an, mäßigte seine Atmung und zielte auf das Auto, das er gestohlen hatte und das immer noch die Straße blockierte. *Atmen, den linken Arm entspannen, Atem anhalten, Tank anvisieren, abziehen.* Die Kugel raste aus dem Lauf. Durch das Visier beobachtete er das Fahrzeug, ohne zu blinzeln, bis es in Flammen aufging und ein Dröhnen durch das Städtchen rollte.

Im Licht des Feuers sah Alex, wie der Citroën, der ihn verfolgte, bremste und eine Gestalt vom Fahrersitz an den Straßenrand rollte. In den umliegenden Häusern und Booten gingen die Lichter an. Alex verlor seinen Gegner aus den Augen, nahm jedoch an, dass er seiner Spur den Hügel hinauf folgte. Er wischte sich Regen und Schweiß aus den

Augen und zuckte zusammen, denn ein reißender Schmerz in der rechten Schulter zwang ihn, das Gewehr sinken zu lassen. Der Ärmel war blutgetränkt; das linke Bein ließ sich nicht bewegen. Er sah sich zur Kirche um und stellte fest, dass die Lichter des Turms von einem Schatten verdeckt wurden.

Der Schatten sprach. »Hier, stütz dich auf meine Schulter. Du kannst mir drinnen alles erzählen.«

So robust wie die steinerne Kirche selbst nahm Paulie sein Gewicht auf die Schultern. Alex ließ sich die Stufen hinaufschleppen, die Augen zum Schutz vor Wind und Regen geschlossen. Paulie trug ihn durch die Kirchentür, dann schloss er sie und sperrte Polizeisirenen und himmelhoch züngelnde Flammen aus.

Eine schlichte Steinkirche, schmucklos, kalt, feucht. Alex zitterte heftig.

San Lorenzo selbst saß, aus dunklem Stein gemeißelt und mit Heiligenschein, aufrecht auf seinem Stuhl; eine Hand umklammerte zwei Schlüssel, die andere deutete mit Zeige- und Mittelfinger zum Himmel. Im dritten Jahrhundert starb San Lorenzo – der heilige Laurentius oder Sankt Lorenz – den Märtyrertod, weil er die Reichtümer der Kirche an die Armen verteilt hatte, anstatt sie dem römischen Präfekten auszuhändigen. Es heißt, er sei über heißen Kohlen geröstet worden und habe trotz größter Qualen gescherzt: »Auf dieser Seite bin ich gar, dreht mich um.« Und so war er zum Schutzheiligen der Köche und Komödianten geworden. Alex war Koch. War er auch ein Komödiant? Er hoffte es.

Und jetzt fühlte er sich fiebrig, hatte brennende Schmerzen in Arm und Bein und würde sich am liebsten die Fingernägel hineinschlagen.

»Ich habe die Wunde desinfiziert. Erstversorgung. Beide

Kugeln sind noch drin. Kannst du noch? Erinnerst du dich, wo mein Boot liegt?«

Alex nickte.

»Zieh diese Kutte an. Geh da runter, wo die Statue von Mutter Natur aufs Meer blickt.«

Noch ein Nicken.

»Dein Verfolger ist draußen auf der Treppe. Es ist nur dieser eine. Ich kümmere mich um ihn.«

Paulie trat das M21 an die Wand und zog an einem Seil. Über ihnen läutete eine Glocke.

Alex warf sich die Kutte über und nahm seine Tasche, die nun viel leichter war. Er verließ die Kirche durch die Seitentür und schob sich an der Kirchenmauer entlang auf die Steilwand zu. Der Regen prasselte unaufhörlich, auf die Mauer, auf den Weg, auf sein blutleeres Gesicht.

Das Feuer unten am Hafen war gelöscht worden, doch Alex wusste, es würde jede Spur von ihm zerstört haben, und der Regen würde sich um sämtliche Blutspuren kümmern, die er unterwegs zur Kirche hinterlassen hatte. Mit ein bisschen Glück würden der Polizei die Einschusslöcher in seinem Lokal nicht auffallen.

Der Mond brach durch die Wolken, und Alex erkannte, wie exponiert er beim Abstieg über die Klippen zum Meer sein würde. Doch er schleppte sich weiter bis zur Statue und dann am Abgrund entlang. Da war es – das Seil.

Er drehte sich um und sah Paulie hoch aufgerichtet vor der Kirche stehen, die Hände in die breiten Ärmel seines Gewands geschoben. Die verklingenden Kirchenglocken wurden von sich nähernden Sirenen übertönt. Der Wind zerrte am Saum von Paulies Gewand.

Sein rechter Arm war nicht zu gebrauchen, doch es gelang ihm, sich das Seil zwischen die Oberschenkel zu klemmen und sich mit der linken Hand zum Meer hinabzulassen. Ihm wurde schwarz vor Augen, seine Kräfte verließen ihn. Um sich wach zu halten, sagte er sich wie ein Mantra die Adresse des sicheren Unterschlupfs vor. Als er Taipeh verlassen hatte, um sich der Fremdenlegion anzuschließen, hatte Eisenschädel ihn zum Flughafen gefahren. »Wenn du mal in Schwierigkeiten bist, kannst du dich dort verstecken – und einfach abwarten. Ich werde dich nicht aufgeben, also gib du selbst dich auch nicht auf.« Und jetzt, fünf Jahre später, war er in Schwierigkeiten. Eisenschädels Worte fielen ihm alle wieder ein.

Das Boot war an der Steilwand vertäut. Als er nach Manarola gezogen war, war Paulie mit ihm zum Angeln hinausgefahren. Alex hatte ihn gefragt, warum er zu Bruder Francesco geworden war. Paulie hatte nur die Achseln gezuckt. »Hat keinen Sinn, das Schicksal zu hinterfragen, Bruder Alex. Ich nehme es einfach an.«

Das Boot konnte zwei Passagiere aufnehmen und verfügte über einen kleinen Außenbordmotor am Heck. Alex machte sich keine Sorgen, dass der Motor nicht anspringen oder ihm der Treibstoff ausgehen könnte. Bruder Francesco sorgte für seine Brüder.

Er steuerte das Boot um die Halbinsel herum und hielt dann ostwärts auf die Burg zu, die auf einem Felsen über der Bucht von Lerici thronte. Dort würde Paulies Freund Mario warten.

Als das Boot Fahrt aufnahm, schlugen Alex Wind und Regen ins Gesicht, und dennoch hatte er das Gefühl, innerlich zu verbrennen. Aber endlich hatte er Zeit zum Nachdenken. Was zum Teufel hatte er falsch gemacht?

KAPITEL ACHT

TAIPEH, TAIWAN

Wu blieb bis spät im Büro. Es schien naheliegend, dass Chius Tod mit seiner Arbeit zu tun hatte, deshalb sah Wu sich die großen militärischen Beschaffungsprojekte der letzten Jahre an. Die Pläne, den Kampfpanzer M1A1 zu kaufen, fanden bei der Regierung keinen Anklang. Der beabsichtigte U-Boot-Kauf war zum Stillstand gekommen, da die USA und die EU sich weigerten zu verkaufen, und das Verteidigungsministerium hoffte, eigene U-Boote bauen zu können. Was die Absicht betraf, das Kampfflugzeug F35 zu kaufen … Auch hier weigerten sich die USA zu verkaufen und boten lediglich eine Nachrüstung von Taiwans vorhandenen F16 an. Chiu war beim Heer gewesen, also hatte er vermutlich an der Panzerbeschaffung gearbeitet. Wenn es damit nicht voranging, würde ein Ersatzteilmangel dafür sorgen, dass die Panzer außer Dienst genommen wurden, und das Verteidigungsministerium – kein Fan des Heeres – würde die Gelegenheit nutzen, dessen Waffenausgaben zu kürzen. Und wenn dieses Budget erst an die U-Boote oder die nachgerüsteten Kampfflugzeuge umverteilt war, bestand kaum Hoffnung, dass das Heer es jemals zurückbekam.

Zwei Panzerbrigaden und deren Budgets zu verlieren hätte die Einsparung von zwei Generalmajoren zur Folge. Und damit würde das Heer im Vergleich zu Marine und Luftwaffe an Bedeutung verlieren. Ein Verlust, von dem sich das Heer nur schwer erholen würde. Also würde es Ausschau nach teuren Waffen halten, für die es sein Geld ausgeben konnte. Eine große Bürde auf Chius Schultern. Was plante das Heer zu kaufen? Was hatte Chiu vorgehabt?

Kuo wiederum mochte nur ein Unteroffizier gewesen sein, doch seine Leistungen würden viele hochrangige Offiziere beschämen. Minensucherausbildung 2005 in Deutschland – es gab nicht viele Unteroffiziere, die dafür gut genug Englisch sprachen, aber Kuo schon, und die Marine hatte ihre Beziehungen spielen lassen, um ihn in Deutschkursen einer Ausbildungseinrichtung für Nachrichten- und Geheimdienste unterzubringen. Bisher hatte er sich zweimal weiterverpflichtet und zuletzt eine dritte Dienstverlängerung beantragt. Kuo war Spezialist für U-Boot-Abwehr gewesen und hatte auf Fregatten der Cheng-Kung- und Chi-Yang-Klassen sowie auf Minensuchbooten der Yung-Feng- und der Yung-Ching-Klassen gedient. Zuletzt war er Bootsmann auf einem Zerstörer der Kee-Lung-Klasse gewesen.

Dieses letzte Schiff googelte Wu: Die Kee-Lung-Klasse hieß in den USA, wo Taiwan sie gekauft hatte, Kidd-Klasse. Alt, doch mit neuntausendachthundert Tonnen waren sie Taiwans größte Frontkriegsschiffe. In Anbetracht seiner Erfahrung und seiner Laufbahn war Kuo vermutlich der inoffizielle Kapitän des Schiffs gewesen. Erst letzten Monat hatte er eine weitere Dienstverlängerung beantragt, und es schien keine Gefahr bestanden zu haben, dass sie abgelehnt würde. Warum also sich umbringen, wenn doch alles so gut lief? Und wo war die Verbindung zur Beschaffungsbehörde? Kuos Rang war noch viel zu niedrig für eine Mitwirkung auf dieser Ebene gewesen.

Ein Fernseher an der Wand riss Wu aus seinen Gedanken: In einer Nachrichtensendung wurden Bilder gezeigt, die ein Tourist in Rom gemacht hatte: Chou Hsieh-he, der unvermittelt mit dem Oberkörper auf einen Cafétisch fiel, während der Ausländer im pelzbesetzten Mantel neben ihm ihn entgeistert anstarrte.

Was wollte ein Militärberater der Regierung in Rom? Und wer nahm sich die Zeit, Berater zu ermorden? Sie hatten keine echte Macht. Die Regierung hatte Dutzende davon, die meisten unbezahlt. Es war ein Ehrentitel.

Wu stellte ein paar Nachforschungen an: Chou war dreiundvierzig gewesen, unverheiratet, Universitätsprofessor. Hatte allerdings in einer prächtigen Villa abseits der Ren'ai Road gelebt. Universitäten zahlten offenbar viel besser als die Polizei, dachte Wu.

Doch was hatte Chou in Rom getan? Das war die Frage. Und wer war dieser Ausländer bei ihm?

Als Wu nach Hause kam, war es nach zehn. Seine Frau saß wie üblich auf dem Sofa, auf dem Schoß eine Schachtel Papiertaschentücher, im Fernsehen eine koreanische Seifenoper. Zur Begrüßung winkte sie ihm zu. »Es sind noch Teigtaschen im Kühlschrank.«

Im Zimmer seines Sohnes brannte Licht. *Lernt er etwa so spät noch?* Wu steckte den Kopf durch die Tür: »Lernst du für die Prüfungen? Hunger?«

Den Blick auf den Bildschirm geheftet, hob sein Sohn die Maus und schüttelte sie anstelle des Kopfs.

»Schneller Schlummertrunk mit deinem alten Vater?«

Wieder lehnte die Maus ab.

Von den Möbeln würde ich eher eine Antwort bekommen, dachte Wu.

Zehn Teigtaschen und zwei Schlummertrünke später gesellte seine Frau sich mit roten Augen zu ihm an den Esstisch.

»Warum guckst du dir diese Sendungen an, wenn du dabei immer so weinen musst?«

»Du würdest es doch nicht verstehen.« Sie nahm sein Glas und trank einen Schluck. »Es gibt etwas, worüber ich mit dir reden möchte.«

Das klang nicht gut.

»Dein Vater war wieder hier.«

Wus Vater war Grundschullehrer gewesen. Mit fünfundfünfzig war er in den Ruhestand gegangen und hatte noch zwanzig glückliche Jahre mit Wus Mutter genossen. Vor zwei Jahren war sie gestorben, und kurz darauf hatte er mit Behältern voller Essen bei ihnen vor der Tür gestanden und gesagt, er hätte seinem Enkel Abendessen gekocht. Er war ein guter Koch, und es war schön, ihn beschäftigt zu sehen, zumal es Wus Frau Arbeit sparte. Aber er kam jeden Tag. Alle hatten das Gefühl, sie dürften nicht ausgehen, weil sie zum Abendessen zu Hause sein mussten. Irgendwann hatte sein Sohn es ausgesprochen: »Großvaters Essen ist toll, aber ich würde gern ab und zu mit meinen Freunden einen Burger essen gehen.«

Am Tag danach war Wu um neun nach Hause gekommen. Die Zimmertür seines Sohnes war geschlossen, die Tür des gemeinsamen Schlafzimmers ebenfalls. Und in der Küche ein Tisch voller unangerührtem Essen. Sein Sohn hatte sich also für den Burger entschieden. Und seine Frau? Sie kam heraus und lehnte sich an den Türrahmen. »Ich war aus. Vorher habe ich deinen Vater angerufen und ihm gesagt, er soll einen Tag Pause machen. Er sagte, er hätte das Essen schon fertig, also würde er es auch vorbeibringen.«

Glücklicherweise zog sein Sohn dann eine Zeit lang ins Studentenwohnheim, daher konnte Wu seinem Vater sagen, er könne eine Weile pausieren: unnötig, eine Stunde im Bus zu sitzen, um das Abendessen vorbeizubringen. Sein Vater hatte nicht viel gesagt, und am nächsten Tag war er nicht erschienen. Kein Kochen für sie mehr, außer sie besuchten ihn zu Neujahr oder an einem Feiertag. Zu jener Zeit war sein Vater jede Woche mit ehemaligen Kollegen draußen, um zu wandern oder zu schwimmen, deshalb hatte Wu sich keine Sorgen um ihn gemacht. Und bei der Arbeit war viel los gewesen. Wo er jetzt so darüber nachdachte, merkte er, dass er seinen Vater seit einem Besuch zum Mondfest nicht mehr gesehen hatte.

»Dein Vater hat die letzten sechs Monate Kochunterricht an der Volkshochschule genommen. Er hat ein Zertifikat darüber. Und er sagt, er will seine neuen Kenntnisse ausprobieren und dafür sorgen, dass sein Enkel vernünftig isst. Er hat sämtliche Zutaten eingepackt und war gegen vier hier. Ich bin um fünf nach Hause gekommen. Also hat er eine Stunde vor der Tür gesessen und gewartet. Was glaubst du, wie ich mich jetzt fühle?«

Wu bemerkte einen großen Topf auf dem Herd.

»Ein Eintopf. Möchtest du probieren?«

Sie holte ihm einfach einen Löffel voll.

»Das ist ... salzig.«

»Hat dein Sohn auch gesagt. Dein Vater fand das gar nicht komisch.«

»Meinst du, er hat seinen Geschmackssinn verloren?«

»Es kommt noch schlimmer. Er will einen Schlüssel.«

Wus Telefon klingelte. Der Leiter der Kriminalpolizei, der sämtliche Dezernatsleiter zu einer Besprechung einbestellte, auf Anordnung aus dem Büro des Staatspräsidenten. Chous Ermordung sollte ab sofort oberste Priorität haben, mit Bericht an den Nationalen Sicherheitsrat, baldmöglichst. Wieder eine durchwachte Nacht.

»Ich rufe ihn morgen an.«

Wu schob alle Gedanken an seinen Vater beiseite und ging zum Computer, um sich die Dateien anzusehen, die sie geschickt hatten. Die italienische Polizei konzentrierte sich auf einen Verdächtigen, einen Koreaner, der ganz in der Nähe im Hotel Relais Fontana di Trevi abgestiegen war. Das Hotel hatte ihn am Morgen angezeigt, weil er abgereist war, ohne auszuchecken. Doch bei einer Durchsicht sämtlicher Überwachungsbilder vom Platz hatte man keinen verdächtig wirkenden Asiaten entdeckt. Wu sah sich einige der Filme an: unscharf und wirr, wie immer. Und ein für Rom ungewöhnlicher Graupelschauer, weshalb der Platz von Regenschirmen verdeckt war.

Eierkopf müsste immer noch im Flugzeug nach Rom sitzen – und zwar in Anbetracht ihres Budgets in der Economyclass. Beim Gedanken daran, wie verhasst Eierkopf die folienverpackte Pampe war, die die Airlines servierten, musste Wu grinsen. Er schickte ihm eine Nachricht: *Sehen Sie sich den Mann mit der Baseballkappe auf den Überwachungsbildern an. Alle anderen sind panisch, aber er verlässt seelenruhig den Platz, ohne sich darum zu kümmern, auf wen oder wo geschossen wurde.*

Es würde noch mindestens zehn Stunden dauern, bis Eierkopf diese Nachricht sah. Wu zog seinen Mantel wieder an und schloss behutsam die Tür hinter sich. Ein früher Arbeitsbeginn für ihn.

Es war kurz nach Mitternacht. Noch vor drei Monaten hatte er darüber gemault, dass die Zeit nicht verging. Jetzt waren es nur noch neun Tage, und die Zeit flog nur so dahin. Und er konnte sie nicht anhalten.

KAPITEL NEUN

BUDAPEST, UNGARN

Alex erwachte in einem Lkw, in einem Pkw, in einem Zug. In Budapest stieg er aus, nahm die Metro und lief schließlich mit der Reisetasche über der Schulter durch die Straßen an der Donau, murmelte immer wieder leise eine Adresse vor sich hin und zuckte zusammen, wenn seine Verletzungen sich bemerkbar machten.

Er dachte an Paulie und diese tiefe Stimme: »Ich kümmere mich um dich.«

Doch bei seiner Landung mit dem Boot hatte Mario ihn in Empfang genommen. Alex kannte den Mann, einen Einheimischen mit einem dichten Bart, der sich ihnen einmal bei einem Angelausflug angeschlossen hatte.

»Super-super-Mario«, hatte Alex zur Begrüßung gesagt.

Mario hatte Alex die Hände an die Wangen gelegt. »Bescheidener, bescheidener Mario. Paulie lässt grüßen. Ihm geht es übrigens gut. Dir nicht. Dein Verfolger konnte abhauen.«

Als Nächstes fand er sich in der Koje der Fahrerkabine eines Sattelschleppers wieder. Er versuchte, sich aufzusetzen. Neben der Koje gab es ein Waschbecken, und ein Tisch voller Essen erwartete ihn, ein Teller Rührei inklusive.

»Paulie hat gesagt, du magst Eier. Steh auf, iss was.«

Alex wies Marios ausgestreckte Hand zurück, schwang die Beine aus dem Bett und stützte sich auf das Becken, während er zum Tisch schlurfte. Obwohl er keinen Appetit hatte, setzte er sich hin und schaufelte sich das Essen in den Mund. Er brauchte die Kraft. Mario hatte Milch hinzugegeben. Sie machte das Rührei seidiger. Aber Alex hatte eine unverfälschte Vorliebe für unverfälschte Eier.

Mario streckte ihm eine raue, schwielige Faust hin, öffnete sie und zeigte ihm zwei deformierte Kugeln. »Die hier ist aus deiner Schulter. Diese andere sieht aus, als hätte sie dein Bein nicht direkt getroffen, sondern wäre vom Boden abgeprallt; ist nicht viel weiter als durch die Haut gedrungen. Der Doc hat sie einfach mit den Fingern rausgepult. Behalt sie als Andenken. Du bist jung genug, die Wunden werden schnell heilen.«

Mario ließ die Kugeln über den Tisch rollen. »Sämtliche Bullen Norditaliens sind jetzt in Porto Venere. Wir müssen dich wegbringen. Iss deine Eier auf, dann machen wir uns auf den Weg. Und nimm die.«

Immer noch schläfrig nahm Alex die Tabletten und schlummerte bald darauf auf dem Rücksitz eines Autos. Er träumte von Eisenschädel.

»Denk an Yang Youji. Scharfschützen wissen immer, wo sie sind, und sie fallen niemals auf.«

Alex erwachte, fragte sich, warum das Auto so heftig schaukelte, und stellte fest, dass er sich in einem Zug befand und Mario ihm übers Haar strich. »Du machst dich gut. Ich muss am nächsten Bahnhof aussteigen, von jetzt an bist du also auf dich allein gestellt. Du hast im Schlaf eine Adresse gemurmelt. Ich habe nur Budapest verstanden, also habe ich dich in einen Zug nach Ungarn gesetzt.«

Was hatte er falsch gemacht? Wer jagte ihn? Das Fieber verstärkte Alex' Paranoia nur. Und dann fiel er in einen langen, tiefen Schlaf.

»In der Zeit der Streitenden Reiche gab es einen großen Bogenschützen aus dem Reich Wei, Geng Lei, der mit dem König wettete, er könne allein durch das

Spannen seines Bogens einen Vogel erlegen. Als die Gans sich von Osten her näherte, hob Geng seinen Bogen, spannte die Sehne – und als das Sirren der losgelassenen Sehne erklang, fiel die Gans wie vom Pfeil getroffen zu Boden. Der Wei-König wollte wissen, wie.«

Eisenschädel lief vor einer Reihe Scharfschützen, die im Schlamm auf dem Bauch lagen, auf und ab.

»Geng erklärte, er habe gesehen, dass die Gans verletzt war – sie flog langsam, weil sie verwundet war, und stieß angstvolle Rufe aus, denn sie hatte ihren Schwarm verloren. Beim Sirren der Bogensehne geriet sie in Panik und versuchte zu fliehen. Dabei platzte ihre Wunde wieder auf, und so wurde sie ohne einen einzigen Pfeil erlegt. Und was will ich euch damit sagen?«, fragte Eisenschädel.

Alex fand den sicheren Unterschlupf und unter einer Steinplatte auf der zweiten Stufe den dazugehörigen Schlüssel. Er legte die Platte zurück und fuhr mit dem Aufzug zu Wohnung 315 im dritten Stock. Ein Tastenfeldschloss. Er tippte sein Geburtsdatum ein, und die Tür öffnete sich mit einem Summen.

Die Wohnung war klein, vielleicht fünfzig Quadratmeter. Ein einziger offener Raum plus Bad. Ein Bett und ein Fenster gegenüber der Tür. Alex dachte an die Geschichte von Geng Lei, nahm noch zwei Tabletten und legte sich schlafen.

Er träumte von einer Frau, die er nicht richtig erkennen konnte. Sie kniff ihn in den Arm. »*Ich mag dich auch. Aber können wir für eine Weile nur Freunde sein?*«

Als er erwachte, schmerzten und juckten seine Wunden. Er durchsuchte die Tasche, die Mario ihm gegeben hatte, dann nahm er im Bad vor dem Spiegel die Verbände ab. Wer ihn genäht hatte, wusste er nicht, aber die Stiche breiteten sich unordentlich um die Wunden aus – wie Spinnen in Bewegung.

Alex legte frische Verbände an und verließ die Wohnung. Schnee bedeckte das Pflaster, und er musste lange laufen, bis er einen Laden fand, in dem er sich mit dem Nötigsten versorgen konnte. Danach erkundete er eine halbe Stunde lang die Gegend und fühlte sich unerklärlich gut.

Er aß ein Sandwich und durchsuchte dann Zentimeter für Zentimeter die Wohnung. Nichts hinter dem Kunstdruck von Rembrandts *Nachtwache* an der Wand. Nichts im Sicherungskasten an der Tür. Nichts im Spülkasten der Toilette. Er klopfte das Kopfkissen ab – da war er. Alex zog den Zettel aus dem Kissenbezug, prägte sich die Adresse ein und verbrannte ihn.

Ein sicherer Unterschlupf war nur drei Tage lang sicher, danach wurde es Zeit, zum nächsten weiterzuziehen. Und er hatte keine Waffe gefunden.

Weitere Tabletten, dann fiel er aufs Bett und schwitzte im Schlaf das Bettzeug durch. Aufstehen, Instantnudeln, weiterschlafen. Achtzehn Stunden später stand er wieder auf, und das Fieber war weg. Er war noch immer schwach, aber nicht mehr völlig kraftlos. Alex zog sämtliche Kleidung an, die er besaß, und schlurfte wie ein Obdachloser durch das Gitterwerk der umliegenden Straßen. Eine alte Gewohnheit: sich die Örtlichkeiten einzuprägen.

Vom Fenster der Wohnung aus blickte er auf die Seitenmauer eines Kasinos auf der anderen Straßenseite, etwa sechs Meter entfernt. Die oberste Etage des fünfgeschossigen Gebäudes war ein Hotel; acht Fenster, alle fest geschlossen. Vor dem Kasino erstreckten sich ein Park und die Straße entlang der Donau. Zwei Gassen weiter nördlich fand

Alex ein Nudelhaus namens Momotaro – der Pfirsichjunge der japanischen Folklore. Alex besah sich die Speisekarte an der Tür. Sie hatten Sashimi, Tempura, Nudeln, Xiaolongbao, gebratenen Reis nach Yangzhou-Art.

Die feuchtheiße Luft eines chinesischen Restaurants hüllte ihn ein. Vom Fluss her war Hupen zu hören; an den Fensterscheiben lief Kondenswasser hinab.

Gebratener Reis nach Yangzhou-Art hatte nur eine entfernte Ähnlichkeit mit dem gebratenen Reis, wie Alex ihn zubereitete. Man gebe den Reis vom Vortag in einen Wok, füge ein wenig Wasser hinzu, lasse den Reis mit Deckel kochen, bis er das Wasser ganz aufgenommen hat. Erst dann gebe man die Eier dazu und rühre schnell. Weicherer Reis, kräftigerer Eigeschmack.

Einen großen Teller gebratenen Reis nach Yangzhou-Art später stand Alex wieder auf der Straße und atmete die kalte, klare Luft in tiefen Zügen ein. Der Koch, der gerade eine Zigarettenpause machte, nickte zum Gruß zweimal aufwärts – eine für die Provinz Zhejiang typische Eigenheit, fiel Alex ein – und bot ihm eine Zigarette an. Alex nahm sie und blickte die Straße entlang: der von Gebäuden gesäumte Fluss und die Kettenbrücke, die Buda mit Pest verband. Es schneite noch immer, die Brücke stand noch, und nur umrisshaft erkennbare Gestalten eilten hin und her. Vielleicht sollte er einfach hierbleiben. Sich etwa einen Aushilfsjob bei Momotaro suchen.

Er winkte dem Koch zum Abschied zu und erntete im Gegenzug ein weiteres Aufwärtsnicken.

Auf dem Rückweg zum sicheren Haus keine verdächtigen Personen oder Fahrzeuge. Wegen des Vitamin C aß er sechs Kiwis. Alex wusste, dass Guave, Kiwi, Zimtapfel und Orange am meisten Vitamin C enthielten, doch er hatte nur Kiwis bekommen.

Er konnte nicht schlafen. Als er aufstand, um zu lesen, fiel ihm auf, dass das Fenster ganz rechts im Hotel gegenüber offen stand, aber dunkel war. Die übrigen waren erleuchtet, oder es drang Licht durch zugezogene Vorhänge. Alex wusste, dass es in dieser Stadt das ganze Jahr über ruhig war, doch im Kasino schien viel Betrieb zu herrschen. Und gestern Abend war in sämtlichen Zimmern Licht gewesen. Jetzt wirkte eines leer. Doch wenn es leer war, warum stand dann das Fenster offen?

Er entfernte sich vom Bett, schaltete das Licht aus und hockte sich in eine Ecke, von der aus er das offene Fenster im Blick hatte.

Dann zog er die dunkle Tagesdecke vom Bett, hängte sie über die Gardinenstange, damit man von außen nicht in die Wohnung sehen konnte, und schaltete im Sicherungskasten den Strom ab. Danach verließ er das Gebäude durch die Hintertür und fand eine dunkle Stelle, von der aus er die oberste Etage des Kasinogebäudes, in der sich das Hotel befand, beobachten konnte. Er entdeckte Rauch, der herauswehte.

Alex rief Zar an; nach einer langen Straßenbahnfahrt erreichte er die nördlichen Vororte.

»Ich brauche eine Waffe.«

Zar ignorierte die Bitte und zog ihn in eine bärenhafte Umarmung, die ihm die Luft abdrückte. »Alles, was du brauchst. Wasserpistolen, wenn du willst.«

Zar war Moldawier, kein Russe. Ein Land, das etwas kleiner als Taiwan war, westlich von Rumänien und südlich der Ukraine, mit einer Bevölkerung von dreieinhalb Millionen. Beim Zusammenbruch der Sowjetunion hatte es Albanien den Rang als ärmstes Land Europas abgelaufen. »Die jungen Leute gehen wegen des Geldes ins Ausland. Die alten Leute sitzen zu Hause und haben Angst, es auszugeben«, hatte Zar einmal über seine Heimat gesagt.

Zar hatte die Fremdenlegion ein Jahr vor Alex verlassen und war nach Moldawien zurückgekehrt. Einige Monate hatte er es dort ausgehalten, dann eine Weile in Rumänien verbracht und war schließlich in Ungarn gelandet, wo er geheiratet und sich niedergelassen hatte. Zar war einer der vier in jenem Schlamassel in der Elfenbeinküste gewesen und hatte am meisten von allen abbekommen, wie seine platte Nase noch immer bezeugte. Zar, Paulie, Krawatte und Alex.

Sie fuhren nach Norden in Richtung der slowakischen Grenze zu dem im Wald verborgenen Haus, in dem Zar wohnte.

Zar warf ihm ein Gewehr zu. »Dragunow SWU, russisch. Du kennst es. Ich kann dir einen Schalldämpfer mit Mündungsbremse geben, ein PKS-07-Zielfernrohr und ein Zehnpatronenmagazin.«

Alex hatte das SWU schon benutzt. Leicht, bekam keine Ladehemmung, ging nicht kaputt, einfach zu reinigen.

»Und mach dir keine Gedanken, wo ich es herhabe. Ein Andenken aus Afghanistan.« Zar breitete die Arme aus, ein Ausdruck der Großzügigkeit. »Oder eine CZ?«

Die CZ war tschechisch, eine feine Waffe zu einem guten Preis. Doch das SWU war eine bessere Waffe, als ihre Größe vermuten ließ.

»Hab seit der Fremdenlegion selbst keine Waffe mehr abgefeuert«, sagte Zar und wunderte sich darüber, wie die Zeiten sich gewandelt hatten. »Mag den Geruch von Tabak mittlerweile lieber als den von Schießpulver.«

Zar malte drei konzentrische Kreise auf ein Blatt Papier und befestigte es in dreißig Metern Entfernung an einem Baum. Alex gab drei Schüsse ab, alle zu hoch und zu weit links. Er justierte die Kimme nach und versenkte drei weitere genau in der Mitte.

»Wie groß ist die Reichweite?«

»Die Russen behaupten eintausendzweihundert Meter.« Zar wedelte warnend mit dem Zeigefinger. »Also höchstens achthundert.«

Das sollte genügen.

Alex machte gebratenen Reis. Kein Wok, also musste er eine Pfanne mit flachem Boden verwenden, und er konnte nur mit dem linken Arm rühren. Er schnitt das Gemüse, das Zar im Kühlschrank hatte – Großpapa hätte vor Entsetzen über einige der Zutaten den Kopf geschüttelt –, und kochte es halb gar, dann ließ er ein wenig Schinkenspeck aus, gab die Eier und den Reis und schließlich das Gemüse hinein und ein wenig Pfeffer und Salz darüber.

Zars Frau strahlte beim Essen. Alex ging durch den Kopf, dass es in diesem kalten Klima gut war, wenn eine Frau ein bisschen mehr auf den Rippen hatte.

»Paulie hat gesagt, jemand hat versucht, dich zu töten. Solltest du nicht untertauchen? Wer ist es?«

Alex schüttelte den Kopf. Sie hatten sich nach dem Abendessen auf die Veranda gesetzt. Zar lehnte sich auf seinem Holzstuhl zurück und streckte die Beine aus.

»Wenn du eine Waffe brauchst, willst du wohl nicht fliehen?«

»Nein. Ich komme nicht drauf, woher sie wussten, dass ich in Budapest bin. Was bedeutet, ich muss sie fragen.«

»Wenn sie deiner Spur von Italien aus gefolgt sind, müssen sie gut sein.«

»Die Besten.«

»Gib mir dein Telefon.«

Zar nahm Alex das iPhone aus der Hand. »Es gibt jetzt drei Arten von Leuten«, sagte Zar. »Leute, die Apple-Telefone benutzen, Leute, die andere Mobiltelefone benutzen, und Leute, die gar keine benutzen.« Während er das sagte, legte er das Telefon auf den Boden und zerquetschte es dann wie eine Kakerlake mit dem Stiefelabsatz. Stampf. Stampf. Quetsch.

»Asche zu Asche, Staub zu Staub«, deklamierte Alex.

»So bist du schwerer zu finden«, erklärte Zar. »Ach, und was ich noch sagen wollte: Die Nachtsicht taugt bei diesem Zielfernrohr nichts. Versuch nicht, jemanden nach Einbruch der Dunkelheit in Asche und Staub zurückzuverwandeln.«

»Wie breit ist die Donau an der Kettenbrücke?«

»Vielleicht vierhundert Meter. Willst du schwimmen gehen?«

Alex senkte den Blick auf die Waffe in seinem Schoß, während Zar sich vorbeugte und ihm auf den Rücken klopfte. »Du hast dich nicht verändert, Alex.«

»Was ist auf der anderen Seite der Brücke?«

Zar stand auf. »Es ist noch lange hin bis zum Morgen. Wir brauchen was zu trinken und einen Stadtplan.«

»In der Zeit der Drei Reiche kam General Taishi Ci seinem belagerten Freund Kong Rong zu Hilfe. Er erfuhr, dass Kong Rong keine Boten nach Verstärkung ausgeschickt hatte, da niemand es wagte, die Belagerungslinien zu durchqueren.«

Eisenschädel liebte seine kleinen Ansprachen vor dem Abendessen. Das zusätzliche Essen, das zur Feier des Mondfestes aufgetischt worden war, änderte daran nichts.

»Am nächsten Tag führte Taishi Ci einen Trupp Soldaten hinaus zum Graben, wo er ein großes Ziel auf den Boden stellte. Die feindliche Armee nahm an, dass ein Angriff bevorstand, und bereitete sich entsprechend vor. Aber Taishi Ci ritt nur vor dem Ziel auf und ab

und feuerte zehn Pfeile ab, von denen jeder ins Schwarze traf. Am nächsten Tag und am übernächsten: die gleiche Darbietung. Am vierten Tag rechnete der Feind nicht mehr mit einem Angriff – und Taishi Ci griff das feindliche Lager an, ein einzelner Mann auf einem einzelnen Pferd. Die feindlichen Soldaten, die wussten, dass er niemals sein Ziel verfehlte, ließen ihn vorbei. Die wenigen, die es wagten, sich zu nähern, fielen tot zu Boden.
Habt ihr das kapiert? Ein Scharfschütze muss so tödlich sein, dass der Feind schon in Panik gerät, wenn sein Name geflüstert wird.« Eisenschädel schnappte sich eine Hähnchenkeule von einem Serviertablett. »Dann esst!«

Schwere Schneefälle hatten die Straßen unpassierbar gemacht, und Alex musste mehrfach den Bus wechseln, um zurück zum Burgberg am Westufer der Donau zu gelangen. Er folgte den Burgmauern Richtung Süden zu einem Hotel, wo er an einer mit Gästen beschäftigten Rezeptionistin vorbei auf die Toilette schlüpfte und dann hinauf aufs Dach stieg. Er rollte das weiße Laken aus, das Zar ihm geschenkt hatte, und ließ sich darauf nieder, um das Kasinogebäude mit dem Hotel im obersten Geschoss zu observieren. Die ganze Nacht über zu warten musste seinen Gegner nervös gemacht haben, vorausgesetzt, seine Abwesenheit war nicht bemerkt worden.

Durch ein Fernglas betrachtete er die barocke Pracht des Hotels Four Seasons und des Kasinos daneben. Er hatte ungehinderte Sicht auf das Fenster ganz rechts im obersten Stockwerk. Noch immer offen. Sein eigenes Fenster war durch die dunkle Tagesdecke, mit der er es zugehängt hatte, den grauen Himmel und den Schnee am Boden vermutlich wie ein großer Spiegel.

»Denk so«, hatte Eisenschädel immer gesagt, »als wärst du der Feind.« Wenn Alex also ein Scharfschütze wäre, der aus dem vierten Stock des Kasinogebäudes aus einem ungünstigen Winkel auf den sicheren Unterschlupf blickte, durch dessen Fenster er nicht sehen konnte? Es gab nur eine Möglichkeit: raus aufs Dach, wie in Rom. Durch eine Dachluke klettern und sich hinter dem Dachfirst verstecken. Keine Gefahr, entdeckt zu werden, und bessere Sicht durch das Oberlichtfenster des sicheren Unterschlupfs.

Oder er könnte einfach die Straße überqueren und die Tür eintreten. Nein. Dies war ein Scharfschütze, kein Killer. Scharfschützen denken in den Kategorien Entfernung, Tarnung, Sichtfeld, Wind und Wetter.

Er rief sich seine Erkundung der umliegenden Straßen in Erinnerung. Die eine Seite des Kasinos blickte über eine schmale Gasse hinweg auf den Fluss; das Gebäude hatte ein Steildach, damit sich der Schnee nicht darauf ansammeln konnte. Auf beiden Seiten vier Dachluken, der Kälte wegen geschlossen. Eine Schneeschicht auf dem Dach.

Falls er selbst in dieser Situation wäre – die Dachluke seines eigenen Zimmers fiel aus, da zu sichtbar, weil es nach vorn hinausging; ein Einbruch in eines der Zimmer an der Rückseite fiel auch aus, da zu riskant –, müsste es die hintere Dachluke über der Treppe sein. Und an der Treppe gab es keine Wände zwischen den vorderen und hinteren Dachluken. Er bewegte das Fernglas zur Seite. Tatsächlich, durch die vordere Dachluke konnte er bis zur hinteren sehen.

Alex dachte an den Angriff in Manarola. Dort hatte sein Gegner sich dafür entschieden, aus der Ferne von höherem Terrain aus durch ein Fenster zu schießen. Er hatte offensichtlich Angst, dass er entdeckt werden könnte – zweifellos insbesondere von Alex. Vielleicht jemand wie Alex, mit einem asiatischen Gesicht, jemand, der wusste, dass er bemerkt würde, dass er von geschwätzigen Einheimischen Alex gegenüber erwähnt werden könnte? Doch die Entscheidung, sich in so großer Entfernung zu positionieren, war ein Fehler gewesen. Und nach dem gescheiterten Attentat hatte er Alex gejagt – zum Wanderweg, nach Porto Venere, nach Budapest. Dies war jemand, der Alex unbedingt tot sehen wollte.

Nachdem sein Gegner einmal gescheitert war und wusste, dass Alex gewarnt war und zum Gegenangriff übergehen könnte, würde er vorsichtiger sein. Aber vielleicht hatte das Zimmer gegenüber dem sicheren Unterschlupf auch schon die ganze Zeit leer gestanden, und Alex war bloß paranoid.

Drei Stunden später massierte Alex gerade seine steif gefrorenen Beine und erwog einen Rückzug. Aber wenn nun wirklich jemand hinter ihm her war? Jemand, der ebenfalls auf einem eisigen Dach lag und sich die Beine massierte? Würde dieser jemand wieder vom Dach heruntersteigen?

Alex wartete.

Vor dem Hotel Four Seasons hielt ein großer Reisebus, und ein Dutzend Fahrgäste stiegen aus. Zwei von ihnen, Männer, blieben am Hoteleingang stehen und rauchten. Eine Frau mit Pferdeschwanz joggte durch den Park. Der Verkehr auf der Kettenbrücke staute sich.

Sieben Raucher jetzt.

Eine Frau mit Kamera, die die verschneite Brücke fotografierte.

Ein telefonierender Mann in einem warmen Mantel und mit Wollmütze.

Der Verkehr auf der Brücke stand immer noch still.

Die Joggerin lief auf die Brücke.

Eine halbe Stunde später sah Alex auf dem Dach des Kasinos ein Licht aufblitzen. Er blinzelte, um seine Augen zu befeuchten, und nahm dann die Dachluke ins Visier. Sein

Gedankengang bestätigte sich. Er verschob das Gewehr ein kleines Stück. Distanz sechshundertfünfzig Meter, leichte Brise, feucht, ein bisschen Schnee. Er lud die erste Patrone in die Kammer und senkte die Mündung ein kleines Stückchen.

Vor einem Restaurant am anderen Flussufer wurden Tische aufgestellt. Ein Kellner im schwarzen Anzug errichtete mit geübten Bewegungen Baldachine.

Der telefonierende Mann schlenderte ins Hotel.

Schichtwechsel bei den Rauchern: zwei Männer, eine Frau.

Eine weiße Mütze ragte über den Dachfirst, dann ein Schalldämpfer.

Alex hielt den Atem an. Der Lauf ruhte auf der Brüstung, der Kolben fest an seiner rechten Schulter. Wieder die Mütze, zwei Augen. Den Abzug betätigen. Und ...

Mit Mündungsbremse und Schalldämpfer rauchte das SWU nur ein bisschen und stieß rückwärts gegen seine Schulter. Doch ein Schneegestöber hatte ihm im letzten Moment die Sicht genommen. Auf dem Dach des anderen Hotels wurde Schnee aufgewirbelt. Er hatte ihn verfehlt.

Alex vollführte eine doppelte Rolle nach rechts zum Rand des Dachs und ignorierte den Schmerz in der Schulter. Er wusste, sein Gegner würde sich ebenfalls zur Seite rollen, wahrscheinlich allerdings nach links – ob Links- oder Rechtshänder, Scharfschützen schießen immer mit der rechten Hand, und die freie linke Hand machte das Rollen in diese Richtung leichter.

Keine Spur von Weißmütze. Als Alex mit dem Zielfernrohr das Dach absuchte, spürte er einen Luftzug und zuckte instinktiv zurück. Wenige Zentimeter von ihm entfernt stob der Schnee auf.

Ein Mann mit Schürze und einem Essensbehälter aus

Aluminium erschien und ging auf das Four Seasons zu. Ein Kellner aus dem Momotaro. Sonnenlicht glitzerte auf dem Behälter.

An einem der Tische am Flussufer ließ sich jetzt ein Mann in einer blauen Skijacke nieder. Ein Kellner servierte ihm eine Tasse Kaffee.

Die Joggerin war nicht mehr zu sehen.

Der Verkehr auf der Brücke setzte sich langsam wieder in Bewegung.

Alex lud eine zweite Patrone. Den Schützen konnte er nicht sehen, doch durch die beiden Dachluken erkannte er die Spiegelung eines Gewehrlaufs. Er veränderte seine Position ein wenig und zielte.

Dann wartete Alex.

Die Waffe in seinem Zielfernrohr bewegte sich. Er sah Licht auf der Linse des Zielfernrohrs seines Gegners glitzern.

Alex wartete.

Das Auge fest an sein Zielfernrohr gedrückt, konnte er einen kurzen Blick auf das seines Gegners erhaschen – und auf die Augen dahinter, auf Augenbrauen, auf denen Schneeflocken schmolzen.

Das war Fat!

Fats Gewehrlauf zuckte nach oben; Alex drückte ab. Zwei Kugeln bohrten sich durch Schneeflocken, überquerten eine vom Verkehr verstopfte Brücke, flogen über dahinkriechende Autos, eine zurückkehrende Joggerin und ihren Pferdeschwanz hinweg aneinander vorbei. Der Kellner aus dem Momotaro setzte nichts ahnend seinen Weg fort.

Eine Kugel zischte mit einem leisen Hauch an Alex' rechtem Ohr vorbei. Seine eigene Kugel hatte ihr Ziel ebenfalls verfehlt – aber dessen Waffe getroffen. Ein Schneewölkchen erhob sich über dem Dachfirst, kurz war ein Gewehrlauf zu erkennen und verschwand. Hatte sein Gegner die Waffe fallen lassen? War er nun unbewaffnet?

Alex lud eine dritte Patrone und nahm die Dachluke ins Visier. Die Lichtverhältnisse waren schlecht, aber er erkannte eine dunkle Gestalt, die sich bewegte. Ohne zu zögern, gab Alex seinen dritten Schuss ab.

Die Scheibe im vorderen Fenster erbebte kurz und brach dann, zunächst in einem Stück, aus dem Rahmen, ehe sie wie eine sich brechende Welle zersplitterte. Nachdem mit der hinteren Dachluke dasselbe geschehen und sie in die Gasse hinter dem Kasino gefallen war, hatte er klare Sicht. Von Fat keine Spur.

Die Joggerin mit den In-Ears hinterließ weiter ihre Fußspuren auf der verschneiten Brücke. Dampfwölkchen kräuselten sich vor ihrem Mund.

Nun saß ein Pärchen draußen und trank im Schnee Kaffee. Nein, nicht Kaffee, Rotwein. Der Kellner brachte ihnen Decken, damit sie die Beine warm halten konnten.

Der Reisebus vor dem Four Seasons war einem Porsche gewichen. Ein Mann mit Pferdeschwanz stieg aus, ebenso eine Frau, der es eindeutig egal war, ob ihre Beine kalt wurden.

Der Momotaro-Kellner kam wieder aus dem Four Seasons und zündete sich hastig eine Zigarette an.

Alex verstaute seine Waffe und kletterte eine Feuertreppe an der Seite des Gebäudes hinab. Unten setzte er eine schwarze Wollmütze auf und schlug den Mantelkragen hoch. Er steuerte die Westseite des Burgbergs an, fort vom Fluss, über die Straße, durch einen Park. Am Südbahnhof stieg er in eine Straßenbahn.

Zwanzig Minuten später überquerte er die Donau zurück zum Ostufer und tätigte in einer Telefonzelle neben der St.-Stephans-Basilika einen Anruf. »Und?«

Zar lachte. »Keine Nachrichten gesehen? Irgendein Tourist hat gefilmt, wie jemand vom Dach eines Kasinos gesprungen ist. Der Reporter wollte wissen, ob der Mann seine Rückfahrkarte verspielt hätte. Komm und trink was mit uns, meine Frau ist süchtig nach deinem gebratenen Reis.«

Er fuhr nicht zu ihnen. Stattdessen nahm er die Straßenbahn zum Westbahnhof, um den nächsten sicheren Unterschlupf anzusteuern. Die Reise dorthin verbrachte er wach und nervös und umklammerte das alte Nokia, das Zar ihn hatte behalten lassen.

Warum Fat?

KAPITEL ZEHN

TAIPEH, TAIWAN

Der Chef schickte Wu los, damit er mit Chius Witwe sprach. Die Straße vor ihrem Haus war voller Reporter und Übertragungswagen. Als er sich dem Haus näherte, kam die trauernde Witwe gerade heraus, um vor Dutzenden von Mikrofonen zu sprechen.

»Ich möchte dem Verteidigungsministerium für die posthume Beförderung meines Mannes danken, dem Präsidenten für die Blumen und allen Menschen, die mir ihr Mitgefühl ausgesprochen haben.« Sie verbeugte sich vor den Kameras; zwei Kinder von etwa zehn Jahren taten es ihr nach. »Aber eines muss ich noch sagen. Das Heer und das Ministerium schulden mir eine Erklärung. Warum wurde mein Mann ermordet? Und wo ist sein Mörder? Ich werde nicht ruhen, bis ich die Antworten darauf habe.«

Damit drehte sie sich um und ging wieder ins Haus; die Fragen, die die Reporter ihr zuriefen, ignorierte sie.

Wu wartete, bis die Journalisten sich zerstreut hatten, und ging dann zur Tür.

»Ching-chih hat mit mir nie über die Arbeit gesprochen, und ich habe keine Ahnung, woran er gearbeitet hat. Sie sollten das Ministerium fragen ... Ching-chi hatte keine Feinde. Allerdings war er bei der Arbeit nicht immer beliebt; er hielt sich gern an die Vorschriften. Vielleicht sollten Sie das Ministerium fragen ... Es ist offensichtlich, dass Ching-chih ermordet wurde. Glauben Sie bloß nicht, die Polizei könnte seinen Namen in den Schmutz ziehen wie das Ministerium ... Bevor er starb, bekam er einen Anruf von einem alten kommandierenden Offizier. Sie haben sich gestritten, aber ich weiß nicht, worüber. Er hat nie über die Arbeit gesprochen ... Welcher Offizier, weiß ich nicht. Fragen Sie das Ministerium! Überprüfen Sie die Telefonverbindungsdaten! Haben Sie sein Mobiltelefon schon gefunden? Er ist vor fast einer Woche gestorben. Erzählen Sie mir nicht immer wieder, Sie würden ›aktiv ermitteln‹. Die Polizei, das Ministerium – Sie sind einer so schlimm wie der andere!«

Ohne Zwischenhalt für Muffins oder Kaffee fuhr Wu quer durch die Stadt zur Zhongshan North Road, um an der zweiten Tür dieses Tages zu klingeln. Keine Reaktion, aber eine Frage in seinem Rücken: »Nach wem suchen Sie?«

Die Frau, die er tags zuvor am Fenster im dritten Stock hatte rauchen sehen, saß in dem kleinen Park an der Straße. Sie rauchte immer noch.

»Kommissar Wu, Kriminalpolizei. Zu Ihren Diensten.«

In einem kleinen Lebensmittelladen kauften sie sich zwei Kaffee und setzten sich damit an die Straße.

»Ich kann nicht mit Ihnen reden. Dieser andere Mann, Chiu Ching-chih, wurde zum Generalmajor befördert, nachdem er ermordet worden war. Wissen Sie, was das bedeutet?«

»Nein.«

»Das bedeutet die Pension eines Generalmajors und Sterbegeld. Das Ministerium behandelt es als Tod in Ausübung seiner Pflicht. Aber wenn mein Mann sich selbst umbringt, gibt es keine Pension. Nicht mal die Lebensversicherung.«

Wu nickte.

»Ich flehe die Marine an, ein bisschen Gnade zu zeigen und es nicht als Selbstmord einzustufen. Aber sie wollen nicht auf mich hören. Sogar seine besten Freunde ignorieren mich. Das ist Sache der Polizei, sagen sie. Also, Kommissar Wu, meine Zukunft und die meiner Kinder liegt in Ihren Händen.«

Wu achtete darauf, nicht noch einmal zu nicken.

»Er hatte mit niemandem Streit. Die Marine wollte, dass er sich fortbildet, damit er Offizier werden kann. Er hat sich geweigert, er sagte, er sei zufrieden als Unteroffizier. Das ist nicht die Art Mann, die sich Feinde macht.«

Kuos Witwe verstummte. Wu glaubte, nun käme er zu Wort, doch er verpasste seine Gelegenheit.

»Was da in den Zeitungen steht, von wegen, er hätte eine Geliebte treffen wollen, das ist alles Quatsch. Ich kenne ihn besser. Er ist nie länger weggeblieben, als er musste; er kam immer so früh wie möglich nach Hause und ging mit unserem Sohn Basketball spielen. Er hat unheimlich gern gekocht. Ich habe kaum einen Fuß in die Küche gesetzt...«

»Was die Polizei betrifft, gab es keine Geliebte«, erzählte Wu ihr.

»Was ist denn dann passiert?«

»Frau Kuo, kannte Ihr Mann Chiu Ching-chih?«

»Nicht dass ich wüsste.«

»Hatte er überhaupt mit der Beschaffung zu tun?«

»Natürlich nicht. Er war Bootsmann.«

Wu dachte, das sei alles, doch dann fiel ihm noch etwas ein: »Er hatte eine Tätowierung am Arm. Erinnern Sie sich daran?«

»›Familie‹. Die hat er sich mit siebzehn oder achtzehn machen lassen. Viele von seiner Schule haben sich die machen lassen, weil sie sich so nahestanden wie eine Familie. ›Einer für alle, gemeinsam leben und sterben‹, dieser ganze Unsinn. Sie wissen ja, wie junge Männer sind.«

Wu musste zurück ins Büro, weil er mit Eierkopf zu einer

Videokonferenz verabredet war, doch Frau Kuo machte keine Anstalten, nach Hause zu gehen. Sie zündete sich eine weitere Zigarette an und bot auch Wu eine an. »Herr Kommissar, er kann sich nicht umgebracht haben.«
Außer vielleicht mit den Zigaretten, dachte Wu.

Um vierzehn Uhr saß Wu wieder im Büro und blickte auf seinen Computerbildschirm, auf dem Eierkopf zu sehen war. Die Gastfreundlichkeit der römischen Polizei schien beeindruckend zu sein: Eierkopf schlürfte sich durch eine große Schale mit chinesischen Nudeln, eine Flasche Rotwein neben sich.

»Glücklicherweise hat eine Reinigungskraft im Bahnhof die Perücke und die Kleidung des Verdächtigen gefunden. Er war als Ausländer verkleidet.«

»Irgendwas von den Bahnhofskameras?«

»Hier, sehen Sie sich das mal an.« Das Video, das Eierkopf ihm nun schickte, war schärfer als das letzte. Ein Asiate mit einer schwarzen Jacke, Wanderstiefeln und einer Adidas-Reisetasche trank Kaffee, den Blick von der Kamera abgewandt.

»Wo ist er hin?«

»Hat einen Zug nach Neapel genommen.«

»Irgendwas von dort?«

»Nein, er ist unterwegs ausgestiegen, hat das Gleis gewechselt, um zurück nach Rom zu fahren, und dann haben wir ihn verloren. Wir gehen davon aus, dass er weiter nach Norden gefahren ist. Die hiesige Polizei geht die Videobänder anderer Bahnhöfe durch, und ich habe mich da einfach drangehängt. Sie sollten bei Gelegenheit mal herkommen und sich ansehen, wie die das machen, Wu. Sie sind fast so gut wie wir.«

»Wenn Sie wieder hier sind, können Sie ja einen Bericht

schreiben: Eine vergleichende Studie der Ermittlungsmethoden in Italien und Taiwan.«

»Gute Idee. Was mich daran erinnert: Ich muss den Chef über meine Fortschritte unterrichten. Könnten Sie da was zusammenschreiben? Ziehen Sie nicht so ein Gesicht. Sie tippen schneller als ich. Schildkröten tippen schneller als ich. Ich bringe Ihnen etwas italienischen Schinken und Rotwein mit. Und ich gebe sogar etwas von meinem hart verdienten Geld aus und kaufe Ihrer Frau einen Seidenschal. Die ganze Familie bekommt etwas.«

Die erste vielversprechende Spur war das Video eines Touristen, das es in die Nachrichten geschafft hatte: der Schrei eines Café-Kellners, Chou Hsieh-hes Körper, der zu Boden sackte, wobei seine Hand ein englisches Mädchen streifte, was einen weiteren Schrei auslöste, und dann eine ganze Kette von Schreien, als die sieben Freundinnen, mit denen sie auf Reisen war, Chous Leiche erblickten. Und dann Chaos auf dem Platz.

Eine taiwanische Touristin, eine Frau Zhao, hatte zufälligerweise in diesem Augenblick ein Panorama-Selfie aufgenommen und sich dabei mit dem Selfie-Stab in der Hand um die eigene Achse gedreht. So hatte sie eingefangen, wie manche Leute sich hinkauerten, andere der Länge nach hinfielen, aber ein Mann – nur ein einziger Mann, ein großer Amerikaner – auf eine Gasse zuging. Ohne sich um die schreienden Mädchen zu kümmern, nicht eilig, aber doch, ohne zu trödeln, als wäre er unterwegs zu einer Verabredung.

»Woher wissen Sie, dass er Amerikaner ist?«
»Shorts. Nur die Amerikaner tragen im Urlaub Shorts.«
»Nur die Amerikaner tragen im Urlaub Shorts?«
»Eher als die Europäer, meine ich.«

Die erste Anlaufstelle der örtlichen Polizei war das Hotel Relais Fontana di Trevi am Eingang der Gasse gewesen, wo die Beamten sich nach dem Verbleib der Gäste erkundigten. Von drei Alleinreisenden traf man einen Herrn A trinkend in der Hotelbar an; eine Frau B nahm am Abend Kontakt zur Polizei auf, hatte ein gutes Alibi und konnte sich nicht an den Asiaten erinnern, nach dem die Polizei sie fragte. Nur Herr C war nicht aufzufinden. Die Polizei durchsuchte sein Zimmer: leer. Wände und Boden waren noch feucht von der Reinigung, nicht einmal einen Fingerabdruck hatte er hinterlassen. Ein Profi.

Eine beim Einchecken angefertigte Kopie von Herrn Cs Reisepass wurde an die koreanische Botschaft geschickt und schnell als Fälschung entlarvt. Somit keine Fingerabdrücke, aber eine Handschriftenprobe in Form der schlampig hingekritzelten Unterschrift auf dem Meldeschein im Hotel.

Während weitere Polizisten im Bahnhof Termini unterdessen das Filmmaterial der Überwachungskameras zusammentrugen, meldete eine Reinigungskraft einen Kleiderfund in einem der Mülleimer. Bei Befragungen des Zugpersonals fand sich ein Zugbegleiter, der angab, an einer Toilettenkabinenwand ein ablösbares Tattoo mit einem chinesischen Schriftzeichen gefunden zu haben. Eierkopf konnte es identifizieren: *Zen.*

Man benachrichtigte sämtliche Hotels in Rom. Das Hotel Tokyo, eine zwielichtige Pension hinter dem Bahnhof, meldete einen Gast, der verschwunden war, ohne ordnungsgemäß auszuchecken, und einen Koffer zurückgelassen hatte. Hier war keine Kopie vom Reisepass gemacht worden, aber der Rezeptionist erinnerte sich, dass das Zimmer einen Tag im Voraus von einer Englisch sprechenden Frau telefonisch reserviert worden war. Die Polizei arbeitete daran, diesen Anruf zurückzuverfolgen.

Das Hotel Tokyo verfügte nur über eine einzige Überwachungskamera, und zwar am Eingang. Die Sichtung der Bilder erbrachte eine Aufnahme des Verdächtigen von hinten, mehr nicht. Außerdem war an diesem Tag ein vor dem Hotel abgestelltes Fahrrad als gestohlen gemeldet worden.

Am interessantesten war ein hinter einem Zeitungskiosk am Busbahnhof von Florenz abgestellter leerer Koffer. Der Kioskbetreiber hatte ihn beim Abschließen entdeckt und ihn als potenzielle Terrorbombe gemeldet. Und so besorgte sich die Polizei auch die Überwachungsfilme vom dortigen Busbahnhof.

Bislang hatte man vier Bilder des Verdächtigen gefunden. Allesamt unscharf, alle von der Seite oder von hinten aufgenommen.

»Und hier endet der Bericht. Was meinen Sie, Wu?«

»Er ist Taiwaner.«

»Wie kommen Sie darauf?«

»Das Tattoo aus dem Zug. Das Logo mit dem Cartoon-Bären auf dem Koffer aus dem Hotel Tokyo – das ist ein taiwanisches Fabrikat. Und das Opfer war Taiwaner.«

»Das habe ich auch gedacht. Probieren wir es mit einer härteren Nuss.« Eierkopf schlürfte ein paar Nudeln. »Wo findet man in Taiwan einen Scharfschützen?«

»Beim Militär.«

»Zu schade, dass Sie aufhören, Wu, bei dem Köpfchen.«

»Vergessen Sie nicht, hin und wieder eine Pause beim Essen einzulegen und Luft zu holen, sonst nimmt Ihr Köpfchen Schaden. Und ich lasse Sie dann einfach im Krankenhaus verschimmeln, weil ich keine Zeit habe, vorbeizuschauen und Sie abzuschalten. Ich werde sehen, was ich beim Militär herausfinde. Und Sie schicken mir ein hübsches scharfes Foto vom Verdächtigen.«

Wenige Minuten später erhielt Wu drei Fotos: eine Rückansicht aus dem Bahnhof in Rom, ein Profilbild aus dem Busbahnhof in Florenz, auf dem man nicht genug vom Gesicht sah, um etwas damit anfangen zu können. Und ein Selfie von Eierkopf, dem Nudeln an den Lippen klebten.

Ein weiterer Klingelton, noch eine Mail: eine neue Datei, mehrere Fotos: eine Leiche mit dem Gesicht nach unten im Schnee, eine auf den Rücken gedrehte Leiche, eine Nahaufnahme des Gesichts, ein entzweigebrochenes Gewehr. Und eine Nachricht von Eierkopf: *Asiate, männlich, in Budapest von einem Gebäude gestürzt. Ein Scharfschütze. Falls das unser Verdächtiger ist, haben wir Pech gehabt.*

Aber wer hatte den Killer gekillt?

KAPITEL ELF

TELČ, TSCHECHISCHE REPUBLIK

Diverse Züge später traf Alex in der Tschechischen Republik ein. Als der Regionalzug aus Brünn ihn in Telč absetzte, war es bereits dunkel. Ein winziges Städtchen. Der Ausgang des Bahnhofs führte zu einer großen Straße mit Mittelstreifen, ganz ähnlich den Provinzstraßen Taiwans. Der Himmel war schwarz, das Pflaster weiß vom Schnee. Vorbeifahrende Autos verspritzten Schneematsch. Alex achtete darauf, nicht auszurutschen, und hätte dadurch beinahe das Tor zur Altstadt übersehen.

Es war nicht das prachtvolle Stadttor, das er erwartet hatte, eher ein Torbogen zwischen Gebäuden. Doch als er hindurchtrat, bot sich ihm ein völlig anderer Anblick: ein ovaler mittelalterlicher Platz, umgeben von Renaissancegebäuden.

Eisenschädel zufolge waren die Beziehungen zwischen der nationalistischen chinesischen Regierung und Deutschland vor dem Zweiten Weltkrieg gut gewesen – große Mengen Ausrüstung wurden gekauft, und man sprach über eine Entsendung deutscher Militärberater und die Ausstattung von vierzig Infanteriedivisionen. Zur Unterbringung der hin- und herreisenden Beamten wurden Immobilien in Europa gekauft. Dann verbündete Hitler sich mit Japan, und China erklärte Deutschland den Krieg.

Nach dem Krieg wurden die Nationalisten von den Kommunisten besiegt und flohen nach Taiwan. Die regierungseigenen Immobilien in Europa wurden von Geheimdiensten übernommen, und während des Wirtschaftsbooms in den 1970er-Jahren wurden weitere erworben. Die Existenz dieser Immobilien war ein Staatsgeheimnis und kam in den offiziellen Büchern nicht vor. Und mit dem Ende des Kriegsrechts und dem Anbruch der Demokratie, den Regierungswechseln und der raschen Fluktuation bei den Geheimdienstchefs verschwanden diese Gebäude bald auch aus den inoffiziellen Büchern. Nur noch wenige Auserwählte wussten von ihnen, und sie wurden nur sehr selten genutzt. Schließlich wurden diese Immobilien irgendwie zu sicheren Unterschlüpfen für Geheimagenten.

Aufgrund des Risikos, entdeckt zu werden, durfte jeder sichere Unterschlupf höchstens drei Tage genutzt werden. Der Angriff in Manarola bedeutete, dass Alex' Deckung aufgeflogen war, daher musste er in Bewegung bleiben. Aber wie lange? Und würde eine Rückkehr jemals gefahrlos für ihn sein?

Der sichere Unterschlupf verbarg sich in einer kleinen Gasse, die meisten umliegenden Häuser waren dunkel. In Telč lebten nur knapp sechstausend Menschen, die meisten von ihnen außerhalb der Altstadt. In der Tourismussaison kamen Zehntausende hierher, doch im Winter war die Stadt wie ausgestorben.

Es handelte sich um die obere Etage eines zweigeschossigen Gebäudes, einladender als die Wohnung in Budapest. Ein Herd in der Küche, ein wärmender Bezug auf dem Toilettensitz, ein Duschvorhang, auf dem Tisch sogar eine Vase mit Blumen, wenn auch verwelkt. Die Eingangstür führte direkt ins Wohnzimmer, von dem zwei Schlafzimmer abgingen. Automatisch plante Alex Fluchtwege, öffnete Fenster im hinteren Teil der Wohnung. Ein See oder ein Fluss, keine Boote zu sehen.

Die Wohnung im Erdgeschoss war leer, der Eigentümer vielleicht den Winter über in Brünn.

In einem Holzregal hinter der Wohnungstür befanden sich verschiedene touristische Karten der Gegend. Die Altstadt von Telč lag auf einer Halbinsel, durch den Torbogen, durch den er gekommen war, mit dem Süden verbunden. Im Osten und Westen der See, im Norden ein schmaler Kanal, über den eine Brücke führte. Zu weit weg. Falls etwas schieflief, würde er unweigerlich nass werden.

Ein abgelegenes Städtchen, im Winter menschenleer, und ein unverkennbar fremdländisches Gesicht. Nicht ideal. Eisenschädel wäre gar nicht angetan. Und an drei Seiten von Wasser umgeben – eine ungünstige Lage. Wo war der nächste sichere Unterschlupf?

Nicht unter dem Bett. Nicht in den Kissenbezügen. Nirgendwo. Er brachte ein wenig Wasser zum Kochen – die Darjeeling-Teebeutel in einem Karton auf dem Tisch rochen einigermaßen frisch. Dann machte er den Ofen an und nahm Käse, Schinken und Brot aus dem Kühlschrank, um sich einen überbackenen Toast zu machen.

Der Tee und das Sandwich halfen ihm, sich zu entspannen. Noch einmal sah er sich das Holzregal hinter der Tür an und fand außer den Karten der Umgebung und einigen Broschüren auch einen englischsprachigen Polen-Reiseführer. Er sah ihn sich beim Essen an, doch die meisten Seiten fehlten. Der Abschnitt über Warschau war allerdings noch da, und neben dem Stadtplan war auf Polnisch eine Adresse notiert.

Als Nächstes räumte er das hintere Zimmer um, bis er damit zufrieden war, schaltete das Licht aus und schlich die Treppe hinab. Der Eingang zur unteren Wohnung befand sich links von der Haustür. Er probierte den Türgriff, dann zog er ein Schweizer Armeemesser aus der Hosentasche und knackte das Schloss.

Niemand zu Hause. Und zwar schon seit Monaten, der

Kälte und dem muffigen Geruch nach zu urteilen. Ein anderer Grundriss als oben, mit nur einem großen Schlafzimmer nach hinten raus. Alex zerrte die Matratze und das Bettzeug ins Wohnzimmer. So kalt es auch war, bei geschlossenem Fenster würde er Bewegungen draußen nicht hören.

Er sah auf sein Nokia. Sollte er Kontakt mit Taipeh aufnehmen, fragen, was sein nächster Schritt sein sollte? Er musste wissen, wie Fat in Budapest gelandet war.

»Soldaten sollten in ihrer Freizeit Bücher lesen, nicht in Klubs Mädchen hinterherlaufen. Ihr würdet euch zu sehr daran gewöhnen. Wer will nach einem weichen, warmen Körper ein kaltes, hartes Gewehr halten?«
Unterdrücktes Gelächter.
»Es war einmal ein Mann namens Ji Chang, ein Schüler von Meisterbogenschütze Fei Wei. Fei Wei sagte ihm, bevor er die Kunst des Bogenschießens erlernen könne, müsse er lernen, sich zu konzentrieren. Ji Chang fing eine Laus, befestigte sie mit einem Haar aus einem Ochsenschwanz an einem Dachbalken und beobachtete sie jeden Tag, bis sie ihm so groß erschien wie ein Wagenrad. Und dann erschoss er diese Laus – mit einem Pfeil, in den Bauch.«
Eisenschädel musterte mit zusammengekniffenen Augen einen Gewehrlauf.
»Wenn ihr euch verpflichtet habt, weil ihr einen Job braucht, und damit zufrieden seid, einen Wachtposten zu besetzen und euer Gehalt einzustreichen, dann ist mir das recht. Aber wenn das hier eure Berufung ist, müsst ihr euch konzentrieren. Konzentriert euch so lange, bis eine Laus euch so groß wie ein Wagenrad erscheint, hört ihr? Und wem gehört diese Waffe? Seht

ihr den Rost da? Ich will es gar nicht hören. Eine Woche kein Ausgang und kein Besuch.«

Alex wartete, bis seine Augen sich an die Dunkelheit gewöhnt hatten, dann erkundete er den Rest der Wohnung. Eine schlichtere Küche als oben, mit einem kleineren Tisch, vom Wohnzimmer durch eine Holzwand abgetrennt. Im Wohnzimmer ein altmodischer Fernseher, klein und gedrungen, und eine Stereoanlage mit Kassettenteil. Der Kühlschrank in der Küche schien leer zu sein, doch dann entdeckte er in der untersten Schublade zwei Flaschen Wein. Er machte es sich gemütlich und öffnete eine davon.

Wie erwartet, nicht mehr weit von Essig entfernt. Das war enttäuschend. Alex setzte sich, um lange angespannte Muskeln zu entspannen. Irgendetwas passte hier nicht zusammen. Wo waren der frische Käse und der Schinken oben hergekommen?

Er ging zurück nach oben, legte ein Kissen unter die Bettdecke und schob einen Kleiderständer neben das Fenster. Dann setzte er das SWU zusammen und legte es neben den Kleiderständer.

Zurück nach unten zu einem alten Laptop, den er neben dem Bett entdeckt hatte. Kein WLAN; er musste über die Telefonleitung ins Internet gehen. Würde es funktionieren? Ja. Er beugte sich über den uralten Acer und suchte mühsam nach Befehlen, auf die der Computer reagierte. Glücklicherweise war er nicht passwortgeschützt, aber Alex konnte kein Tschechisch, und es dauerte mehrere Minuten, bis es ihm gelang, eine englischsprachige Nachrichtenseite aufzurufen.

Er hatte recht gehabt. Fat war in Budapest in einer Gasse hinter dem Kasino gefunden worden. Da waren drei Fotos: Fats Leiche im Schnee; sein zerschlagenes Gesicht mit hervortretenden Augen; ein zerbrochenes M82A1-Scharfschützengewehr. Wieder die Frage: Warum Fat?

Er probierte es auf einer taiwanischen Seite. Das Attentat in Rom war seit Tagen der Aufmacher. Er machte es sich bequem und las: Chou Hsieh-he, ein Militärberater des Präsidenten ...

Das war unmöglich. Man hatte ihm befohlen, einen Berater des Präsidenten zu töten? Hatte er den falschen Mann erwischt?

Er suchte das mittlerweile arg zerknitterte Foto heraus, das man ihm gegeben hatte. Es war der richtige Mann. Und trotzdem war da etwas sehr, sehr falsch gelaufen.

ZWEITER TEIL

家, heute mit »Familie« übersetzt, hat im *Shuowen Jiezi,* einem Wörterbuch aus der Han-Dynastie aus dem zweiten Jahrhundert, eine einfache Bedeutung: »wohnen«. Das sogar noch ältere Wörterbuch *Erya,* das aus dem dritten Jahrhundert v. d. Z. stammt, erklärt 家 als »das, was innerhalb der Wände eines Hauses ist«. Ersteres ist ein Verb, Letzteres ein Substantiv. Eine Reihe von 家-s können zusammen einen Stadtstaat oder einen Nationalstaat ergeben, und daher findet sich dieses Schriftzeichen auch in beiden Wörtern: 邦家 und 國家. Ohne 家 kann es keine Nation geben. 家 impliziert Wärme, Intimität und Ehe. Ein uraltes Gedicht erzählt von der Not einer unverheirateten jungen Frau: »Ich allein wurde nicht vermählt (家) und fürchte den Verlust der Jugend.« 家 kann auch das Gewissen bezeichnen. Somit hat man in gewisser Weise, auch wenn man noch so allein ist, eine Familie bei sich.

KAPITEL ZWÖLF

TAIPEH, TAIWAN

Die Polizei in Rom schien Eierkopf wohlinformiert wie auch wohlgenährt zu halten. Er schickte Wu einen weiteren Satz Fotos: Bilder von der Autopsie des Budapester Scharfschützen.

Der ungarische Pathologe stellte als Todesursache einen Genickbruch durch Sturz fest. Keine Schussverletzungen. Am Schauplatz des Unglücks hatte man ein zerbrochenes M82A1-Scharfschützengewehr gefunden, auf dem Dach Kugeln und leere Patronenhülsen. Die Patronenhülsen gehörten zur Waffe des Verstorbenen; die Kugeln wurden als 7,62-mm-Patronen russischer Bauart identifiziert, wie sie mit einem Dragunow SWU verwendet wurden.

»Scharfschützen auf beiden Seiten jetzt, Wu. Es wird spannend. Meinen Sie, wir dürfen in der Verfilmung auftreten?«

Auch die Position des anderen Scharfschützen hatte man ermittelt: das Dach eines Hotels am anderen Flussufer. Patronenhülsen wurden dort keine gefunden, nur Abdrücke im Schnee, die rasch zuschneiten.

Also war der Schütze am Ostufer des Flusses trotz eisiger Wetterbedingungen durch ein Oberlicht aufs Dach geklettert, hatte sein M82A1 das Dreißiggradgefälle hinaufgehievt und sich auf schneebedeckte Dachziegel gelegt. Der andere Scharfschütze auf einem Hoteldach am Westufer des Flusses hatte ein SWU russischer Bauart gehabt. Ein Schusswechsel über sechshundert Meter Budapester Himmel hinweg.

»Zählt das noch als Häuserkampf? Oder war das schon eine Luftschlacht?«

»Wenn ich Ihnen bei einer Videokonferenz sage, Sie sollen die Klappe halten, ist das dann ein Cyberkrieg?«, gab Wu zurück.

»Sie halten die Klappe und denken nach. Würden Sie einen Zwist so austragen? Warum nicht persönlich, von Angesicht zu Angesicht, jeder ein Klappmesser? Angst, dass die Flecken nicht mehr rausgehen? Das ist bizarr. Jedenfalls, Wu, wie schwer kann es sein, Scharfschützen aufzuspüren, die vom taiwanischen Heer ausgebildet wurden?«

»Sie haben gut reden, Sie sitzen ja mit dem Arsch in Rom, essen Pasta und lassen mich die Laufarbeit machen.«

»Ah, Wu, Sie werden mich vermissen, wenn Sie erst im Ruhestand sind.«

»Ich glaube, wir werden feststellen, dass sie beide beim taiwanischen Militär ausgebildet wurden.«

»Schon besser, Wu.«

Keine echte italienische Pasta für Wu. Stattdessen aß er einen Bissen gebratenen Reis mit Garnelen aus einer Takeaway-Schachtel von Din Tai Fung. Ein paar anstrengende Tage waren schließlich kein Grund, das Niveau zu senken. Die zwei Wunder des gebratenen Reises von Din Tai Fung: Jedes Korn blieb für sich und bissfest; die Eier waren frisch und köstlich ... na ja, eierhaft.

»Im Ernst, Wu, ich will nicht, dass Sie gehen. Warum nicht über eine Weiterverpflichtung nachdenken? Sie sind jung genug. Ich unterstütze Sie, ich sage denen, Sie sind ein fähiger Kriminalpolizist, der beste, den wir haben. Ihre Pensionierung wäre ein unersetzlicher Verlust für die Nation.«

Wus Chef war wirklich ein ziemlicher Quatschkopf.

Taiwan hatte mehr als einhunderttausend aktive oder ehemalige Soldaten, aber nur wenige Hundert waren zu Scharfschützen ausgebildet worden. Mit einem Foto würde es nicht lange dauern.

Wu saß in einem Besprechungsraum im Verteidigungsministerium. Hsiung Ping-cheng kam herein und zeigte sich von einer ganz neuen, umgänglichen Seite.

»Was? Der Junge hat Ihnen keinen Tee gebracht? Der Koch hier kommt aus einem Fünfsternehotel. Einer der Vorzüge des Militärdienstes – wir bieten einen leichten Posten und können uns die Leute aussuchen. Ein französisches Macaron? Ein Eierkuchen mit Lauchzwiebeln, und zwar den besten Lauchzwiebeln aus Yilan? Etwas Deutsches, eine Schweinshaxe?«

Noch ein meisterhafter Quatschkopf. »Nicht nötig, danke.«

»Nun, falls Sie es sich anders überlegen, lassen Sie es mich wissen. Wir sind alle im selben Team.«

»Ich bin Ihnen für Ihre Fürsorge dankbar.« Anscheinend konnte auch Wu ein Quatschkopf sein.

Hsiung reichte ihm diverse Fotos, noch druckwarm. »Wir haben anhand der Aufnahmen, die Sie uns geschickt hatten, unser Archiv durchsucht und den Mann in Budapest gefunden. Chen Li-chih, Spitzname Fat, Marineinfanterie, bei der Abmusterung im Rang eines Oberfeldwebels. Und er hat tatsächlich eine Scharfschützenausbildung absolviert.«

»Und jetzt?«

»Hat keins der Ausbildungsangebote des Amts für Veteranenangelegenheiten genutzt, und wir haben nichts mehr von ihm gehört. Ich habe ein paar Leute auf ihn angesetzt, aber ich verspreche mir nicht viel davon. Seine Nationale Identitätsnummer und seine letzte bekannte Adresse stehen in der Akte. Die Polizei kann ihn leichter finden als wir; Sie haben die besseren Datenbanken.«

Wu blätterte die Akte durch. Falls Hsiung glaubte, ihn

mit ein paar Blatt Papier abspeisen zu können, dann täuschte er sich. »Können Sie mir mehr über das Scharfschützenprogramm des Heeres erzählen?«

»Selbstverständlich. Ihre geschätzte Behörde hat unsere volle Unterstützung.«

Wu sah in nicht allzu ferner Zukunft eine Beförderung zum General für Hsiung voraus. Er war ein ebenso begabter Quatschkopf wie Wus Chef, den dieses Talent schon bald zum Leiter einer wichtigen Behörde befördern würde.

Unter dem Aufklärungsdruck von oben setzte Wu sich in Bewegung. Er fuhr zu der Adresse in Chens Akte. Keine Spur von ihm. Chen hatte die Wohnung drei Jahre zuvor gemietet, war aber vor Ablauf des Mietvertrags ausgezogen. Eine Suche im Melderegister blieb erfolglos. Chen war untergetaucht.

Er war in einem Waisenhaus aufgewachsen, Eltern unbekannt, und mit dreizehn von einem Chen Luo adoptiert worden. Was Chen Luo betraf: Soldat außer Dienst, letzte Anschrift ein Veteranenheim in Hualien, vor sieben Jahren infolge von Ateminsuffizienz mit sechsundsiebzig gestorben.

Fat, wie Wu ihn mittlerweile bei sich nannte, war am selben Tag, an dem er den Dienst quittiert hatte, verschwunden. Keine neuere Adresse, keine Steuerdaten. Nur ein Pass, im selben Jahr beantragt, in dem er die Armee verließ.

Taiwan war eine Insel. Wie hatte er einfach verschwinden können?

Wu rief Hsiung an. »Wir können ihn nicht finden. Ich muss mir Ihre Scharfschützen genauer ansehen. Können wir uns treffen?«

Das Ministerium bot eine oberflächlich betrachtet hilfreiche Einführung, die in Wirklichkeit so langweilig wie wenig erhellend war. Es gab drei militärische Einheiten, die Scharfschützen ausbildeten: die Spezialkräfte der Marine, das Spezialeinsatzkommando der Militärpolizei und das Spezialausbildungszentrum des Heeres in Guguan. Die Auslese der Scharfschützen erfolgte in drei Phasen: zunächst eine gesonderte Vorbereitung während der Grundausbildung, dann Training in Scharfschützenkriegsführung für Soldaten, die geeignet erschienen, und schließlich Guguan für die Elite. Zu den eingesetzten Waffen gehörten die amerikanischen M107A1 und M82A1 sowie das taiwanische T93. Es lagen keine aktuellen Zahlen darüber vor, wie viele diesen Ausleseprozess bisher erfolgreich durchlaufen hatten, ebenso wenig wie Informationen über den Verbleib derjenigen, die den Dienst quittiert hatten.

Wu war wieder im Besprechungsraum des Verteidigungsministeriums. Hsiung klopfte ihm herzhaft auf den Rücken. »Heute Morgen hier, heute Nachmittag hier – Sie sind wie ein übler Geruch, Wu. Ich besorge Ihnen einen Schreibtisch, dann können Sie Ihr Büro gleich hier aufschlagen.«

»Kapitän Hsiung, drei Menschen sind tot. Ich habe keine Zeit, an einem Schreibtisch zu sitzen.«

»Es gibt ein Fitnessstudio! Vielleicht hilft ein bisschen Yoga?«

»Ich möchte mit denjenigen sprechen, die für die Scharfschützenausbildung in den drei Einheiten zuständig sind.«

»Fahren Sie nach Hause, nehmen Sie ein heißes Bad, entspannen Sie sich. Ich tätige ein paar Anrufe.«

Wu bemerkte, dass dies keine direkte Antwort auf seine Bitte war. »Wie lange wird das dauern?«

»Die Hsiung-Feng-Raketen wurden nach mir benannt«, versetzte Hsiung. »Ich bin überschallschnell.«

Es gab weitere Arbeit zu erledigen. Auf den Fotos, die Eierkopf geschickt hatte, war eine Tätowierung zu sehen. Eine Tätowierung, die Wu wiedererkannte.

Schon bei Sonnenuntergang traf Wu sich mit einem gewissen Professor Wang, einem Experten für Orakelschrift. Akademiker schienen eher geneigt, der Polizei zu helfen, als das Militär. Zuerst ein frisch gemahlener aromatischer Kaffee, dann ein Oolong-Tee aus Nantou, dazu Reisküchlein mit roten Bohnen, frisch aus Frau Wangs Dampfkocher. Lächelnd stellte Professor Wangs Frau das Tablett ab. »Die habe ich selbst gemacht, Herr Kommissar. Keine Zusatzstoffe oder so.«

Wu lief das Wasser im Mund zusammen. Er schluckte.

»Meine Liebe, es ist nach fünf«, bemerkte der Professor. »Vielleicht zwei Glas Wein, um unsere Moral zu stärken?«

Wu nahm sich vor, diese Strategie bei seiner eigenen Frau auszuprobieren.

Professor Wang war zweiundsiebzig und im Ruhestand; er brüstete sich mit seiner guten Gesundheit, die sich viel Lektüre und keinem Sport verdanke. Auf Buchseiten finde man nicht nur Wissen und Schönheit, erklärte er Wu, sondern das Geheimnis eines zufriedenen Lebens.

Der Professor schaltete seinen Computer ein und deutete auf den Monitor. »Kennen Sie den Ursprung dieses Schriftzeichens, Herr Kommissar?«

Wu antwortete ehrlich: »Behandeln Sie mich als ungebildeten Menschen, Professor. Als Beinahe-Analphabeten.«

Wang lachte. »Ihr Polizisten, immer zu Scherzen aufgelegt.« Mit einem Finger zeichnete er die Linien des Schriftzeichens nach. »Wie Sie sehen, befindet sich ganz oben ein Dach mit einem Schornstein. In Shaanxi haben Archäologen Schornsteine auf Wohngebäuden gefunden, die bis 5000 v. d. Z. zurückdatieren. Zwei Mauern tragen das Dach. Unter dem Dach ist ein uraltes Schriftzeichen mit der Bedeutung ›Schwein‹, *shi* ausgesprochen.«

»Na, jetzt habe ich ein neues Schriftzeichen gelernt. *Shi*,

Schwein.« Wu fasste sich in Geduld und achtete darauf, nicht die Stirn zu runzeln, sondern zu lächeln. Die Miene eines eifrigen Schülers.

»Was nun den Grund dafür betrifft, dass das Schriftzeichen für ›Familie‹ aus einem Dach und einem Schwein besteht, da gibt es zwei Lehrmeinungen. Die eine begründet es damit, dass die Menschen vor langer Zeit ihr Vieh im Erdgeschoss hielten und selbst auf dem Dachboden schliefen, fern von gefährlichen Tieren wie Wölfen oder Schlangen. Und die Haltung von Schweinen weist auf eine Agrargesellschaft mit einem Überschuss an Getreide hin. Sobald die Nahrungsmittelversorgung gesichert war, konnte eine Familie wachsen.«

Gebratener Schweinekopf, dachte Wu. *Gekochte Schweinefleischscheiben. Gesalzener Schweineschwanz. Schweinenieren. Geschmorte Schweinsfüße.* Die Reisküchlein regten seinen Appetit an.

»Der zweiten Lehrmeinung zufolge« – der Professor sprach sehr langsam – »fiel den Alten auf, dass Schweine in Gruppen leben und die Säue ihre Jungen füttern. Meine Enkelin hat einmal im Fernsehen Ferkel gesehen, die an den Zitzen ihrer Mutter saugten. Jetzt weint sie, wenn wir ihr Schweinefleisch vorsetzen. Man glaubte also, das Schwein könne tiefe Liebe empfinden, und wählte dieses Zeichen, um das darzustellen. Ohne Intimität gibt es keine Familie.«

Wu beschloss, das Thema zu wechseln. »Eine faszinierende Analyse. Mir kam gerade ein Gedanke. Warum trinken wir die Milch von Kühen und Ziegen, nicht aber die von Schweinen?«

Wang lachte schallend und schlug mit der Hand auf den Tisch. »Hier, nehmen Sie nach. In den Reisküchlein ist Schweinefett. Dadurch schmecken sie nicht fade. Ich habe in meinem Alter nicht oft Gelegenheit, mit Fremden zu plaudern, schon gar nicht mit Polizisten.«

»Hoffentlich finden Sie uns der Unterweisung würdig.«

»Jedenfalls, bevor Qin Shihuangdi das Schriftsystem vereinheitlichte, war alles sehr kompliziert. Orakelschrift, Bronzeschrift – so viele verschiedene Schreibweisen für ein Schriftzeichen. Besuchen Sie bei Gelegenheit einmal das Palastmuseum. Die Schriftzeichen auf den Kochgefäßen der Zhou-Dynastie sind ganz anders als die auf den Shang-Tongefäßen. Bis hin zu Qin Shihuangdi. Er soll Bücher verbrannt und Gelehrte lebendig begraben haben, aber seine Schriftvereinheitlichung hat den Lauf der Geschichte verändert.«

»Dann haben wir also dank Qin Shihuangdi alle dieselbe Schrift verwendet. Und als Mao dann auf dem Festland die Schriftzeichen vereinfacht hat, hat sich das wieder geändert.«

»Eine weitere faszinierende Analyse. Jetzt sehen Sie sich diese vier Schweine an.«

Auf dem Monitor erschienen vier Piktogramme.

»Ich werde Ihnen nur eine grobe Erklärung geben – dieser Wein ist mir zu Kopf gestiegen. Also, das erste erklärt sich von selbst: dicker Körper, vier Beine. Beim zweiten ändert sich die Ausrichtung; es sieht so aus, als stünde es auf den Hinterbeinen. Nicht, weil die Schweine die Fähigkeit entwickelt hätten, zu laufen wie wir, sondern um es ordentlicher in Bambusrohre schnitzen zu können. Beim dritten ebenso, nur wird der Körper stärker betont. Bis zu diesem Punkt ist dies das einzige Schriftzeichen für Schwein. Das, welches wir jetzt haben, existierte noch nicht.«

»Verstehe.«

»Das vierte ist links ein Schwein – wieder im Stehen, vier Beine – mit einem Herd daneben und darauf einem dampfenden Topf. Das wurde vereinfacht, und dann wurde links das ursprüngliche *Shi*-Zeichen angefügt, und das ist das Zeichen, das wir heute verwenden. Ein Schwein ohne Topf, in den man es tun kann, hat keinen Sinn. Oder ohne Herd. Die Sprache war nicht sehr gnädig zu dem armen Tier.«

Darüber musste Wu laut lachen.

Weitere vier Schriftzeichen erschienen.

»Sehen wir uns als Nächstes ›Familie‹ an. Da sind ein von zwei Wänden getragenes Dach und darin ein Schwein-Zeichen. Wie Sie sehen, hat das erste einen runden Bauch. Das zweite hat einen flacheren Bauch, aber er ist immer noch deutlich erkennbar. Das dritte Zeichen zeigt den Bauch nicht, und die Querlinie ganz oben stellt den Kopf dar. Es wird von der Seite gezeigt, deshalb sind zwei Beine zu sehen. Das vierte ist dem Schriftzeichen, das wir heute kennen, sehr ähnlich.«

»Vier Beine und ein Schwanz«, schlug Wu vor und deutete auf den Bildschirm.

»Sie haben recht. Ich hatte diese Linie nie als Schwanz verstanden.«

Welches dieser Schriftzeichen war auf Kuos Arm tätowiert? Das dritte, ohne den Schwanz, dachte Wu. War die Tätowierung auf Fats Leiche die gleiche? Und wie hoch war die Wahrscheinlichkeit, dass beide dasselbe Zeichen in derselben Schrift nehmen? Das wäre merkwürdig.

»Das ist also der Ursprung des Schriftzeichens für ›Familie‹. In einem Haus muss es diese familiäre Zuneigung geben, wie bei den Schweinen, sonst ist es nicht mehr als ein Gebäude«, schloss der Professor.

»Also ein Gebäude voller Liebe.«

»So ist es, Herr Kommissar!«

Wu lehnte Frau Wangs Einladung zum Abendessen ab und eilte zurück ins Büro. Auf dem Weg zur Tür bemerkte er im Wohnzimmer ein gerahmtes Foto: ein junges Paar mit einem kleinen Mädchen auf einer Straße voller englischer Ladenschilder. Wangs Sohn vielleicht, auf und davon in die USA, sodass es in Wangs Haus weniger Schweine, weniger Liebe gab.

Im Büro hatten Wus Hinterbacken kaum die Sitzfläche berührt, da kam eine Nachricht von Hsiung herein, der anscheinend tatsächlich mit Überschallgeschwindigkeit arbeitete: *Ich hab's. Der Scharfschützenausbilder in Guguan ist Tu Li-yan, ein Oberstleutnant. Ein Bote bringt Ihnen seine Akte. Dafür geben Sie mir einen aus.*

Und tatsächlich lag ein mit VERTRAULICH gestempelter brauner Umschlag auf Eierkopfs Schreibtisch. Darin eine Akte über Oberstleutnant Tu Li-yan, Kommandant und Scharfschützenausbilder im Ausbildungszentrum Guguan. Der letzten Seite war eine handschriftliche Notiz beigefügt: *Tu hat Akten über sämtliche in Guguan ausgebildete Scharfschützen. Habe Ihnen ja gesagt, dass wir hier schnell arbeiten.*

Er würde morgen mit Tu sprechen. Einstweilen brachte Wu Eierkopf in einem Videotelefonat, bei dem Eierkopf – wieder einmal – aß, auf den neuesten Stand.

»Italienische Pasta ähnelt unseren Nudeln, ist aber nicht

dasselbe. Sie ist fester als unsere Nudeln, man hat mehr zu kauen. Ich glaube, ich könnte hier leben.«

War Eierkopf zu dem Schluss gekommen, dass er bei der Gourmetpolizei arbeitete? Wu unterrichtete ihn über Fat und Tu Li-yan, dann kam er zu den Tätowierungen. »Fat hatte die ›Familie‹-Tätowierung. Kuo ebenfalls, aber Chiu nicht. Wenn es bloß dasselbe Wort wäre, könnte man von Zufall sprechen, aber sie haben beide dasselbe altmodische Schriftzeichen verwendet. Das ist kein Zufall.«

»Sie sind ungefähr im selben Alter, sie könnten sich gekannt haben. Vielleicht irgendeine Kasernenbruderschaft?«

»Kuo war achtunddreißig, Fat sechsunddreißig. Kuo wuchs in Taipeh auf, Fat in Chiayi – also an entgegengesetzten Enden der Insel. Kuo war Seemann bei der Marine, Fat Marineinfanterist. Ich wüsste nicht, wie sie sich begegnet sein sollten.«

Aus dem Lautsprecher drang ein feuchtes Schlürfen. Wenigstens zeigte Eierkopf den Italienern, wie man es in Taiwan machte.

Noch einen Mundvoll. »Fat hat Chou Hsieh-he nicht ermordet. Die Ungarn haben ihre Kugeln mit der einen aus Rom verglichen. Keine Übereinstimmung.«

»Und selbst wenn, wer hat dann Fat getötet? Derselbe Mann muss beide getötet haben.«

»Nicht so hastig. Die Lage ist düster, aber Captain America und Ironman werden uns in unserem Kampf für Gerechtigkeit beistehen.« Es gab gute Gründe dafür, dass Eierkopf das Kommando hatte. Er blieb stets abgeklärt und sorgte dafür, dass alle anderen es ebenso hielten.

»Haben wir aus dem Büro des Präsidenten irgendwas über Chous Absichten in Rom gehört?«, fragte Eierkopf.

»Die ursprüngliche Geschichte lautete, er habe da nur Urlaub gemacht«, erzählte Wu ihm. »Hat einen Reporter nicht mehr als zwei Stunden gekostet, das zu widerlegen. Dann haben sie behauptet, er sei auf einer Studienreise gewesen, um sich über das Militär in Europa zu informieren.«

Eierkopf hielt eine Gabel voller Pasta in die Kamera. »Herrlich, nicht wahr? Kaum zu bändigen und ganz glänzend. Gut. Taiwan hat in Europa nur einen Verbündeten, und ich glaube nicht, dass Chou zum Abendessen im Vatikan war.«

»Der Chef hat noch mal gefragt, was Chou da getrieben hat. Es ist ...«

»Ein Staatsgeheimnis.«

»Schlau. Deshalb haben Sie das Kommando, und ich setze mich zur Ruhe.«

»Beklagen Sie sich nicht. Sie bekommen immerhin die volle Pension.«

Wu trat von seinem Monitor zurück und ging hinüber zu einem mit handschriftlichen Notizen übersäten Whiteboard. Er wischte eine Acht in der rechten unteren Ecke weg und ersetzte sie durch eine Sieben. Eine Woche bis zum Ruhestand.

Auf dem Heimweg spazierte er durch den Lärm und den Staub der Zhongxiao East Road. Er hatte immer gedacht, Ruhestand würde bedeuten, das tun zu können, wonach ihm der Sinn stand. Aber nach dem Telefonat mit Eierkopf fragte er sich, ob er jemals zufrieden sein würde, wenn er nicht zur Arbeit gehen konnte. Nicht, dass er keine anderen Optionen hätte. Ein Freund hoffte, ihn für einen Sicherheitsdienst zu gewinnen; zwei Detekteien hatten ihn zum Abendessen eingeladen, und eine von ihnen hatte ihm den Titel eines stellvertretenden Geschäftsführers und das entsprechende Gehalt geboten. Die Vorstellung, Privatdetektiv zu sein, gefiel ihm.

Doch er hatte noch zwei unaufgeklärte Fälle: Kuo Wei-chung und Chiu Ching-chih. Außerdem half er Eierkopf: mit dem Mord an Chou in Rom und dem Tod von Chen Li-chih in Budapest. Genügte eine Woche? Wu hatte sich nie über Zwanzigstundentage beklagt. Und er hatte das Gefühl, dass es die Polizeiarbeit war, die das Blut durch seine Adern und zu seinen lebenswichtigen Organen pumpte. Was würde passieren, wenn er diesen Kick verlor?

Er überquerte die Dunhua Road und die Fuxing South. Wenn er weiterginge, würde er auf der Zhongshan North Road landen. In Gedanken bei Kuos Witwe, betrat er eine Metrostation und fuhr zurück zur Arbeit. Ein Bericht, der Kuos Tod zum Mord erklärte, würde der Witwe und ihren Kindern einen langen Kampf mit der Bürokratie ersparen.

Als er gerade im Büro ankam, erhielt er eine Nachricht von der Witwe: *Kommissar Wu, hat sich irgendetwas getan?*

Er antwortete: *Ich stufe es als Mord ein.* Was es ein bisschen entschiedener klingen ließ, als gerechtfertigt war. Zuerst musste er den Bericht des Rechtsmediziners und die am Tatort aufgenommenen Zeugenaussagen lesen und dann eine Möglichkeit finden, den Mörder aufzuspüren.

Eine umgehende Antwort: *Danke.*

Wu erinnerte sich an ihren Anblick beim Rauchen an jenem Fenster im dritten Stock.

KAPITEL DREIZEHN

TELČ, TSCHECHISCHE REPUBLIK

Warum Fat?

Das Verteidigungsministerium hatte in jenem Jahr ein Weiterbildungsprogramm aufgelegt und alle bis zum Rang eines Majors ermuntert, neue Fähigkeiten zu erwerben. Die Kursauswahl war groß: Taekwondo, Boxen, Schwimmen, Tauchen, Fallschirmspringen, Überlebenstraining in der Wildnis, Schießtraining. Alex war damals Oberleutnant, frisch aus der Grundausbildung und immer noch ahnungslos, leitete allerdings schon einen Zug und fungierte als stellvertretender Kompaniechef. Sein Rang war nicht hoch genug, um von dem Programm profitieren zu können, aber Eisenschädel hatte ihn persönlich angefordert mit der Begründung, er sei ein geborener Scharfschütze.

Alex hatte gehört, dass Eisenschädel zwei Neulinge vorgeschlagen hatte: ihn und einen weiteren. An jenem ersten Morgen hatte er sie beide zu sich bestellt, um ihre Motivation zu befeuern. Noch immer erinnerte er sich lebhaft daran, wie Eisenschädel den Zeigefinger auf seine Nase gerichtet hatte: »Ich habe euch zwei nur aus einem Grund ausgewählt: Talent. Außerdem sind wir verwandt.«

Alex sah aus den Augenwinkeln zu Baby Doll, die neben ihm strammstand.

»Alex, dein Großpapa war ein großer Bruder für mich. Früher hatte ich Angst vor Wasser. Er hat mir Brustschwimmen beigebracht, und als er damit fertig war, war ich der beste Schwimmer der Armee. Baby Doll, dein Vater war wie ein Bruder für mich, und ich weiß, du vermisst ihn bestimmt sehr. Bei der Ausbildung darf ich niemanden vorziehen, aber du sollst wissen, dass ich deinem Vater versprochen habe, mich um dich zu kümmern. Verstanden?«

Baby Doll hatte die Militärakademie absolviert und einen Posten im Bereich elektronische Kriegsführung im Hauptquartier zugewiesen bekommen. Sie hatte nicht damit gerechnet, so zu Eisenschädel zitiert zu werden.

Der Scharfschützenlehrgang nahm fünfzig Anwärter aus den drei Teilstreitkräften auf. Fat, ein Unteroffizier bei der Marineinfanterie, war einer von ihnen. Nach drei Monaten würden die meisten zu ihren Einheiten zurückkehren, doch zehn von ihnen würden weitere drei Monate bleiben und Einsätze bei Spezialkräften oder Anti-Terror-Einheiten absolvieren. Alex und Fat gelangten unter diese letzten zehn. Baby Doll kehrte zu ihrer ursprünglichen Einheit zurück und begann im folgenden Jahr die Offiziersschule.

Alex hatte das Bett über Fat. Wenn Fat schnarchte, spürte Alex, wie das Gestell erbebte. Zuerst fand er das unerträglich, aber dann gewöhnte er sich daran. Das Schnarchen wurde zu einem Schlaflied – wenn er es nicht hörte, konnte er nicht einschlafen.

Am ersten Tag der Ausbildung lernten sie, ein M21 zusammenzusetzen. Alex' Bewegungen waren hastig und unbeholfen. Fat arbeitete neben ihm, ruhig und methodisch.

»Mach's wie ich«, sagte Fat. »Leg jedes Teil, das du ausbaust, vor dich hin. Mach das jedes Mal so, dann wird es zur Gewohnheit, und du vergisst beim Zusammenbauen nichts.«

Sämtliche Anwärter saßen über das Ausbildungsgelände verstreut auf Hockern unter Bäumen. Baby Doll hockte nervös an Alex' anderer Seite und ahmte seine Bewegungen, so genau sie konnte, nach. Fat hatte zwar mit ihm gesprochen, doch die Ratschläge richteten sich an sie.

»Der Trick bei der Waffenpflege ist das Öl – nicht zu viel, nicht zu wenig. Die richtige Menge sieht ölig aus, fühlt sich aber trocken an. Ergibt zuerst keinen Sinn, aber das kommt.«

Einen Mann wie Fat zu kennen war gut. Er sang gern, besonders »Norwegischer Wald« von Wu Bai. Sonntagabends kehrte er nie ohne Lebensmittel für die anderen in den Stützpunkt zurück. Abends vor dem Zapfenstreich holte er Alex und Baby Doll ab und ging mit ihnen auf den Schießplatz, um sie bei Mondschein mit Rindfleischtaschen – seiner Lieblingsspeise – zu füttern. Und was übrig blieb, schlang er selbst hinunter.

Alex vermisste diese Monate. Aufstehen, Laufen, Schießtraining, Mittagessen, Schwimmen oder Taekwondo, noch mehr Schießtraining. Man musste sich keine Gedanken darum machen, was man mit seiner Zeit anfing; man übte einfach, was sie einem zu üben befahlen. Die freien Minuten konnte man sich mit dem Erzählen von Witzen oder mit Plaudern vertreiben. Für Sorgen blieb keine Zeit, und sie waren auch unnötig.

Fat war der beste Scharfschütze unter ihnen. Eisenschädel sagte, sein Übergewicht verleihe ihm Stabilität, und seine langsamen Reaktionen führten dazu, dass er die Augen offen halte. »Denkt daran, Augen auf. Wenn eure Augen beim Abziehen nicht offen sind, wie zum Teufel wollt ihr dann sehen, wo die Kugeln landen?«

Eisenschädel lief vor der Abschussposition auf und ab, in der Hand eine Bambusstange, mit der er jeden Anwärter, dessen Haltung nicht makellos war, anstieß. »Standardhaltung: Hände entspannt, aber fest auf der Waffe; Atmung gleichmäßig, aber jederzeit bereit, den Atem anzuhalten;

und auf keinen Fall beim Schießen die Augen zumachen. Wenn ich euch dabei erwische, klemme ich euch die Lider mit Wäscheklammern fest.«

Die Bambusstange stieß klirrend gegen Fats Helm. »Es gibt nur drei in diesem Kurs, die von Anfang an die Augen offen gelassen haben. Zwei von ihnen, weil sie keine Angst vor dem Knall haben, und Fat, weil seine Augen so weit vorstehen, dass er die Lider nicht schließen kann.«

Eisenschädels Spott zum Trotz war Fat in Wahrheit konzentrierter als alle anderen. Der Lauf, der Kolben, seine Arme, die Augen am Visier – alles eins. Alex hatte ihn einmal gefragt, wie er so gut schießen könne, obwohl er beide Augen auf habe. »Keine Ahnung, wie er das immer meint. Ich mache das linke Auge zu und lasse das rechte offen. Guck, so.«

Sosehr Fat sich bemühte, er war unfähig, nur ein Auge zu schließen. Beide offen, beide geschlossen – anders ging es nicht. Ein geborener Scharfschütze.

Fat hatte offensichtlich eine Schwäche für Baby Doll, deren Wünsche ihm ebenso Befehl waren wie die von Eisenschädel. Alex erging es ganz ähnlich. Wenn Fat sagte: »Baby Doll hat recht«, nickte Alex nachdrücklich. Fat machte aus seiner Zuneigung kein Geheimnis. Alex behielt seine für sich.

»Natürlich mag ich sie. Wer könnte sie nicht mögen?« Fat saß auf der Betonplatte über dem Abwasserrohr hinter dem Toilettenblock und blies Rauchringe in die Luft. »Aber mehr kann da nicht draus werden. Sieh uns doch an – kein Haus, keine Ersparnisse. Sie hat das Zeug zur Offizierin. Was sie da am Tor abholt, ist nicht etwa ein Mercedes oder ein BMW, es ist ein Ferrari. Ich werde einfach ihre Gesellschaft genießen, bis sie heiratet. Und dann heißt es: ›Herzlichen Glückwunsch, alles Gute und danke, dass du vom

Himmel runtergestiegen bist, um uns zu besuchen.‹ Du magst sie auch, oder? Hast du was gesagt? Du hast drei Monate gehabt. Wenn du es in drei Monaten nicht hinkriegst, dann halt einfach den Mund. Genieß diese drei herrlichen Monate so wie ich, und sei zufrieden. Bloß weil du dir Hoffnungen machst, hast du noch lange keine Chance bei ihr.«

Bei Fat klang es so einfach. Er hatte in diesen drei Monaten ganz offensichtlich darüber nachgedacht.

Baby Doll und die anderen drei Anwärterinnen hatten sich in der ersten Ausbildungswoche anstrengen müssen, um mitzuhalten. Fat hatte seinen Schritt beim Lauftraining verlangsamt, sodass sie aufholen konnten, dann hatte er ihnen Ratschläge erteilt, während er sein M21 hob und senkte: »Zählt im Kopf mit: eins, zwei, eins, zwei. Guckt nicht zu weit in die Ferne, sondern immer auf den Arsch von dem, der vor euch läuft. So mache ich das, ich glotze Alex auf den Arsch und zähle eins, zwei, eins, zwei. Probiert es aus, mal sehen, ob ihr den Fehler findet. Keine Arschbacken! So einem Mann kann man nicht trauen. Aber wenn ihr meinen anguckt, das ist ein richtiger, starker Arsch.«

Fat lief ein Stück voraus. Später sprach sich herum, dass er tatsächlich den schärfsten Hintern der männlichen Anwärter hatte; Arschbacken, die wie Kolben pumpten, links, rechts, links, rechts, eins, zwei, eins, zwei.

Doch Fat hatte nur Augen für Baby Doll. In der achten Woche waren zwei der Frauen eine Beziehung mit anderen Anwärtern eingegangen, und die dritte war mit ihrem Schatz von der Universität verlobt. Um Baby Doll zu werben, traute sich niemand zu. Sie war eine Klasse für sich, eine Göttin unter Scharfschützenanwärtern.

Ehe die Ausbildung endete, gestand Alex ihr seine Gefühle. Baby Doll nahm seine Hand. Er sollte ihre Worte nie vergessen. »Wer weiß, was nach der Offiziersschule kommt? Lass uns doch erst mal gute Freunde bleiben.«

Da wurde ihm klar, warum Fat nichts gesagt hatte. Sprich es aus, und du gewinnst oder du verlierst. Behalte es für dich, und du kannst weiter hoffen. Fats Liebe zu ihr war tiefer als seine eigene, erkannte Alex. Tiefer, als er fassen konnte.

Am letzten Abend stürzte sie sich in Fats Abschiedsumarmung, mit feuchtem Gesicht, vielleicht vom Schweiß, vielleicht auch von Tränen. Fat wurde rot, vielleicht vom Alkohol, vielleicht auch aus Liebe.

Alex dachte an die Augen, die er an jenem Vormittag in Budapest gesehen hatte. Große, hervortretende Augen. Aber er hatte keine Wahl gehabt. Den Abzug betätigen oder tot vom Dach stürzen.

Aber warum Fat?

Als Alex zur Fremdenlegion gegangen war, war Fat noch bei der Marineinfanterie gewesen. Oberfeldwebel, aber bei der nächsten Neuverpflichtung hätte eine Beförderung angestanden. Hatte er den Dienst quittiert?

Und wie hatte Fat ihm von Manarola nach Budapest folgen können? Es war ausgeschlossen, dass er nicht gewusst hatte, wer sein Ziel war. Fat hatte ihn durch sein Zielfernrohr gesehen und war trotzdem fähig gewesen abzudrücken?

Und warum gab Baby Doll die Befehle aus? Wo war Eisenschädel?

Ein Geräusch draußen. Alex klappte den Laptop zu und schlich zum Fenster. Auf dem Wasser erkannte er die Umrisse eines kleinen Boots. Das Boot näherte sich so langsam, dass er anfangs nicht sicher war, ob es sich wirklich bewegte. Er ignorierte es und lauschte auf nähere Geräusche.

Was war hier die Telefonnummer für die Polizei? 112? 911? 112, das war es, die europaweite Notrufnummer. Er wählte sie und legte das Telefon zur Seite.

Dann schaltete er den Herd ein, nur das Gas, ohne es anzuzünden. Er zog sich aus, steckte seine Kleidung in Plastiktüten, stieg aufs Fenstersims und schloss das Fenster hinter sich. Ein Sprung, und er tauchte geschmeidig ins Wasser. Eisig. Wie lange konnte er das aushalten?

Er musste sich schneller bewegen, sonst würde der Angreifer seinen Plan durchschauen. Alex tauchte unter und schwamm zum Boot. Tatsächlich, es war leer, ein Lockvogel, um zu sehen, ob die Wohnung belegt war. Das Seil, mit dem das Boot vertäut gewesen war, war durchgeschnitten worden.

Noch einmal untertauchen bis ans Ufer. Barfuß stahl er sich die Straße entlang und befühlte die Motorhauben parkender Autos. Die dritte war warm. Bei diesem Wetter bedeutete das, dass es noch nicht lange hier stand. Der Wagen seines Gegners.

Keine Zeit mehr. Er schlug die Scheibe ein und entdeckte erst, als das Glas zersplitterte, den Schlüssel im Zündschloss. Fluchend öffnete er die Tür und raste los, schrammte an fünf anderen Autos entlang und löste damit einen Chor von Autoalarmanlagen aus. In den Schlafzimmern gingen die Lichter an. Er beschleunigte, bis er den sicheren Unterschlupf sehen konnte, und hielt ein Stück weiter an.

Ein Polizeiwagen war bereits eingetroffen, ein anderer hielt gerade an, und die Polizisten riefen einander etwas zu. Alex sah zu dem Fenster, aus dem er geflüchtet war – offen. Wollte sein Gegner unbedingt auch mitten in der Nacht schwimmen gehen? Nein. Schüsse ertönten. Die Polizei erwiderte das Feuer.

Damit war das erledigt. Er ließ den Motor an, schaltete die Heizung ein und rubbelte sich so heftig trocken, dass seine Haut sich rötete. Dann zog er sich an und fuhr, noch immer barfuß, davon.

Hinter ihm ging die Schießerei weiter, dann eine Explosion. Im Rückspiegel leuchteten Flammen auf. Das war dann wohl das Gas.

Wer war da hinter ihm her? Das Smartphone war er losgeworden, und er hatte auf der Reise hierher die Augen offen gehalten. Wer waren diese Leute? Fat, dieser Kerl jetzt ... Würde da noch ein Dritter kommen?

Alex wusste, es blieb keine Zeit, sich Gedanken darum zu machen, wer bei dieser Gasexplosion gestorben war. Und er wollte es auch gar nicht wissen. Womöglich war es ein weiterer Freund gewesen.

Er dachte an den ersten Ausbildungstag, als Eisenschädel die Anwärter bei ihrem Fünfkilometerlauf angeführt hatte. Alex wurden die Arme müde, doch Fat rannte hinter ihm, atmete in gewaltigen Zügen und gab ihm zwischendurch Rat. »Leg alle deine Kraft in einen Arm, dann in den anderen. Als würdest du beim Strammstehen das Gewicht von einem Fuß auf den anderen verlagern.«

Alex beherzigte seinen Rat und bewältigte die Strecke. Seine Arme waren schlaff und zu nichts mehr zu gebrauchen, aber er kam an, einer von elf.

Hinterher saßen Fat und Alex in der Kantine, während die Rekruten, die den Lauf beim ersten Mal nicht geschafft hatten, einen zweiten Versuch unternahmen und über das Ausbildungsgelände keuchten. Große weiße gedämpfte Teigtaschen, dampfend heiße Sojamilch.

»Ich zeige dir, wie man die isst. Die erste Teigtasche isst du mit eingelegtem Gemüse. Danach bist du zu achtzig Prozent satt. Dann wälzt du die zweite in Zucker.« Fat grinste mit vollem Mund. »Ich liebe Zucker. Aber wer nicht?«

Als Alex auffiel, dass er, ohne es zu merken, immer schneller geworden war, nahm er den Fuß vom Gaspedal. Kein guter Zeitpunkt für eine Unterhaltung mit Verkehrspolizisten.

Von nun an würde er gedämpfte Teigtaschen in Zucker wälzen, dachte er.

Er sah Fats Gesicht vor sich. Zwei Augen, rund und vorgewölbt. Und er sah sein eigenes Fadenkreuz dazwischen und spürte, wie der Abzug unter seinem Finger nachgab.

KAPITEL VIERZEHN

TAIPEH, TAIWAN

Die Fahrt nach Guguan blieb Wu erspart. Tu Li-yan war in Taipeh und kam zu ihm ins Büro, um ihm seine Mithilfe anzubieten.

Guguan leitete Tu seit nunmehr zwei Jahren; davor hatte es kein offizielles Scharfschützenausbildungsprogramm gegeben. Der Lehrgang, den Fat absolviert hatte, war von einem Oberst Huang Hua-sheng mit Sondergenehmigung des Ministeriums ins Leben gerufen worden. Huang hatte im Lauf von zwei Jahren drei Gruppen von Soldaten auf einem nicht mehr genutzten Stützpunkt in Pingdong ausgebildet. Als Huang die Armee verlassen hatte, hatte diese von Anfang an nie offizielle Ausbildungseinheit schlicht aufgehört zu existieren, wobei sämtliche Akten nach Guguan weitergeleitet worden waren. Die meisten von Huangs Scharfschützenschülern waren auf ihre ursprünglichen Posten zurückgekehrt, wo einige von ihnen befördert worden waren, während andere das Militär verlassen hatten. Wieder andere – diejenigen, die weiter ausgebildet worden waren – hatten Huangs Mission fortgeführt und sich als Scharfschützen spezialisiert oder waren ihrerseits Scharfschützenausbilder geworden.

Über Chen Li-chih, auch Fat genannt, konnte Tu nicht viel sagen. Einer der besten Scharfschützen der Marineinfanterie, Gewinner diverser teilstreitkräfteübergreifender Wettbewerbe, ein sicherer Kandidat für eine Dienstverlängerung und Beförderung, bis er unerwartet den Dienst quittiert hatte. Ein talentierter Soldat, den man ohne erkennbaren Anlass verloren hatte. »Kann man nicht viel machen«, räumte Tu seufzend ein. »Mit seiner Soldatenpension und einem Job hätte er zwei Einkommen, die Wochenenden frei und die Nationalfeiertage auch. Man kann nachvollziehen, warum er gegangen ist.«

Über Chens Kameraden bei der Scharfschützenausbildung wusste Tu nichts, doch er bot an, einen Kollegen die Akten heraussuchen zu lassen und sie an Wu weiterzureichen, falls das Ministerium nichts dagegen hatte.

Wu hatte Fragen. Er wollte wissen, wozu Scharfschützen konkret in der Lage waren. »Aus welcher Entfernung kann ein Scharfschütze sein Ziel treffen?«

Tu war in Uniform; die Schirmmütze auf dem Schoß und die beiden Reihen von Auszeichnungen an seiner Brust zeugten von einer glorreichen Militärkarriere. Er entspannte sich nie. »Das hängt von der Waffe, der Munition, dem Wetter, dem Geschick und der Entschlossenheit des Scharfschützen ab.«

Er schien durchaus bereit, zu helfen. Wu rief die Informationen aus Budapest auf, und Tu las sie aufmerksam durch. Unterdessen beschloss Wu, sich dem Militär gegenüber ein bisschen gastfreundlich zu zeigen, und schickte einen Kollegen hinüber in Julies Café, um Kaffee und Kuchen zu besorgen. Julie nahm dieses Getränk ernster als die meisten Männer, wie ihr hervorragender Kaffee und ihr unglückliches Liebesleben bewiesen.

»Beides Könner«, kommentierte Tu, »wenn sie auf diese Distanz geschossen haben.«

»Gibt es da irgendetwas, was einem Außenstehenden vielleicht nicht auffallen würde?«

Tu trank einen Schluck. »Der Kaffee ist gut. Ist das afrikanischer?«

Woher soll ich das wissen?, dachte Wu. *Und seit wann kümmert es einen Taiwaner, woher der Kaffee kommt?*

Tu fuhr fort. »Chen war schon seit Jahren aus der Armee raus, und seine Fähigkeiten müssten schon nach einem Jahr ohne Übung gelitten haben. Man verliert sehr schnell das Gespür dafür, es sei denn, man verfügt über umfassende Kampferfahrung. Es waren nur diese beiden Scharfschützen? Keine Beobachter dabei, soweit Sie wissen? Sie waren Profis, erfahren, sonst hätten sie diese Schüsse nicht abgeben können. Und das Attentat in Rom: Das ist nicht nur ein Könner, das ist jemand, der wahrhaft begabt ist. In den Nachrichten hieß es, da war Graupelregen, und niemand hat den Schuss gehört. Wenn das meine Operation gewesen wäre, hätte ich den Scharfschützen abgezogen, sobald es angefangen hätte zu graupeln. Wenn die Umwelt sich gegen einen wendet, riskiert man einen Fehlschlag. Besser, man zieht sich zurück und wartet auf eine bessere Gelegenheit. Aber er hat es geschafft – mit einem einzigen Schuss.«

»Verzeihen Sie, ich bin selbst kein Scharfschütze. Sie meinen, dass ...«

»Ich meine, wenn Chen Chou getötet hat, dann muss er viel Praxis gehabt haben, seit er die Marineinfanterie verlassen hat.«

»Gibt es irgendwo in Taiwan einen Ort, wo er die bekommen haben könnte?«

»Keinen, der Zivilpersonen offensteht. Es gibt Schießsportklubs, aber da geht es um olympische Wettkämpfe, Luftgewehre, Tontauben, Schießen auf kurze Distanzen. Kein Scharfschützentraining.«

»Und außerhalb von Taiwan?«

»Auf den Philippinen gibt es Schießplätze. Ein vierzigminütiger Flug von Kaohsiung aus, und Sie können so viele Kugeln abfeuern, wie Sie wollen.«

Alles interessant, aber keine große Hilfe. »Und Oberst

Huang? Was hat der nach der Scharfschützenausbildung gemacht?«

»Da müssten Sie im Ministerium nachfragen. Ich bin ihm ein paarmal begegnet. Das Heer hatte große Pläne für ihn, aber er hat Stabsoffiziersposten im Hauptquartier und im Ministerium zugunsten von Kommandantenposten bei Kampfeinsätzen ausgeschlagen. Es gibt allerdings die Regel, dass Gefechtskommandanten eine gewisse Zeit als Stabsoffiziere im Hauptquartier oder auf Heeresgruppenebene absolvieren müssen, damit sie einen Überblick über die Funktionsweise des Heeres bekommen. Es ging das Gerücht, dass das Dritte Kommando das geradegebogen haben soll.«

»Das Dritte Kommando?«

»Militärgeheimdienst. Personalbesetzung ist Erstes Kommando, Gefecht ist Zweites, Geheimdienst Drittes, Logistik Viertes.«

»Er war ein Geheimagent?«

»Nein, nein.« Tu winkte ab. »Das ist nicht dieser James-Bond-Kram, an den Sie gerade denken. Es ist der *Militär*geheimdienst. Eher Forschung, das Studium der Militärtaktiken, die das Festland einsetzen könnte, solche Sachen. Für die 007-Arbeit ist ein anderes Ministerialamt zuständig.«

»Und warum sollte ein Offizier sich für das Dritte Kommando entscheiden?«

»Na ja, es besteht die Möglichkeit, dass man zum Militärattaché bei irgendeiner Botschaft im Ausland ernannt wird.«

»Ist das gut?«

»Es gibt einen Auslandszuschlag auf den Sold. Aber wenn man vom Dritten Kommando zu einem Botschaftsjob wechselt, wird es schwer, es weiter als bis zum Kommandeur einer Brigade zu bringen.«

»War Huang je Militärattaché?«

»Soweit ich weiß nicht. Das passiert nicht automatisch, wenn man zum Dritten Kommando kommt.«

Wu kam ein Gedanke, und er riskierte die Frage. »Verzeihen Sie die persönliche Frage, aber haben Sie irgendwelche Tätowierungen?«

Überrascht sah Tu ihn an. »Nein. Nur ein Muttermal auf der Kopfhaut.«

»Aber haben viele Soldaten Tätowierungen?«

»Ich nehme es an. Die jüngeren lassen sich gern etwas machen, das cool wirkt.«

»Was sind die gängigsten Motive?«

Tu blinzelte. »Militärische Abzeichen. Das Luftlandekommando hat einen geflügelten Fallschirm und ein Messer. Jemand betrinkt sich vielleicht an seinem letzten Abend und beschließt, sich zum Andenken eine Tätowierung machen zu lassen.«

»Gibt es in der Nähe der Stützpunkte viele Tattoostudios?«

Endlich verzog sich Tus steinerne Miene zu einem Lächeln. »Haben Sie Militärdienst geleistet, Herr Kommissar?«

Zählte die Polizeischule?

Tu fuhr fort: »Wenn man am ersten Tag das Formular ausfüllt, übertreibt jeder, was er vorher gemacht hat. Tellerwäscher behaupten, sie seien Köche, und so weiter, weil sie hoffen, dass sie um den Sport herumkommen und auf einem ruhigen Posten landen. Jedenfalls sind bestimmt immer auch ein paar Tätowierer dabei. Also sucht man sich einen von denen und spart Geld.«

Wu hatte gehofft, Tattoostudios könnten sich als fruchtbare Ermittlungsrichtung erweisen. So weit dazu.

Er begleitete Tu hinaus. Was nun? Er hatte bei diesem Fall

einen wohlvertrauten Punkt erreicht: eine gute Vorstellung davon, wer der Schuldige war, aber keine Ahnung, wie er ihn finden sollte.

Eine Nachricht von Eierkopf: *Die tschechische Polizei hat in einer kleinen Stadt namens Telč einen zweiten Scharfschützen gefunden. Ein anonymer Hinweis, eine Schießerei, als die Polizei eintraf. Details folgen.*

Yang, der Rechtsmediziner, rief Wu an. Er musste verrückt geworden sein. »Hey, Wu, noch nicht im Ruhestand? Ich lade Sie zum Essen ein.«

»Klingt gut. Lassen Sie mich wissen, wann.«

»Mache ich. Und ich habe gute Neuigkeiten für Sie. Gerade ist eine Leiche aus Songshan reingekommen. Am Arm ist eine Tätowierung.«

»›Familie‹?«

»Sie sind ja besessen, Wu. Nehmen Sie sich mal frei. Gehen Sie zum Karaoke, setzen Sie sich ein hübsches Mädchen auf den Schoß. Nein, es ist ein Drache, zieht sich vom Rücken bis nach vorn zur Brust.«

»Na und? Jedes Gangmitglied in der Stadt hat irgendwo einen Drachen oder einen Tiger.«

»Sie haben recht, die lassen sich gern tätowieren. Und Ihre Aufgabe ist es, die organisierte Kriminalität zu bekämpfen. Wenn die Gangs also überall Drachen- und Tigertätowierungen haben, wer sagt denn, dass da nicht irgendwo auch ein ›Familie‹-Tattoo dabei ist?«

Auf diese Anregung von Yang hin setzte Wu sich in Bewegung und eilte mit wehendem Mantel zu Julies Café zwei Straßen weiter. Julies Vater war seit seinem dreißigsten Lebensjahr Gangster und in den Achtzigerjahren, als hart durchgegriffen wurde, drei Jahre im Gefängnis gewesen. Jetzt war er im Ruhestand und saß wie ein gütiger Schutzgeist an der Tür des Cafés seiner Tochter. Sicher wusste er das eine oder andere über Bandentätowierungen. Konnte man eigentlich in den Ruhestand gehen, wenn man beim organisierten Verbrechen war?

Julie hatte nie geheiratet. Das Café, die getigerte Katze, die draußen ein Sonnenbad nahm, ihr Vater, der auf einem Stuhl neben der Katze schnarchte – das war Julies Leben.

»Lange nicht gesehen, Wu. Sagen Sie nicht, Sie leben jetzt gesund. Ihre Laster halten meinen Laden schließlich am Laufen.«

»Hatte bloß viel zu tun. Ich nehme einen Kaffee. Afrikanisch.«

»Sie trinken, was ich Ihnen vorsetze. Hier gibt es keine überkandidelte Speisekarte.«

Julie kleidete sich immer gleich, egal in welcher Jahreszeit. Die Taille eingeschnürt, um Hüften und Brust zu betonen, kurzer Rock, Strumpfhose und High Heels, in denen sie dahinstöckelte. Die Sinnlichkeit der 1980er-Jahre, als Relikt für das einundzwanzigste Jahrhundert bewahrt.

»Wie ich höre, gehen Sie in den Ruhestand.« Julie stellte den Kaffee vor ihn und setzte sich ihm gegenüber, wo sie offensichtlich zu bleiben beabsichtigte, bis ein anderer Gast ihn rettete.

»Sieben Tage«, sagte Wu und sah auf die Uhr. »Oder sechs Tage und sechs Arbeitsstunden.«

»Sie wollen wirklich gehen? Männer sollten niemals in den Ruhestand gehen. Das nervt ihre Frauen nur.«

»Nerven? Ich?«

»Ein alter Mann sitzt den ganzen Tag zu Hause und hat nichts zu tun. Man kriegt ihn nicht ins Bett wegen seiner Prostata, man kann nicht mit ihm spazieren gehen wegen seiner Gelenke. Er will nicht ins Kino, weil es zu teuer ist und zu Hause ein Fernseher steht. Will morgens Frühstück, dann kommt die Zeitung, dann der Fernseher, Mittagessen, ein Nickerchen und Abendessen. Und dann will er wissen, was es am nächsten Tag zum Frühstück gibt. Klingt das nervig?«

»Stimmt«, gab Wu grinsend zu.

»Reden Sie mit Ihrem Chef. Bleiben Sie noch. Sie können doch bis fünfundsechzig bleiben, oder?«

»Und müsste dann trotzdem in den Ruhestand gehen.«

»Das ist was anderes. Dann haben Sie Ihre Busfahrkarte, kostenlose Gesundheitsversorgung. Sie werden ständig im Krankenhaus sein und die Ärzte mit Ihrem Blutdruck und Ihren Schlaftabletten nerven. Ihrer Frau wird es wunderbar gehen.«

Die Glocke über der Tür ertönte. Wus Retter – ein anderer Gast.

Er ging mit seinem Kaffee vor die Tür. Julies Vater saß auf seinem Stuhl und genoss ein paar seltene Sonnenstrahlen, eine wollene Decke – von Julie auf einer USA-Reise erstanden – über den Knien. Augen geschlossen, reglos.

»Nehmen Sie sich eine Zigarette, Herr Kommissar. Aber ich sage Ihnen was, ich bin seit fünfzehn Jahren davon weg, seit es mit dem Diabetes losging.«

»Ich möchte nur plaudern.«

»Jetzt täuschen Sie den Bürger aber. Bullen trinken und spielen, wenn sie freie Zeit haben. Sie wollen nicht mit uns alten Leuten plaudern.«

Wu versuchte, nicht zu lachen.

»Und verkneifen Sie sich nicht das Lachen, das ist schlecht für die Lunge. Also, was kann ich für Sie tun?«

»Eine einfache Frage. Welche Bande trägt ›Familie‹-Tätowierungen?«

Keine Antwort. Augen noch immer geschlossen. Ein Leberfleck links am Kinn zuckte.

»›Familie‹, Orakelschriftpiktogramm«, fügte Wu hinzu.

»Orakelschrift, Piktogramme – alles bloß Tätowierungen. Sagt mir nichts, aber ich kann mal rumfragen.«

»Da wäre ich Ihnen dankbar. Einen schönen Scotch im Gegenzug?«

»Ein Geschenk von der Polizei? Hier sitze ich, bin raus aus dem Spiel, ein aufrechter Bürger, und Sie versuchen, mich in einen Spitzel zu verwandeln. Das würde meinen Ruf ruinieren, wenn es rauskäme.«

»Eine offizielle Belobigung für die Mitwirkung bei einer Ermittlung?«

»Nichts, danke. Kommen Sie auf einen Kaffee vorbei, wenn Sie können, damit mein Mädchen weiter im Geschäft bleibt.«

»Das ist leicht getan.«

»Morgen gebe ich Ihnen Bescheid, ob ich etwas erfahren habe. Ich kenne die Polizisten – zu nicht viel nutze, aber brave Bürger belästigen, bis sie bekommen, was sie wollen, das können sie.«

Wu ging hinein, um zu bezahlen, und ließ den alten Mann seine Lider sonnen. Julie zog ihn in die Arme. »Denken Sie dran, bleiben Sie nicht zu Hause und nerven Ihre Frau. Kommen Sie zu mir, und reden Sie mit mir. Wenn Sie nicht aufpassen, macht der Ruhestand Sie alt.«

Immer noch reichlich zu tun. Keine Ruhepause für Wu, solange Eierkopf nicht da war.

Eine Meldung über Schüsse auf einer Provinzstraße ging ein. Ein Streifenwagen brachte Wu im Nu zum Tatort. Die alte Geschichte: ein Autorennen, der Verlierer gibt ein paar Schüsse auf den Gewinner ab, verfehlt ihn zwar, doch der andere landet an der Leitplanke. Der Schütze war geflüchtet, aber an der Abzweigung nach Linkou angehalten worden. Drei Insassen, und bislang drei Waffen gesichtet.

Es waren bereits ein Dutzend Polizeiwagen vor Ort, aus Taipeh, Neu-Taipeh, von der Verkehrspolizei. Alle umringten einen schwarzen BMW, der vor drei Monaten als gestohlen gemeldet worden war. Ein Tempelamulett am Rückspiegel. Dashcam. Zwei Tüten mit Tabletten auf dem Armaturenbrett, garantiert nicht auf Rezept und aus der Apotheke.

Wu stand hinter den versammelten Polizeiwagen und brüllte: »Ihr Arschlöcher da im Auto, legt die Waffen nieder und ergebt euch! Drei Minuten, ab jetzt!«

Die anderen Polizisten starrten Wu an, zu verdutzt, um seine Vorgehensweise infrage zu stellen.

»Neunundfünfzig, achtundfünfzig ...«

»Verpisst euch! Das waren nicht mal dreißig Sekunden!« Irgendjemand in diesem BMW konnte zählen.

»Fünfunddreißig, vierunddreißig ...«

Wu nahm dem Mann neben ihm ein T65 aus der Hand, überprüfte das Magazin und entsicherte es. »Acht, sieben, sechs, fünf ...«

Er nahm den unteren Teil des Wagens unter Beschuss und ließ zwanzig Kugeln von Rädern und Karosserie abprallen.

»Wir ergeben uns!« Fünf Waffen wurden aus den Fenstern geworfen; drei Männer stiegen aus. Während die Handschellen klickten, warf Wu einen Blick in den BMW. Wieder einmal Drogen, zehn Tüten rot-weiße Tabletten. Wo kamen nur all diese Drogen und Waffen her?

Sämtliche Polizisten am Tatort – Taipeh, Neu-Taipeh und Verkehrspolizei, ob mit Gewehr, Pistole oder Mobiltelefon bewaffnet – starrten Wu und sein geliehenes T65 ehrfürchtig an. *Wenn du ein Bulle sein willst, verhalte dich wie einer.* Das war Wus Philosophie.

Er warf die Waffe einem vorbeikommenden Uniformierten zu, und als er den Blick des Kollegen, der die Leitung hatte, auffing, deutete er auf die Tüten mit den Tabletten. »Alle auf Drogen. Können nicht klar denken. Brauchten nur mal einen Schuss vor den Bug.«

Es war fast siebzehn Uhr, als er zurück ins Büro kam, und von Rechts wegen hätte er für heute fertig sein sollen. Doch Tu Li-yan hatte Wort gehalten: In Wus Posteingang wartete eine Liste mit Scharfschützen, die zur selben Zeit wie Fat ausgebildet worden waren. Die Zeitungen, das Fernsehen und verschiedene Websites brachten alle ein Foto von Fat aus seiner Militärzeit, und die Telefonzentrale nahm Aussagen von Personen auf, die ihn gekannt hatten und ihnen Informationen geben wollten.

Und jetzt die Drecksarbeit. Er verteilte die Namen auf der Liste an fünf junge Kollegen. Jeder, der nicht aufzufinden oder ins Ausland gegangen war, rechtfertigte eine nähere Untersuchung. Wu selbst setzte sich und sichtete die Aussagen der Anrufer. Viel brachte das nicht, einer der Hinweise war allerdings vielversprechend. Ein alter Militärdienstkumpel von Fat behauptete, dessen Freundin zu kennen, die im Bezirk Yonghe einen zweitklassigen Karaokeschuppen betreibe.

Yonghe war klein, aber unglaublich dicht besiedelt. Neununddreißigtausend Einwohner pro Quadratkilometer – offiziell, und über vierzigtausend, wenn man die in den illegal vermieteten Zimmern mitzählte. Gab nicht viele Orte auf der Welt, wo Menschen so eng zusammengepfercht waren wie in Yonghe.

Wus Fahrer benötigte fünfzig Minuten, um ihn über die Yongfu-Brücke zu befördern. Auf der Brückenauffahrt stauten sich die Autos, auf der Brückenabfahrt ebenso. Wu lag auf dem Rücksitz und schlief traumlos.

MIMIS KARAOKE, SNACKS UND DRINKS stand auf

dem Schild über der Tür. Ein Lokal, in dem die hiesigen Rentner ihre Zeit verbringen und zusammen singen konnten. Achtzig für ein Bier, hundert für gebratene Nudeln. Kein Chichi.

Mimi selbst passte ihn an der Tür ab. »Kommissar Wu? Unterhalten wir uns hier. Sonst verschrecken Sie mir die Gäste.«

Mimi sah aus wie Anfang dreißig, das Haar pludrig vom Föhnen, mit einer einzelnen grünen Strähne. Jünger als die Frauen, die solche Lokale normalerweise führten. Rosa Chanel-Kostüm (Imitation) über einem weißen Trägertop; nackte bleiche Waden. Dekolleté trotz der Kälte stolz zur Schau getragen, doch das verhinderte nicht, dass Wu die Sorge in ihrer Miene bemerkte.

»Haben Sie die Nachrichten über Chen Li-chih gesehen?«

»Was ist Fat zugestoßen?«

Seine eigene Freundin hatte noch nichts davon gehört? Wu milderte die Informationen über Fats Tod ab und erzählte ihr nur, dass er in Budapest getötet worden sei.

»Das kann nicht sein. Ausgeschlossen.« Mimi legte die Hände an die Wangen. »Er war ein guter Mann. Wer hätte ihn töten sollen?«

Sie brachte ihn aus der Kälte nach drinnen, vorbei an dem runden Dutzend Männer und Frauen, die sich am Mikrofon abwechselten, in eine beengte Küche. Mimi führte das Lokal allein, begriff Wu. Wenn Gäste hereinkamen, begrüßte sie sie, sang selbst ein, zwei Lieder, um das Eis zu brechen, kochte einfache Gerichte und schenkte Getränke aus. *Nach der Miete bleibt kein Geld für einen Koch,* dachte er.

»Dieser Laden war seine Idee. Er zahlt die Miete.«

»Um Ihnen einen Neuanfang zu ermöglichen? Sie von den Drogen fernzuhalten?«

Mimi blies Rauch in Richtung Dunstabzug.

»Tut mir leid.« Manchmal verabscheute Wu das, was die Zeit bei der Polizei aus ihm gemacht hatte. Warum immer gleich auf den wunden Punkt? »Das ist bestimmt nicht leicht, clean zu bleiben.«

»Als ich jünger war, habe ich als Hostess gearbeitet. Eines Nachts hatte ich zu viel getrunken und wurde ohnmächtig. Zwei Kunden, fiese Typen, haben mich irgendwie aus dem Gebäude geschafft. Ich wurde wach, als sie versuchten, mich in ein Motel zu schmuggeln, mir war klar, dass da was nicht stimmte, aber sie ließen mich nicht gehen. Fat kam vorbei. Er hat mich gerettet.«

»Wann war das?«

»Vor fünf, sechs Jahren.«

»Hat Fat Angehörige oder enge Freunde?«

»Fat war Waise. Er hat nie über jemanden gesprochen.«

»Also waren Sie beide seitdem zusammen?«

Mimi antwortete nicht. Sie hatte den Kopf gesenkt, ihre Schultern bebten. Wu beobachtete sie. Der Dunstabzug dröhnte vor sich hin.

Um 23:17 Uhr war er zu Hause; seine Frau wartete am Küchentisch auf ihn. Sie bedeutete ihm, er solle sich setzen. »Keine Teigtaschen mehr für dich. Ich mache dir Nudeln mit dem Schmortopf von deinem Vater und Bambussprossen.«

»Er war wieder da?« Seinen Vater hatte er völlig vergessen.

Wu zog sich um, schenkte sich einen Drink ein und setzte sich vor die versprochenen Nudeln. Seine Frau nahm ihm gegenüber Platz, stützte das Kinn in die Hände und machte keine Anstalten, eine koreanische Seifenoper einzuschalten. »Ich glaube, wir sollten reden«, sagte sie.

»Über meinen Vater? Ich spreche morgen mal mit ihm.«

»Gut. Aber das ist nicht alles.«

»Was denn noch?«

»Was machst du, wenn du im Ruhestand bist?«

Fragen, die für ein ganzes Leben reichten, in der Zeit, die man braucht, um eine Schale Nudeln zu essen, dachte Wu. *Was soll ich mit meinem Vater machen? Was soll ich mit meiner Frau machen?*

Nachdem er seine Frau beruhigt hatte, schaute er bei seinem Sohn vorbei. »Dein Vater lädt dich mal wieder zu einem Schlummertrunk ein.«

Sein Sohn antwortete, indem er die Maus hob. »Mama trinkt sicher einen mit dir.«

»Wenn du weiter ständig auf den Bildschirm starrst, bekommst du schlechtere Augen als ich.«

»Wenigstens bin ich im Herzen jung geblieben.«

Warum hatte er einen Sohn bekommen? Wu wusste es nicht mehr. »Geht es dir auf die Nerven, dass dein Großvater jeden Tag hier ist?«

»Schon okay.«

Seit Jahren hatte er keinen Fuß mehr ins Zimmer seines Sohnes gesetzt. Es bot auch kaum genügend Platz dafür: diverse Computer, Kabel, Verlängerungskabel. »Komm zu mir, wenn du Hunger bekommst.«

»Gehst du nicht ins Bett?«, fragte sein Sohn, ohne den Blick vom Bildschirm zu lösen.

»Hab noch Arbeit. Bleib nicht zu lange auf.«

Die Maus schüttelte Kopf und Schwanz.

KAPITEL FÜNFZEHN

OSTEUROPA, EUROPASTRASSE 59

Irgendjemand hatte ihn verraten. Er hatte zwei Möglichkeiten: kämpfen und siegen oder aufgeben und davonlaufen.

Davongelaufen war er bereits. Er hatte es satt, davonzulaufen. Hatte dieser neue Kerl, den sie da geschickt hatten, die Waffe gesehen, die er zurückgelassen hatte? Mit dem alten Polizeinotruftrick hatte der garantiert nicht gerechnet. Hatten die Bullen ihn geschnappt, oder war er dort gestorben? So oder so, Alex wusste, er musste sich schützen. Baby Doll hatte ihn ans Messer geliefert, das war klar. Oder, optimistischer gedacht, jemand manipulierte sie, um an ihn heranzukommen.

Nichts davon ergab einen Sinn. Nicht einmal Eisenschädel hatte von seinem Schlupfloch in Manarola gewusst. Und seit er zur Fremdenlegion gegangen war, hatte er keinen Kontakt mehr zu Eisenschädel gehabt, geschweige denn zu Baby Doll. Sie mussten sein Telefon geortet haben. Andererseits hatte sie ihm selbst gesagt, er solle das Nokia loswerden. Was er nicht getan hatte. Hatten sie ihn so wieder aufgespürt? Oder hatte Baby Doll dem Angreifer die Adresse des sicheren Unterschlupfes gegeben? Falls ja, warum?

Als er beim Militär aufgehört hatte, war Baby Doll in der Offiziersausbildung gewesen. Sie hatte ihn zum Essen eingeladen, in ein westliches Lokal, schicker als jedes andere Restaurant, in dem er je gewesen war. Gewaltige T-Bone-Steaks, Wein für viertausend die Flasche. Fat hatte die Einladung ausgeschlagen und behauptet, er bekomme keinen Urlaub. Alex hatte gewusst, dass er sie nur nicht sehen wollte.

Sie ließen sich Zeit beim Essen. Baby Doll wusste von seinem Plan, zur Fremdenlegion zu gehen, als Einzige außer Eisenschädel. Während des Essens sprach sie es nicht an, aber beim Abschied stellte sie klar, dass sie davon wusste.

»Sei vorsichtig da draußen. Wenn ich mit der Offiziersausbildung fertig bin, können wir noch mal von vorn anfangen, das habe ich dir gesagt, weißt du noch?«

Diese Worte hatten ihm Hoffnung gegeben. Zwei Jahre Grübeln, dann war er zu dem Schluss gekommen, dass es nur ihre Art war, ihm zu sagen, er solle auf sich aufpassen, nicht den Helden spielen. Schlichte Sorge um einen Freund.

Sie hatten fünf Jahre lang nicht miteinander gesprochen. Und jetzt war Fat tot.

Alex hatte damals nicht verstanden, warum Eisenschädel ihn ausgewählt hatte. »Würde das nicht besser zu Fat passen?«, hatte er ihn gefragt.

»Er wäre gut, aber ich schummele ein bisschen. Dein Großpapa und ich waren gute Freunde, weißt du noch?«

Eisenschädel hatte nie explizit gesagt, dass Alex noch immer auf der Soldliste der einen oder anderen Einheit zu Hause stand. Aber alle drei Monate ging Geld auf seinem Bankkonto ein. Befehle kamen nur von Eisenschädel, vermutlich um seine aktuellen Arbeitgeber und die Regierung aus allem herauszuhalten. Allerdings wusste Alex, dass nur der militärische Geheimdienst Agenten im Einsatz hatte.

Aber wenn Eisenschädel Fat übergangen hatte, wie war es dann dazu gekommen, dass Fat auf Alex geschossen hatte? Für wen hatte er gearbeitet?

Fat.

Schon bald würde die tschechische Polizei Straßensperren errichten. Alex beschleunigte, schätzte, dass er nach hundert Kilometern außer Gefahr sein würde. Die Autobahn führte nach Norden, Richtung Prag. Nicht gut, dachte er; diese Strecke würde die Polizei zuerst dichtmachen. Können doch keine Terroristen in die Hauptstadt lassen. Ein Wendemanöver, und Alex fuhr auf der E59 südwärts, nach Wien. Mit seinem Gesicht musste er dorthin, wo die Touristen waren. Dann würde er daran arbeiten, dass er zurück nach Italien kam.

Er dachte an die beiden Männer, die an jenem Tag in Rom bei Chou am Tisch gesessen hatten. Ein älterer Asiate und ein großer Europäer in einem pelzbesetzten Mantel. Falls er die finden konnte, würde er vielleicht erfahren, warum jemand ihn tot wollte.

Die drei Männer hatten sich nicht aus Freundschaft getroffen, vermutete Alex. Eine geschäftliche Besprechung. Der Asiate, dessen Augenbrauen sich wie die von Chow Yun-fat wölbten, wenn er grinste, war wahrscheinlich Taiwaner. Dadurch würde er leichter zu finden sein. Und von da aus konnte er den Ausländer aufspüren.

Während er durch eine namenlose Kleinstadt raste, wütete ein Schneesturm. Diese Gelegenheit konnte er sich nicht entgehen lassen. Alex parkte und durchsuchte den Wagen. Ein paar Quittungen, eine Wasserflasche, ein fettiges Butterbrotpapier. Keine Hinweise auf die Identität des Attentäters. Er steckte die Quittungen ein und ließ den Wagen stehen.

Alex fegte den Schnee von der Windschutzscheibe eines alten Lada. Das Modell und die Schneewehe auf dem Dach deuteten auf einen älteren Fahrer hin, der seit einigen Tagen nicht mehr unterwegs gewesen war. Und der Neuschnee würde ihn hoffentlich auch morgen im Haus festhalten. Mit ein bisschen Glück würde das Auto nicht vermisst werden.

Bei Tagesanbruch war er in Österreich. Er nahm sich ein

wenig Zeit und suchte sich einen vietnamesischen Laden. Die waren am sichersten: Vietnamesen neigten nicht zum Tratschen und waren keine Fans von Obrigkeiten, außerdem verkauften sie alles, was man so brauchte.

Frisch ausgestattet, besah Alex sich die Quittungen genauer. Der Attentäter war vom Wiener Flughafen her gekommen und hatte sich an die mautpflichtigen Straßen gehalten. Die Nacht hatte er an einem Ort namens Znojmo verbracht. Wirkte wie jemand mit einer einzigen Aufgabe: Alex zu töten.

Während er ein Banh-mi-Sandwich vertilgte, rief Alex mit dem Nokia eine Nummer an. Anschluss nicht erreichbar. Zu riskant, es weiter zu behalten. Er löste die Rückwand des Telefons und warf die SIM-Karte auf die Ladefläche eines vorbeifahrenden Lasters. Sein nächster Anruf, diesmal aus einer öffentlichen Telefonzelle, wurde an fünf verschiedene Personen weitergeleitet, bevor Alex endlich die müde Stimme desjenigen hörte, den er sprechen wollte.

»Ja?«

»Krawatte, hier ist Alex.«

Lang anhaltendes Schweigen, dann eine misstrauische Antwort: »Ich weiß nicht, ob ich mich darüber sehr freuen soll. Zeit, eine Schuld zu begleichen?«

»Ich fürchte ja.«

Als er wieder im Auto saß, änderte er seinen Plan; nach Wien musste er jetzt nicht mehr. In einer anderen Stadt hielt er nochmals an und wechselte erneut das Auto.

Zurück auf die Straße. Die Scheibenwischer räumten unablässig den Schnee von der Windschutzscheibe. Leider hatte er nicht auf die Tankanzeige geachtet; ihm ging das Benzin aus, aber eine Tankstelle durfte er nicht anfahren – da würden Kameras sein. Ein weiterer Wagen musste her. Erschöpfung zog seine Augenlider nach unten.

KAPITEL SECHZEHN

TAIPEH, TAIWAN

In den Fernsehnachrichten wurde gemeldet, dass die Vereinigten Staaten sich bereit erklärt hatten, Taiwan das Avenger-Luftverteidigungssystem zu verkaufen, bei den M1A1-Panzern und den U-Booten jedoch nicht mit sich reden ließen. Wer würde jetzt, wo Chiu tot war, mit den Amis verhandeln?

In Eierkopfs Abwesenheit wurde Wu die Ehre einer Besprechung mit Eierkopfs eigenem Chef, dem Leiter der Kriminalpolizei, zuteil. Wu erläuterte seine Theorie, dass Chius und Kuos Tode mit irgendeinem Geheimnis beim Militär zusammenhingen und man herausfinden müsse, worum es bei diesem Geheimnis ging, um den Fall zu knacken. Der Chef kommentierte das nicht, doch seine Miene sagte Wu, was dieser bereits wusste. Ohne Anweisung des Präsidenten oder des Ministeriums würde das Militär nicht reden.

Eine Sackgasse. Zurück zu den alten Kriminalertricks: das Leben des Opfers Stück für Stück zusammensetzen und feststellen, was eigenartig wirkte. Von Hsiung konnte er keine weiteren Informationen über Chiu und Kuo bekommen, doch sie konnten ihn nicht davon abhalten, weiter am Fall Chen zu arbeiten. *Mach dir ein Bild vom Leben dieses Mannes, irgendwo wird schon ein Hinweis sein,* sagte Wu sich.

Seine Frau ging um Mitternacht zu Bett und überließ ihm die Herrschaft über den Küchentisch. Eierkopfs Gesicht leuchtete vom Bildschirm des Laptops, zu beiden Seiten von Wus Akten flankiert. Was aß er jetzt schon wieder?

»Ist das zu glauben? Dass man in London Bubble Tea bekommt, wusste ich ja, aber wie sich herausgestellt hat, gibt es den in Rom auch. Hab ihn gratis bekommen, weil ich aus Taiwan bin. Und sie haben mir von diesem taiwanischen Gua-Bao-Laden erzählt.«

Ein mit Fleisch gefülltes, gedämpftes Brötchen kreuzte den Bildschirm, bevor Eierkopf hineinbiss. »Schweinebauch«, berichtete er mit vollem Mund. »Ein echter taiwanischer Koch.«

»Lassen Sie mich raten. Die Gua-Bao-Leute haben Ihnen von einem Austernomelett-Laden erzählt.«

»Denken Sie auch mal an was anderes als Essen? Jedenfalls, nein. Es war ein Schmorfleischladen, taiwanisch geführt.«

»Deshalb schlagen Sie sich jetzt den Bauch voll.«

»Nicht meine Schuld, dass die so gastfreundlich sind. Und ich verteile es ja: Sie haben einen Haufen Gua Baos und Bubble Tea für die Wache geschickt. Die Italiener mögen den Schweinebauch sehr. Ich selbst war früher kein großer Fan davon, aber jetzt bin ich auf den Geschmack gekommen. Ich will Ihnen auch sagen, warum: Ich hatte nicht bemerkt, wie gut der frische Koriander und die Erdnüsse zusammenpassen oder wie saftig das Fleisch beim Kochen in Wein wird. Dann steckt man es in dieses weiße Brötchen. Es ist deftig, aber da ist auch eine gewisse Süße. Wahrscheinlich sollte ich beim Essen nicht so wählerisch sein. Mir entgehen eine Menge leckere Sachen, und das ist schade. Sie essen nichts? Was hat Ihre Frau Ihnen heute Abend gekocht?«

Wu schwenkte eine Flasche.

»Das ist es, was Sie brauchen, Wu, eine Frau, die nichts dagegen hat, wenn man zu Hause trinkt. Klar, wenn Sie jetzt noch etwas zu essen dazu hätten ...«

»Hören Sie auf zu schwafeln und wischen Sie sich das Kinn ab. Sie verschmieren mir noch den Bildschirm.«

»Sehen Sie, es ist, als wäre ich bei Ihnen im Zimmer.«

»Also. Ich habe etwas. Mit Chen Li-chi, auch Fat genannt, fange ich an.«

»Auf die altmodische Art?«

»Ich setze einfach die einzelnen Puzzleteile zusammen.«

»Sie zuerst. Sie haben da drüben mehr, womit Sie arbeiten können.«

»Na gut. Und bitte entfernen Sie sich ein Stück von der Kamera, bevor mir schlecht wird.« Mit großer Geste ordnete Wu seine Notizen und begann mit seinem Bericht:

»Dreiundzwanzig Uhr, 14. August 1981. Personal der Kinderklinik Chiayi Chen wird von der Polizei geweckt. Zwei Beamte reagieren auf einen Anruf von Anwohnern, die melden, dass ein höchstens drei Monate alter Säugling weinend in einem Karton am Kliniktor liegt.

Die Polizei klingelt bei der Klinik. Doktor Chen, siebenundsechzig, lebt selbst auf dem Gelände. Seine Frau, zweiundsechzig und Krankenschwester in der Klinik, kommt ans Tor. Aus Sorge um das Kind ruft sie ihren Mann dazu, der es für gesund erklärt. Ein Junge. Der Karton enthält außer dem Kind nur die Decke, in die es gewickelt ist, und eine leere Milchflasche.

In den Achtzigern und Neunzigern wussten die jungen Frauen in Taiwan noch nicht alle, wie man verhütet, und wenn sie schwanger wurden, haben manche vielleicht sogar geglaubt, sie nähmen einfach zu. Es war nichts Ungewöhnliches, dass jugendliche Mütter ihre Neugeborenen an öffentlichen Orten aussetzten. Fats Mutter könnte eine dieser unverheirateten Frauen gewesen sein. Die Decke und die Flasche deuten darauf hin, dass sie sich alle Mühe gegeben hatte. Aber wahrscheinlich war sie überfordert und dachte, eine Kinderklinik sei der beste Ort für ihr Kind.

Die Polizei nahm die Aussagen der Chens auf und wollte

das Kind in eine soziale Einrichtung bringen, doch Dr. Chen widersprach, weil er befürchtete, ein so kleines Kind würde nicht anständig versorgt werden. Er bot an, das Baby eine Zeit lang zu behalten. Schließlich könnte die Mutter ihre Entscheidung bereuen und zurückkehren. Die Polizei beriet sich mit dem Jugendamt, und alle kamen überein, dass das Kind vorübergehend eine geeignete Bleibe hatte.

Die Chens hatten zwei eigene Kinder, eine Tochter, die in den USA verheiratet war, und einen Sohn, der in Taipeh lebte, ebenfalls Arzt. Ihr leeres Nest wurde wieder zu einem liebevollen Zuhause. Der kleine Fat verbrachte dort eine glückliche, friedvolle Woche. Er hat nicht mal geweint ...«

»Woher wissen Sie, dass er nicht geweint hat?«, unterbrach ihn Eierkopf.

»Pst, Eierkopf, sonst erzähle ich Ihnen die Geschichte nicht.«

»Lassen Sie mich nur schnell etwas online überprüfen. Sind Sie sicher, dass es der 14. August 1981 war?«

»So steht es in der Polizeiakte.«

»Wu, raten Sie mal, was das für ein Tag war.«

»Der 14. August? Irgendein Feiertag?«

»Der fünfzehnte Tag des siebten Monats im Mondkalender. Geisterfest.«

»Schaurig ... Jedenfalls, eine Woche später hatte noch niemand das Kind beansprucht, und der Staat wollte das Sorgerecht übernehmen. Doch Frau Chen, die die Renaissance ihrer Mutterschaft sehr genoss, hoffte, das Kind behalten zu können, wenn auch nur, bis die Eltern gefunden werden konnten. Das Jugendamt war froh, das Problem los zu sein, und bot einen finanziellen Zuschuss an. Die Chens lehnten jede Unterstützung ab.

Sechs Monate später wurde das Kind adoptiert, offiziell von der Tochter der Chens, denn die Chens selbst waren zu alt. Die erforderlichen Formalitäten wurden vorgenommen, und das Kind wurde Chen Li-chih genannt. Offiziell waren die Chens seine Großeltern, doch für ihn waren sie Mutter und Vater.

Fats Kindheit war nicht weiter bemerkenswert. In der Grundschule tat er sich weder hervor, noch war er ein schwieriger Schüler. In einer Hinsicht stach er allerdings heraus: Mit elf Jahren war er einen Meter einundsiebzig groß, was allgemein darauf zurückgeführt wurde, dass Frau Chen darauf bestand, diverse angereicherte Nahrungsmittel für ihn zu kaufen, ohne Rücksicht auf die Kosten.

Mit siebzig setzte Dr. Chen sich zur Ruhe. Sein Arztsohn weigerte sich, aus Taipeh zurückzukehren, um das Familienunternehmen weiterzuführen, daher lebt die Kinderklinik der Chens heute nur noch in der Erinnerung der guten Bürger von Chiayi weiter.

Ihr neuer Sohn machte den Chens viel Freude. Sie wünschten bloß, ihr Haushalt wäre größer, ihre Kinder würden mit den Enkeln aus Taipeh und den USA zurückkehren. Chen Li-chih war im gleichen Alter wie die Enkel, und sie hätten gute Spielkameraden abgegeben. Und wenn die Götter ihnen freundlich gesinnt waren, würde der jüngste Chen auf der Highschool vielleicht eine größere akademische Eignung entwickeln, und die Familie würde mit einem dritten Arzt gesegnet.

Doch plötzlich hält Traurigkeit Einzug im Hause Chen. Frau Chen verlor allmählich ihre geistigen Fähigkeiten – nichts Ernstes, aber sie vergaß häufig, das Gas abzudrehen. Demenz, stellten die Ärzte fest, nicht behandelbar. Ihr Sohn in Taipeh organisierte eine Krankenschwester, die half, für sie zu sorgen. Doch dann war es Dr. Chen, der zwei Jahre später als Erster starb. Herzversagen. Die Familie beriet sich. Das Haus würde verkauft werden und Frau Chen in die Staaten umziehen, wo ihre Tochter sich um sie kümmern konnte. Doch wo sollte Chen Li-chih hin? In Taipeh war kein Platz für ihn, und die Tochter erklärte dem Jugendamt, sie könne sich nicht sowohl um ihre Mutter als auch um ihren kleinen Bruder kümmern.

Und so sah sich Chen Li-chih im zarten Alter von elf Jahren aus dem Himmel verstoßen. Mutter und Vater verloren, von seinen Geschwistern zurückgewiesen, und, am verstörendsten, er fand heraus, dass er als Baby ausgesetzt worden war.«

»Eine Waise in einem Karton? Wu, haben Sie auch fröhlichere Geschichten? Vielleicht die über das kleine Mädchen mit den Schwefelhölzern?«

»Sie entspricht vollständig den Fakten, die bei meinen Ermittlungen zutage gekommen sind.«

»Peppen wir sie auf, machen wir sie erbaulicher! Ich glaube, Sie haben eine Vorruhestandskrise. Sie wollen, dass alle anderen auch unglücklich sind.«

»Ach, sind Sie jetzt Psychiater? Lassen Sie mich weitererzählen. Die Nachbarn haben Chen Li-chih als liebevollen Sohn seiner Adoptiveltern in Erinnerung. Nach der Schule schob der Junge seine Mutter im Rollstuhl in den Park. Es besteht kein Zweifel daran, dass sie eine glückliche, liebevolle Zeit zusammen hatten.

Die zweite Adoption wurde sowohl von der Polizei als auch vom Jugendamt genau dokumentiert. Da er mit den älteren Chen-Kindern nicht blutsverwandt war, mussten diese sich nicht um ihn kümmern, und er kam in ein Waisenhaus, wo er zwei lange Jahre blieb. Mehrere Familien erwogen, ihn zu adoptieren, machten aber alle einen Rückzieher. Er war zu groß, hatte oft einen finsteren Blick. Was wäre, wenn er zum Straftäter würde?

Das Waisenhaus hat ebenfalls umfassende Aufzeichnungen geführt. Der Junge war still und hat nicht viel erzählt, schon gar nicht von seiner früheren Familie. Die alljährlichen Weihnachtskarten von Frau Chen bewahrte er alle auf, allerdings notierte eine Frau Lin in seiner Akte, dass die Karten vermutlich von ihrer Tochter versandt wurden und außer der Unterschrift keine Nachricht enthielten. Sie kann nicht geahnt haben, dass es Weihnachten für den Jungen zur traurigsten Zeit im Jahr machte, dass er die Karte an sich drückte und unter der Bettdecke weinte.«

»Sie vermiesen mir meine Gua Baos.«

»Hey, Eierkopf, vielleicht kann ich ja das machen, wenn ich im Ruhestand bin: als Ehrenamtlicher in Waisenhäusern und Altenheimen arbeiten.«

»Dafür haben die ausgebildete Leute. Sie sind Polizist.«

»Ja, aber ich möchte gern ein Erfolgserlebnis haben.«

»Ein Erfolgserlebnis! Ja, ich weiß, was Sie meinen.«

»Zwei Jahre später wurde Chen Li-chih von einem ehemaligen Soldaten namens Chen Luo adoptiert. In diesem Punkt ist die Akte nicht so detailliert. Genau genommen erfüllte Chen Luo weder in puncto Alter noch in puncto Einkommen die Voraussetzungen für eine Adoption. Vielleicht könnte uns jemand, der mit dem Fall befasst war, aufklären, wieso das genehmigt wurde. Chen Luo war damals dreiundfünfzig, seine vietnamesische Frau einunddreißig. Vielleicht hatte er schon nicht mehr so viele Spermien, aber seine junge Frau wollte ein Kind.

Und so hatte der junge Chen eine neue Familie, und den Nachbarn zufolge wurde er besser behandelt als jeder leibliche Sohn. Kam auf der weiterführenden Schule ins Basketballteam, hing mit einer kleinen Gruppe Freunde herum, ließ sich mit sechzehn mit einer Gang ein und musste in die Jugendvollzugsanstalt. Chen Luo hat ihn da irgendwie rausgeholt.

Seinen Klassenkameraden zufolge hat er seine ganze Zeit mit Basketball und Gewichtheben verbracht, und er hatte sich durch seine Statur schon den Spitznamen ›Fat‹ verdient – sämtliche Anlagen für einen Sportstudenten. Einer der harten Burschen an der Schule; hast du ein Problem, geh zu Fat, der kümmert sich darum. Wegen eines Freundes namens Zao landete er im Jugendknast. Zao hatte sich hinters Licht führen lassen und in einer Spielhölle viel Geld verloren. Ein paar echte Gangster verlangten, er solle die Uhrensammlung seines Vaters stehlen, um seine Schulden zu bezahlen. Fat fand das nicht fair, also ging er hin, um mit ihnen zu reden. Es wurde sehr hässlich, und Fat wurde zusammengeschlagen und verlor einen Schneidezahn.

Bald darauf schloss Fat sich einer anderen Bande an, weil er nach Leuten suchte, die ihm halfen, seinen Ruf wiederherzustellen. Er und ein paar ältere Jugendliche stahlen auf einer Baustelle Eisenstangen und demolierten die Spielhölle. Am Ende war einer tot, und acht waren schwer verletzt. Ganz große Sache – siebzehn Festnahmen, sieben davon minderjährig. Das Jugendgericht hat sie alle für sechs Monate ins Gefängnis geschickt. Obwohl Chen Li-chih der Rädelsführer war, wurde er seltsamerweise schon nach zwei Monaten entlassen und leistete stattdessen fünf Wochenstunden gemeinnützige Arbeit. Chen Luo war fuchsteufelswild und machte sich Sorgen, dass sein Sohn auf die schiefe Bahn geraten könnte. Er nahm ihn von der Highschool und schickte ihn auf eine Militärschule. Dort machte Fat sich gut und hielt sich von seinen alten Bandenkumpels fern. Das Leben als Einzelkind muss einsam gewesen sein, und vielleicht hat er dort so etwas wie einen brüderlichen Zusammenhalt gefunden. Hat ohne Schwierigkeiten seinen Abschluss gemacht und sich danach freiwillig zur Marineinfanterie gemeldet. Die Grundausbildung war heftig, aber ihm gefiel es so. Es machte ihm Spaß.

Seine vorgesetzten Offiziere haben ihn in guter Erinnerung: das Ass unter ihren amphibischen Aufklärern offenbar. Wollte sämtliche Zusatzausbildungen machen, die er kriegen konnte: Fallschirmspringen, Bergkriegsführung, Winterkriegsführung, Scharfschützenausbildung. Ließ nicht zu, dass er da irgendwo übergangen wurde. Deshalb haben sie auch nicht kapiert, warum er den Dienst quittiert hat. Er schien der geborene Soldat zu sein und hätte was Höheres als Oberfeldwebel werden können.

Einer aus seiner Abteilung beschrieb Fat als jemanden, der immer freundlich war und lächelte, aber nicht viel redete, der niemanden an sich heranließ. Hat seine Privatsphäre extrem geschützt. Einmal hat sich einer aus Jux in sein Bett gelegt und wäre dafür fast zusammengeschlagen worden. Fat hatte sehr klare Grenzen, die man besser nicht übertrat.

Die Aufzeichnungen der Grenzpolizei belegen, dass er ein paarmal im Ausland war, nachdem er die Marineinfanterie verlassen hatte. Chen Luos Frau zog nach der Scheidung zurück nach Vietnam, in ein kleines Dorf im Norden. Fat hat sie besucht. Es gibt Fotos von ihnen zusammen, ich nehme an, er hat da eine Art Familie gefunden.«

»Ich habe das Foto in den Dateien gesehen, die Sie mir geschickt haben. Die Frau sieht nett aus.«

»Sie hat Chen Luo besucht, nachdem er ins Altenheim für Veteranen gezogen war. Der Kamerad aus Fats Abteilung hat gesagt, sie sei mit Geschenken im Stützpunkt aufgetaucht. Fat hat sich sehr gefreut und sie wie eine Touristin herumgeführt. Mittlerweile war sie offenbar ebenfalls dick geworden, und alle dachten, sie sei seine richtige Mutter.«

»Vielleicht wäre es für Fat anders gelaufen, wenn Chen Luo noch ein paar Jahre gelebt hätte.«

»Haben Sie das Foto gesehen, wo er seine Mutter huckepack trägt?«

»Wie zum Teufel sind Sie da drangekommen? Gehen Sie nicht, Wu. Sie sind ein Naturtalent in diesen Dingen.«

»Über Fats Privatleben gab es nur sehr wenige Informationen. Sein Sold bei der Marineinfanterie war ganz anständig, aber nichts Besonderes. Anstatt für die Ehe und auf ein Haus zu sparen wie seine Kameraden, hat er es großzügig ausgegeben: für die Ausgaben seiner Adoptivmutter, wenn sie ihn in Taiwan besuchte, für zusätzliche Pflege für seinen Adoptivvater. Hin und wieder ein Besuch in einem billigen Bordell oder einem Animierlokal, aber keine längere Beziehung, bis er Mimi traf.

Er und Mimi scheinen eher eine WG als irgendetwas anderes gehabt zu haben, und außerdem war Fat auch noch oft weg. Wenn sie ihn fragte, wohin er wollte, sagte er: ›Ich muss nur was erledigen. Aufgaben. Am besten, du fragst nicht.‹ Im Gegensatz zu den meisten Frauen ließ Mimi es auf sich beruhen.«

»Hey, wir setzen hier das Leben des Verstorbenen zusammen. Lassen Sie Ihre eigenen Erfahrungen nicht auf die Geschichte abfärben.«

»Habe ich das getan?«

»*Im Gegensatz zu den meisten Frauen?* Wir reden hier über Mimi, nicht über Ihre Frau.«

»Es ist schwer zu beschreiben, welchen Einfluss Fat auf Mimis Leben hatte oder wie sehr sie ihn dafür geliebt hat. Sie gab die Arbeit als Hostess auf und fing als Aushilfe in der Boutique einer Freundin an. Fat wollte, dass sie ihr eigenes Unternehmen hat, und Mimis Tante war krank und konnte ihr Karaokelokal nicht weiterführen. Für zweihundert Riesen gehörte es Mimi. Fat verschwand einfach zwei Tage lang und kehrte mit dem Geld zurück. Die monatliche Miete hat er auch übernommen.

Mimi sagt, einen Mann wie ihn hätte sie noch nie getroffen. Sie war es gewohnt, Geld und Geschenke zu bekommen, aber damit wollten die Männer sie nur ins Bett bekommen. Fat war anders. Ihn musste sie verführen, um ihn ins Bett zu bekommen. Es war nicht Sex, was er wollte, sagt sie, sondern Liebe. Aber er war verschlossen wie eine Auster, wenn er nicht wollte, kam man nicht an ihn heran.

Mimi hat sich durchaus gefragt, warum er nie über seine Arbeit sprach oder wo er lebte, wenn er nicht bei ihr war. Einmal hat sie wohl gewitzelt, er müsse irgendwo eine Ehefrau haben, und Fat hat ihr seinen Ausweis gezeigt, um ihr zu beweisen, dass er ledig war. Im Ausweis stand zudem, dass er adoptiert war, was sie vorher auch nicht gewusst hatte. Wenn er Zeit hatte, half er ihr in ihrem Karaokelokal, sang alte japanische Weisen oder Wu Bais Lieder über melancholische Männer. Die alten Leute liebten ihn.

Aber er hat nie erklärt, wohin er ging. ›Was zu erledigen‹, hat er immer gesagt. ›Bin in einer Woche wieder da.‹ Mimi gewöhnte sich daran. Sie vermutete, dass er mit geschmuggelten Waffen handelte, weil sie einmal gesehen hatte, dass er eine Waffe trug. ›Wenn er verhaftet wird‹, sagte sie sich, ›mache ich ein neues Lokal in der Nähe des Gefängnisses auf, damit ich ihm etwas Anständiges zu essen bringen kann.‹

Ich habe sie gefragt, ob sie die Karaokebar gern betreibt, weil da hauptsächlich alte Leute die Zeit totzuschlagen schienen. Sie sagte, zuerst nicht, aber dann hätte sie Geschmack daran gefunden. ›Mittlerweile kann ich richtige Mahlzeiten kochen, aber am Anfang gab es nur Nudeln. Ein paar der alten Männer haben gesagt, ich wäre das Einzige, was ihre Kinder davon abhält, sie in ein Heim zu stecken. Es ist billiger, hier zu essen, wo sie für hundert Dollar Mittag- und Abendessen bekommen. Das war Fats Idee. Er hat gesagt, fünfzig mehr machen mich auch nicht reich, deshalb sollte ich es lieber preiswert halten, damit sie es sich leisten können. So war er. Geld zu verdienen war ihm nie wichtig.‹

Über seine Vergangenheit hat Fat nie mit ihr gesprochen, aber in ihrer Wohnung fanden sich Spuren davon. Insbesondere drei Fotos.«

»Drei Fotos?«

»Sie hat sie abfotografiert und mir geschickt. Hier, ich leite sie Ihnen weiter.«

»Irgendwelche Hinweise?«

»Auf dem ersten scheinen er und zwei andere aus der Scharfschützenausbildung zu sein, einer davon eine Frau.«

»Gut aussehend?«

»Sehen Sie selbst.«

»Habe sie gerade bekommen. Hey, nicht übel. Eine Dreiecksgeschichte?«

»Guter Instinkt. Das hatte er Mimi immerhin erzählt. Sie waren beide in sie verliebt. Fat hat nie etwas unternommen. Der andere, der mit dem breiten Grinsen, schon. Wurde glatt abgewiesen, und das hat ihm das Herz gebrochen, davon hat er sich nie erholt. Hat das Militär verlassen und ist in die Welt gezogen.«

»Das zweite Foto. Seine Adoptiveltern? Die Chens?«

»Korrekt. Mimi sagt, wer das auf dem dritten Foto neben ihm ist, weiß sie nicht; hat er ihr nie gesagt. Irgendein alter Sack, ein bisschen klein, aber gut gebaut. Sonnenbrille und Baseballkappe, deshalb kann man nicht viel erkennen. Es gibt noch mehr Fotos, aber nur von Fat mit seinen zweiten Adoptiveltern. Die schicke ich morgen rüber.«

»Okay. Das ergibt schon mal ein ganz ordentliches Bild von Fats Leben.«

»Und jetzt Sie.«

Eine Hand stellte Eierkopf eine Tasse Kaffee auf den Schreibtisch. Er unternahm einen tapferen Versuch, sich auf Italienisch zu bedanken. »Es ist nicht so eine faszinierende Geschichte wie Ihre, Wu, aber ich habe mehr Details.«

»Sollten Sie auch, schließlich sind Sie der Boss.«

»Da fangen Sie schon wieder an, Sie sind verbittert, weil Sie aufhören.«

»Beeilung. Ich könnte im Bett liegen.«

»Fat hat die landschaftlich schöne Strecke nach Rom genommen. Zwei Tage vor dem Attentat auf Chou ist er mit Singapore Airlines nach Singapur und von da nach Barcelona geflogen. Mit dem Zug nach Paris, mit einem weiteren nach Rom. Hat offensichtlich versucht, seine Spuren zu verwischen. Die Daten vom Grenzschutz belegen, dass er Taiwan letztes Jahr mindestens fünfmal verlassen hat, aber den Italienern zufolge war das seine erste Reise hierher oder überhaupt nach Europa.

Wir haben keine Ahnung, wo er in Rom gewohnt hat. Beim Grenzübertritt sah er wie ein Rucksacktourist aus. Die Grenzer haben sich an ihn erinnert: fiese Visage, schlechtes Englisch, schwarze Wollmütze, gekleidet, als wollte er die Alpen besteigen. Mit dieser Beschreibung und den Bildern vom Grenzübertritt ist die Polizei auf eine weitere mögliche Sichtung am Bahnhof von La Spezia gestoßen, in Nordwestitalien. Sie haben La Spezia extra überprüft, weil es in der Nähe von Porto Venere liegt, wo neulich ein Auto explodiert ist. Die örtliche Polizei schätzt, dass jemand auf den Tank geschossen hat. Der Wagenhalter ist Maler und Dekorateur in Riomaggiore, einem Küstenstädtchen in der Nähe. Er behauptet, der Wagen sei gestohlen worden und er habe keine Ahnung, wie er nach Porto Venere gekommen sei.

In Porto Venere gab es jede Menge Zeugen, und alle haben gesagt, der Schütze habe sich vor der Kirche San Lorenzo befunden. Ein weiteres Auto, ebenfalls gestohlen, wurde mitten auf der Straße stehen gelassen. Das war aus La Spezia. Auf dem Lenkrad wurden Fingerabdrücke gefunden, die mit denen von Fat übereinstimmen. Es sieht also so aus, als hätte Fat gewusst, was er in Europa tat: seine Spuren verwischen, nach La Spezia fahren, ein Fahrzeug stehlen und nach Riomaggiore fahren. Sein Ziel hat ebenfalls ein Auto gestohlen, um nach Porto Venere zu fliehen, wo es eine Schießerei gab. Im ausgebrannten Auto haben sie Kugeln gefunden, aber keine Leiche.

Die Italiener gehen davon aus, dass Fat in Italien Hilfe gehabt haben muss. Irgendwo muss er die Waffe herbekommen haben. Und auf den Bildern der Hotelkameras in Rom, Pisa, La Spezia oder sonst wo findet sich keine Spur von ihm. Jemand hat ihn bei sich wohnen lassen.

Sein Ziel ist also entkommen und hat es nach Budapest geschafft, mit Fat auf den Fersen. Später eine Scharfschützenschießerei über den Dächern, und Fat stellt fest, dass er nicht so gut ist, wie er dachte.«

»Ich mache mir Sorgen, wie Mimi diese ganzen schlechten Nachrichten aufnehmen wird«, sagte Wu.

»Jetzt werden Sie mal nicht sentimental. Wir sind Polizisten, keine Sozialarbeiter.«

»Wir haben also das Leben und die letzten Augenblicke des Verstorbenen, Chen Li-chih, rekonstruiert. Kommissar Eierkopf, welche Hinweise haben Sie entdeckt?«

»Ich habe das Kommando, also sind Sie zuerst dran. Dann werde ich ...«

»Schwachstellen suchen?«

»Die Lücken füllen. Ist es so schlimm, für mich zu arbeiten, Wu?«

Wus Sohn kam aus seinem Zimmer. Hatte der Hunger ihn endlich vom Computer weggelockt? »Im Kühlschrank steht noch was von der Rindersuppe deines Großvaters. Ich könnte dir ein paar Nudeln dazu kochen.«

»Wer ist da?«, fragte Eierkopf.

Wu drehte den Laptop zu seinem Sohn um. »Komm und unterhalt dich mit Onkel Eierkopf.«

Sein Sohn beugte sich zur Kamera vor. »Hallo, Onkel Eierkopf.«

»Du bist gewachsen. Soll ich dir etwas aus Italien mitbringen?«

»Nein danke, Onkel.«

Er wandte sich ab, um sich die Suppe aufzuwärmen. Wu rief ihm hinterher: »Mach dir Nudeln dazu – du bist zu mager.«

Sein Sohn drehte sich um und sagte, ausnahmsweise einmal ernst: »Ihr zwei seid so cool.«

»Inwiefern?«

»Na, dass ihr Verbrechen aufklärt.«

»Woher weißt du, was wir machen?«

»Ich habe mitgehört.«

»Du solltest die Polizei nicht bespitzeln. Hast du meinen Computer gehackt oder so was?«

»Papa, bitte. Wer hat das Netzwerk eingerichtet? Ich brauche nichts zu hacken. Es ist einfach da.«

»Ach, haben wir einen Spion herangezogen? Behältst deine Mutter und mich im Auge, ja?«

»Das muss ich ja. Letztes Jahr hättet ihr euch fast scheiden lassen. Du solltest dich nicht so mit ihr streiten.«

»*Ich* habe mit *ihr* gestritten? Sie hat ja wohl eher mit mir gestritten.«

Letztes Jahr. Worüber hatten sie noch gleich gestritten? Wu wusste es nicht mehr. Aber so schlimm war es nicht gewesen, oder? »Wir reden später darüber. Und? Was denkst du über unseren Fall?«

»Fats Lebensgeschichte hat mir gefallen. In den Nachrichten klingt es immer so, als wären die Leute geborene Verbrecher. Aber wir sind alle Zwiebeln.«

»Zwiebeln?«

Sein Sohn blieb ihm die Erklärung schuldig und kehrte mit einer dampfenden Schale Rindersuppe in sein Zimmer zurück.

Zurück zu Eierkopf. »Haben Sie das gehört, Eierkopf?«

»Ja. Computer-Hacking, Verrat vertraulicher Familienangelegenheiten, Ausspionieren vertraulicher Polizeiinformationen. Besorgen Sie ihm lieber einen Anwalt.«

»Er hat noch nie nach meiner Arbeit gefragt.«

»Und wir sind alle Zwiebeln? Ich glaube, hier sind sie alle Pasta-Soße. Aber es ist gut, dass er ein bisschen Interesse an Ihrer Arbeit zeigt. Meinen bekomme ich nie zu sehen; die Familie seiner Freundin hat ihn praktisch adoptiert.«

Wu holte eine Flasche Kavalan, seinen taiwanischen Lieblingswhisky, und schenkte sich ein großes Glas ein. »Wo waren wir?«

»Hinweise.«

»Erstens: Was war Fats Auftrag? Er ist nach Italien gereist, um jemanden zu töten, und er ist seinem Ziel bis nach Budapest gefolgt. Schwer vorstellbar, dass es zwischen den beiden einen Konflikt gab, der Fat zum Mord treiben würde, also muss er auf Befehl gehandelt haben. Erklärt das, warum er keinen Job hatte? Eine einträgliche Beschäftigung als Attentäter?

Falls dem so war, hat er Fähigkeiten und eine Professionalität an den Tag gelegt, wie wir sie zuvor noch nicht erlebt haben. Das bedeutet, der Auftraggeber war jemand Besonderes, möglicherweise sogar ein Ausländer. Und die Autoexplosion in Porto Venere ereignete sich am Abend des Tages, an dem Chou ermordet wurde. Das bedeutet, da besteht ein Zusammenhang. Hier läuft irgendetwas«, sagte Wu.

»Weiter.«

»Der erste Scharfschütze wird nach Rom geschickt, um Chou, einen Militärberater, zu ermorden. Der zweite Scharfschütze wird geschickt, um den ersten zu töten. Ich habe den Eindruck, sie wollen dafür sorgen, dass Chous Mörder nicht reden kann. Also ...«

»Also hat derjenige, der Fat Befehle gab, auch dem ersten Scharfschützen Befehle gegeben«, warf Eierkopf ein.

»Brillant, Chef.«

»Brillant – verarschen kann ich mich selbst. Wir müssen den ersten Scharfschützen finden. Er wird uns zu den Leuten führen, die die Strippen ziehen.«

»Wer auch immer verantwortlich ist, hat etwas mit Kuo und Chiu zu tun. Sie waren beide Soldaten. Und Kuo und Fat hatten die gleiche Tätowierung: ›Familie‹.«

»Allmählich wird es spannend, Wu. Schmecken Sie das Adrenalin?«

»Bin nicht mal mehr müde.«

»Ich werde sehen, was ich hier tun kann, um den ersten Scharfschützen aufzuspüren. Sie arbeiten weiter an Fats Kumpanen, soweit sie uns bekannt sind. Und schlafen Sie ein bisschen.«

»Mache ich. Und Sie lassen es mit dem Essen langsam angehen. Ihre Frau ist zu jung für einen fetten Ehemann.«

»Woher wissen Sie, was meiner Frau gefällt?«

Bei seinem Sohn war noch immer Licht. Wu leitete die drei Fotos, die Mimi ihm zur Verfügung gestellt hatte, an das Telefon seines Sohnes weiter, und klopfte an seine Tür.

»Behältst du mich immer noch im Auge?«

»Das ist ziemlich aufregend. Vielleicht schmeiße ich die Uni und gehe zur Polizei.«

»Du hast noch nicht erlebt, wie es ist, wenn nichts los ist. Wozu die Langeweile uns treibt ...«

»Zum Beispiel?«

Zum Beispiel dazu, mich in Julies Café zu setzen, wo wir uns gegenseitig Geschichten erzählen, sagte Wu nicht. Er deutete auf das Telefon seines Sohnes. »Es gibt etwas, wobei du uns helfen kannst. Polizeiangelegenheit, also behalt es für dich.«

»Okay.«

»Ich habe dir drei Fotos geschickt. Schau mal, ob du herausfindest, wer da drauf ist.«

»Nur mit den Fotos? Das ist qualifizierte Arbeit.«

»Da fällt mir ein: Wer bezahlt eigentlich deine Studiengebühren?«

»Mal sehen, was ich tun kann. Wird aber ein bisschen dauern.«

»Ich warte seit zweiundzwanzig Jahren darauf, dass du zu etwas zu gebrauchen bist. Da kann ich auch noch ein paar Stunden länger warten.«

KAPITEL SIEBZEHN

TAIPEH, TAIWAN

Wu erwachte auf dem Bett seines Sohnes. Mist, schon elf. Und sein Sohn noch immer am Computer.

Es klingelte an der Tür. Wu öffnete: sein Vater, der einen Einkaufstrolley voller Lebensmittel hinter sich herzog. Spielte wieder den Koch.

»Wieso bist du nicht bei der Arbeit? Bist du schon pensioniert?«

»Noch sechs Tage, einschließlich heute.«

»Du kannst nicht in den Ruhestand gehen. Dein Sohn ist noch in der Ausbildung.«

Die erste Amtshandlung von Wus Vater bestand darin, nach dem Jungen zu sehen; in der Tasche waren Bubble Tea und Reiscracker für ihn. Großvater liebte Enkel; Mutter liebte Sohn. Manchmal fragte Wu sich, ob sie seine Rolle in dieser Familie als Sohn und Ehemann vergessen hatten.

Er hatte versprochen, mit seinem Vater über dessen eigenmächtige Besuche zu reden. Wu legte sich zurecht, was er sagen wollte, und ging in die Küche, wo sein Vater, über die Spüle gebeugt, sorgfältig einen Kohl wusch und zerpflückte. Wus Worte ordneten sich beim Sprechen neu an.

»Vater, könntest du ... weniger Salz ins Essen tun?«

»Ach, mein Essen ist zu salzig? Hat dir nicht geschadet. Du bist mit meinem salzigen Essen groß geworden.«

»Versuch einfach, ein bisschen weniger zu salzen. Der Junge wird den ganzen Tag zu Hause arbeiten; lass es ihn probieren, dann weißt du, wie er es findet. Die Geschmäcker heute sind anders.«

Sein Vater schwieg.

Wu schnappte sich seinen Mantel. Ein Haufen Sachen zu erledigen und nur zwölf Stunden Zeit dafür.

Als Erstes Julies Café und die übliche erdrückende Umarmung. Er bestellte einen Kaffee und das teuerste Gericht auf der Karte: Rindfleisch in Rotweinsoße. Trotzdem nur fünfhundertzwanzig Taiwan-Dollar. Genügte das, um sich ihren Vater gewogen zu halten?

»Setzen Sie sich.« Ein leichter Regen hatte den Sonnenschein abgelöst. Julies Vater hatte sich einen großen Schirm geholt, und die Katze saß jetzt auf seinem Schoß. Der alte Mann streichelte die alte Katze, zwei Veteranen, die ihre Kameradschaft genossen. »Trinken Sie zuerst Ihren Kaffee«, sagte er zu Wu.

Diesmal waren seine Augen offen und auf die Katze gerichtet, und die wiederum entspannte sich unter seinen Fingerspitzen. Wu trank einen Schluck Kaffee, stellte die Tasse ab und öffnete den Mund. Eine fleischige Hand wurde ausgestreckt und brachte Wu zum Schweigen.

Einige Minuten später gesellten sich drei ältere Herren unter dem Schirm zu ihnen.

»Kommissar Wu, drei Freunde von mir. Vielleicht kennen Sie sie.«

Natürlich kannte er sie. Alle drei waren bekannte Gangsterbosse. Er schüttelte ihnen die Hand und erwies ihnen seinen Respekt. »Stich, lange nicht gesehen.«

»Ja, es ist eine Weile her.«

»Lucky, gut sehen Sie aus.«

»Danke. Ich schlage mich so durch.«

»Kong. Ich bin immer noch dankbar für Ihre Hilfe.«

»Das ist zwanzig Jahre her. Nicht der Rede wert.«

Julie servierte eine Kanne Tee, einen aromatischen Oolong. Wu hatte gedacht, sie hätte nur Kaffee.

»Ich habe Ihre Frage also an ein paar Freunde weitergeleitet.« Julies Vater deutete mit einer ausladenden Geste auf die drei Neuankömmlinge.

Lucky schenkte geschickt den Tee ein. Stich faltete die Hände über dem Bauch und sah zum Himmel. Kong zog mit pfeifendem Atem an einer E-Zigarette.

»Und?«

»Sie glauben, es wäre am besten, wenn Sie nicht danach fragen.«

Kein Kommentar von den drei anderen.

»Die Himmlische Vereinigung? Die Bambusallianz?«

»Es gibt keinen Namen.«

Noch immer hatten die drei nichts anzumerken.

»Die Triade ohne Namen?«

»Sie haben von der Gewaltigen Familie und der Grünen Bande gehört?«

»Selbstverständlich. Sind vor Jahren redlich geworden, haben sich sogar bei den Behörden registriert.«

»Die Grüne Bande reicht zurück bis zu Kaiser Yongzheng, 1700 noch was. Eine Geheimgesellschaft; Sun Yat-sen und Chiang Kai-shek hatten mit ihnen zu tun. Die Gewaltige Familie gibt es schon genauso lange; hat versucht, die Ming-Dynastie wieder einzusetzen, als die Qing ans Ruder kamen. Koxingas Himmel-und-Erde-Gesellschaft, das sind mehr oder weniger dieselben Leute unter einem anderen Namen.«

Die drei hoben gleichzeitig ihre Teetassen.

»Ist es eine Tätowierung der Grünen Bande?«

»Es ist eine Bande, die viel weniger bekannt ist. Einen offiziellen Namen gibt es nicht, aber die Mitglieder schwören, so loyal zu sein wie gegenüber ihrer Familie. Und deshalb werden sie auch so genannt – von den wenigen Leuten, die von ihnen wissen.«

Julie stellte eine Kanne heißes Wasser auf den Tisch.

»Familie?«

»Sie sind nicht sehr viele. Die Mitgliedschaft wird innerhalb der Familien weitergegeben, sie sind also alle irgendwie verwandt. Sie schwören einen Bruderschaftseid, und Außenstehende haben keine Möglichkeit, an sie heranzukommen. Das älteste Mitglied hat die Leitung. Sie nennen ihn Großvater.«

Die drei sahen Julie zu, die Tellerchen mit Sonnenblumenkernen und Erdnüssen auf den Tisch stellte.

»Tja, das erklärt die Tätowierungen.«

»Und sie handeln nicht mit Drogen, sie betreiben keine Nachtklubs, sie stellen keine Schutzgeldforderungen. Es ist keine kriminelle Bande. Die Polizei kann ihnen nichts anhaben.«

Kong warf Erdnüsse in die Luft und fing sie mit dem Mund auf. Stich sah immer noch zum Himmel. Lucky hatte die Beine übereinandergeschlagen.

»Wenn nichts Kriminelles im Spiel ist, woher kommt dann das Geld?«

»Es geht nicht immer ums Geld. Auf Loyalität kommt es an, Familiensinn.«

Die drei hoben gleichzeitig die Teetassen.

Familiensinn? »Wie kann ich diesen Großvater treffen?«

Stich sah noch immer zum Himmel. Lucky füllte heißes Wasser in die Teekanne. Kong schlüpfte aus seiner Jacke, zog sein Flanellhemd aus und krempelte die Ärmel seines Thermounterhemds auf. Auf seinem linken Oberarm eine Tätowierung: ›Familie‹. »Ist es die?«, fragte er.

Julies Vater wandte sich wieder der Katze zu.

»Ja.«

Wu hatte die Botschaft verstanden, war jedoch nicht bereit aufzugeben. »Ich brauche Ihre Hilfe. Wenn ich den

Großvater nicht treffen kann, kann ich diesen Fall nicht abschließen.«

Kong zog Hemd und Jacke wieder an und trank seinen Tee aus.

Julie rief von drinnen: »Wu, Ihr Essen ist fertig. Kommen Sie, essen Sie hier drinnen.«

Wu setzte sich ans Fenster und aß. Die vier Männer draußen saßen schweigend da, tranken Tee, aßen Erdnüsse und knackten Sonnenblumenkerne. Wu beugte sich ein wenig vor und spähte unter dem Schirm hindurch zum Himmel. Regen prasselte herab. Hatte Stich zum selben Fleckchen Himmel hochgesehen?

Der Signalton seines Telefons erklang. Sein Sohn: *Papa, komm nach Hause.*

Julie verstellte ihm den Ausgang und deutete mit dem Finger auf Wus Teller. »Das ist mein hausgemachtes Rindfleisch in Rotweinsoße. Ich will einen sauberen Teller sehen.«

Nachdem er sein erstes Mittagessen verzehrt hatte, fuhr Wu nach Hause zum zweiten. Sein Vater hatte drei Gerichte zubereitet: Fisch mit Tofu, trocken gebratenes Schweinefleisch und gebratenen Kohl. Und eine Tomatensuppe mit Ei.

Sein Sohn rief ihn in sein Zimmer. »Beeil dich, Papa.«

Als Wu sah, dass sein eigener Vater bereits das Essen servierte, rief Wu zurück: »Komm essen. Dein Großvater hat gekocht. Wir können hinterher reden.«

Sichtlich genervt kam sein Sohn an den Tisch. Wu warf ihm einen warnenden Blick zu, und sein Sohn verstand den Wink. »Hey, Opa, du hast mein Lieblingsessen gekocht.« Das Gesicht des alten Mannes leuchtete auf.

Auch Wu vergaß nicht, seine Anerkennung zu zeigen, und zwang sich das Mittagessen seines Vaters noch zusätzlich zum ersten hinein. Er ließ sich von seinem Vater sogar die Reisschale nachfüllen.

»Ah, nicht so viel.«

»Du wächst doch noch, Junge!«

Hatte sein Vater vergessen, wie alt er war? Oder verwechselte er ihn mit seinem Enkel?

Aber er hatte auf ihn gehört; das Essen war nicht mehr versalzen. Als Wu beobachtete, wie der Kiefer des alten Mannes mahlte, während er gründlich kaute, fiel ihm allerdings ein, dass Menschen, die ihren Geschmackssinn verlieren, dies durch übermäßiges Salzen kompensieren. Und was würde als Nächstes verschwinden? Dann dachte er an den als Säugling ausgesetzten Fat und seine beiden Adoptivelternpaare und daran, dass jeder Verlust zu einer Suche geführt hatte, um die Lücke zu füllen.

Sein Vater ließ sich nicht beim Abspülen helfen, daher folgte Wu seinem Sohn in dessen Zimmer.

»Einen von ihnen habe ich gefunden, aber die anderen suche ich noch.«

Offenbar hatte sein Sohn Wus Unterhaltung mit Eierkopf am Vorabend aufmerksam verfolgt. Auf seinem Computerbildschirm war das Foto von Fat und den beiden anderen Scharfschützenanwärtern zu sehen, und daneben befanden sich drei kleinere Fotos.

»Ich habe den Mann links von Fat gefunden. Das ist Alexander Li, ein Freund von ihm aus der Scharfschützenausbildung.« Er deutete auf die drei kleineren Fotos. »Das da auf den drei Fotos ist er. Komisch ist, dass man online nichts über ihn findet, außer aus seiner Militärzeit. Er ist nicht auf Facebook, er nutzt weder Line noch WeChat, und ich kann nicht mal eine E-Mail-Adresse finden.«

Das erste Foto zeigte Lis Vereidigung beim Militär, mit frisch geschorenem Kopf. Auf dem zweiten – aus seinem

Personalausweis – sah er älter aus, vielleicht war das, kurz nachdem er den Dienst quittiert hatte. Das dritte Foto – aus seinem Reisepass – war im Grunde genau wie das zweite. Allerdings sah er darauf ein bisschen besser aus.

Wu schaute auf seine Liste der Scharfschützenanwärter. Tatsache, da war Alexander Li.

»Über die Frau kann ich nichts finden. Normalerweise habe ich mit dieser Gesichtserkennungssoftware eine Trefferquote von fünfundsiebzig Prozent. Hey, Papa, ich weiß, die Polizei hat den schnellsten Computer in Taiwan ...«

»Könnte der die Leute auf dem Foto finden?«

»Keine Garantie, aber die Wahrscheinlichkeit ist höher.«

»Mach dir wegen der Frau keine Gedanken. Es gab nur ein paar Frauen in dieser Ausbildung. Daran kann ich im Büro arbeiten. Was ist mit den anderen beiden Fotos?«

»Über den Typen mit der Sonnenbrille kann ich nichts finden. Und das ist noch nie vorgekommen, Papa. Urlaubsfotos, Dating-Profile – niemand ist komplett offline. Aber die Leute, nach denen du da suchst, sind so gut wie unsichtbar. Das ist merkwürdig.«

»Daran ist nichts merkwürdig. Gute Arbeit. Dass du Li gefunden hast, hilft uns weiter. Hast du noch was über ihn?«

»Er ist vor fünfeinhalb Jahren aus Taiwan weggegangen. Den Daten vom Grenzschutz zufolge ist er nie zurückgekommen.«

»Pass auf, wen du hackst, Junge. Wir stecken jetzt mehr Zeit und Geld in die Ermittlungen gegen Leute wie dich, und die Gerichte sind nicht zimperlich mit ihnen.«

»Es ist nicht meine Schuld, dass die Daten so schlecht gesichert sind.«

Im Flur ertönte die Stimme seiner Frau. »Oh, ihr seid beide da? Kommt essen. Ich habe in Shuanglian Tintenfischsuppe und Reisnudeln besorgt.«

Noch ein Mittagessen? Vater und Sohn kamen wie befohlen aus dem Zimmer.

»War dein Vater hier?«

Wu nickte. Seine Frau sah zu ihrem Sohn, dann verdrehte sie die Augen. »Esst, solange es heiß ist. Mir tut immer noch die Hand weh vom Tragen.«

Ein warnender Blick von Wu unterband den Protest, der seinem Sohn bereits auf der Zunge lag. »Wunderbar. Lasst uns essen.«

Und so aß die gesamte Familie ausnahmsweise zusammen.

»Also, wie kommt es, dass du zu Hause bist?«, fragte seine Frau ihn.

Er sah zuerst seine Frau, dann seinen Sohn an.

»Nun?«

Er stieß seinen Sohn an. »Siehst du? Wenn ich zum Mittagessen hier bin, wird deine Mutter misstrauisch. Wenn du hier bist, strahlt sie.«

»Du kannst mich jederzeit verlassen und zu deinem Vater ziehen.« Die Konkurrenz um den Appetit ihres Sohnes machte seiner Frau zu schaffen.

»Ach, und da wäre noch etwas, was du tun kannst«, sagte er seinem Sohn. »Es gibt eine Art Geheimgesellschaft namens *Die Familie*. Schau mal, ob du online irgendwas findest.«

»Okay.«

»Zieh meinen Sohn bloß nicht in irgendetwas Illegales hinein!«, warnte seine Frau ihn.

Ihren Sohn?

Wu beendete sein drittes Mittagessen und stürzte los. Natürlich nicht, um seiner Frau aus dem Weg zu gehen. Er hatte eine neue Spur zu verfolgen: Alexander Li.

KAPITEL ACHTZEHN

ROM, ITALIEN

Zurück in Rom, machte Alex sich sofort auf den Weg zu seinem Treffen mit Krawatte. Das Gesicht halb von einem neuen Hut und einer Perücke verborgen, drückte er sich an der Piazza della Bocca della Verità mit ihrem Marmorrelief eines Gesichts, das Lügnern angeblich die Hand abbiss, herum. Schließlich hielt ganz in der Nähe ein kleiner Fiat. Alex ging hinüber und stieg ein.

Eine halbe Stunde später blieben sie in einer Schlafstadt am Rande Roms stehen. Alex hatte die Spiegel im Blick behalten – keine Spur eines Beschatters.

Krawatte klebte immer eine unangezündete Zigarette an der Unterlippe. »Worauf hast du es abgesehen?«, fragte er, ließ Alex aber keine Zeit zu antworten, bevor er die Zigarette wieder wackeln ließ. »Auf einen Mann vielleicht? Einen älteren taiwanischen Herrn, der an der Fontana di Trevi auf einer Caféterrasse saß, neben dem Verblichenen?«

»Woher weißt du das?«

»Alex, ein Video mit dem Beweis deiner Treffsicherheit – und das auch noch bei Graupelregen – hat sich virusartig verbreitet. Du wärst sauer, wenn ich es nicht gesehen hätte. Ich wette, du möchtest auch gern wissen, wer der russische Herr war. Noch was?«

»Das war ein Russe? Im Moment will ich nur den Namen und die Adresse des Taiwaners. Und ein bisschen Bargeld.«

Alex wurde auf das Handschuhfach verwiesen, wo er ein Bündel kleiner Euroscheine und eine brandneue Beretta Storm fand: kompakt, haltbar, Zwölfkugelmagazin.

»Genug?«

Er stopfte das Geld in die Tasche und legte die Waffe zurück.

»Keine Waffe?«, fragte Krawatte.

»Im Moment nur das Geld.«

»Und später?«

»Weiß ich noch nicht.«

»Dann ist meine Schuld nicht beglichen?«

»Ich wünschte, sie wäre es. Aber das ist sie noch nicht.«

»Hast du eine Bleibe?«

»Ich finde was.«

»Du bist die Sensationsmeldung, Alex. Die Polizei sucht überall mit fünf verschiedenen Fotos von deinem Rücken nach dir. Wirst du sehen, wenn du eine Bleibe gefunden hast.«

»Fotos von meinem Rücken?«

»Turiner Bahnhof, Fontana di Trevi, Pisa ...«

»Mein Gesicht haben sie nicht?«

»Bis jetzt nicht.«

Alex lächelte. »Also, was machst du als Nächstes?«

»Vielleicht rufe ich die Polizei an. Vielleicht nicht.«

»Schön, dich zu sehen, Krawatte.«

»Schöner, als Paulie und Zar zu sehen?«

»Ich wusste, dass sie außer Dienst gut zurechtkommen würden. Bei dir war ich mir nicht so sicher. Ich bin froh, zu sehen, dass ich mir keine Sorgen zu machen brauche.«

»Ah, dann hat mein Leben also doch einen Sinn. Danke.«

Sie fuhren zurück nach Rom, von einer Einbahnstraße zur nächsten. An der Piazza del Popolo im Norden der Altstadt hielten sie an. Der ägyptische Obelisk in der Mitte war wie immer von Touristen umringt.

»Der taiwanische Herr wohnt da geradeaus hoch, neben Santa Maria dei Miracoli. Seine Freunde nennen ihn Peter;

alle anderen nennen ihn Herrn Shan. Ein Waffenhändler mit guten Verbindungen. War früher Stabsfeldwebel in deiner ganz persönlichen Armee. Ist dann nach Europa gezogen, hat den Beruf gewechselt und ist reich geworden.«

»Was für Waffen? Große, kleine?«

»Die Amerikaner wollen Taiwan einige Sachen nicht verkaufen, richtig? Tja, er arbeitet mit den amerikanischen Händlern zusammen oder besorgt sie woanders«, erklärte Krawatte. »Bleibt in Bewegung; war nicht leicht aufzuspüren. Aber sei vorsichtig. Wenn ich ihn finden konnte, dann können andere das auch.«

»Wie komme ich rein?«

»Willst nicht mit deinem Gewehr an sein Fenster klopfen?«

»Vielleicht keine schlechte Idee.«

»Es ist arrangiert. Sag dem Wachmann, du bist Alex, Krawattes Freund.«

»Er empfängt mich? Gute Arbeit.«

Herr Peter Shan. Alex fragte sich, welches chinesische Schriftzeichen das *shan* wäre.

Ein viergeschossiges Stadthaus, dem Aussehen nach vielleicht zweihundert Jahre alt. Shan hatte die Wohnung ganz oben. Links und rechts der Haustür standen zwei kräftige Wachmänner. Außerdem waren da zwei Männer in schwarzen Anzügen, die so fest schliefen, dass sie langsam von ihren Stühlen rutschten, jeder mit einer schwarzen Aktentasche Marke Anwalt zu seinen Füßen.

Die Wachmänner stellten sich ihm in den Weg. Er ignorierte den Impuls, sie zu fragen, ob man hier Zimmer mieten konnte.

»Ich möchte zu Herrn Shan.«

»Und Sie sind?«

Er dachte sich etwas aus. »Sein Neffe, zu Besuch aus Taiwan.«

Das schien zu funktionieren. Als der Aufzug sich im dritten Stock öffnete, begrüßte ihn das Gesicht, das er schon durch sein Zielfernrohr gesehen hatte, mit demselben Chow-Yun-fat-Lächeln.

»Willkommen, lange vermisster Neffe.«

Shans Domizil war, wie Krawatte es formuliert hatte, einigermaßen luxuriös. Die Wohnung war mehrere Hundert Jahre alt, die Zimmer waren so groß und die Decken so hoch, dass man in Taiwan sechzehn winzige Apartments auf zwei Etagen daraus gemacht hätte. Das Mobiliar bestand aus Stühlen mit hoher Rückenlehne, wie man sie nur in Filmen mit europäischen Adeligen sah, Vorhängen, die dicker als Wolldecken zu sein schienen, und flauschigen Teppichen, in denen man einen Schuh verlieren konnte. An einer Wand hing ein gewaltiges Ölgemälde der Seeschlacht von Lepanto. Es gab Kristallkronleuchter, einen Kamin, in dem kein Feuer brannte, und einen weiß behandschuhten Butler, der ihnen Tee servierte.

»Warum also habe ich Sie eingelassen?«, fragte Shan rhetorisch, setzte sich vor Alex und schlug die Beine übereinander, um mit seinen Brogues anzugeben. »Als Sie raufkamen, habe ich Sie über die Kameras beobachtet. Ich hätte Sie so oder so eingelassen, egal als was Sie sich ausgegeben hätten – Neffe, Enkel, was auch immer. Aber warum?« Der alte Mann hob eine Augenbraue, ehe er fortfuhr. »Zum einen, weil Sie Mumm haben. Es gefällt mir, wenn ein junger Mann Mumm hat.« Mit der Spitze eines dieser auffälligen Brogues deutete er auf Alex. »Man hat mir gesagt, Sie verdienen Ihren Lebensunterhalt mit der Zubereitung von gebratenem Reis. Die Küche ist bereit: kalter Reis im Kühlschrank, jede Menge Eier. Wenn Sie mir die Ehre erweisen würden ...«

Brav folgte der verdutzte Alex dem Butler in die Küche. Ein weiterer gewaltiger Raum, Fenster an zwei Seiten, zehn Meter Arbeitsfläche, an der Wand eine ganze Reihe von Töpfen und Pfannen. Er wählte einen Wok, nahm vom Butler die Eier und den Reis entgegen und sah in den Kühlschrank. Frühlingszwiebeln, wie erwartet. Woher wusste Shan das mit dem gebratenen Reis?

Gebratenen Reis zuzubereiten war nicht schwer. Nur eine Frage der Übung, hatte Großpapa immer gesagt. Öl, dann Eier, dann Reis, dann schnell rühren. Er rührte mit der Linken, sein rechter Arm war noch nicht völlig wiederhergestellt. Reis hüpfte durch die Luft, und der Butler, der ihm zusah, grinste.

Frühlingszwiebeln und Pfeffer darüberstreuen, und fertig.

»Wir werden zusammen essen«, sagte Shan zu ihm.

Und das taten sie, der alte Mann und der junge Mann aßen mit Suppenlöffeln gebratenen Reis.

»Ach, habe ich das vermisst«, sagte Shan.

»Sie bekommen ihn in jedem chinesischen Restaurant in Europa.«

»Das ist nicht dasselbe.«

Der Butler brachte Tee. Ebenfalls chinesisch.

»Sie sind sicher verwirrt. Da ich der Gastgeber bin, bin ich zuerst an der Reihe. Ich sage Ihnen, was ich sagen kann, aber alles werde ich Ihnen nicht erzählen. Das werden Sie verstehen. Pablo – Sie nennen ihn Krawatte, glaube ich. Wegen seines langen Halses? Er hat gesagt, Sie hätten nach mir gefragt. Nehmen Sie es ihm nicht übel; heutzutage tun die Leute für Geld alles, und Sie wissen, dass er keines hat. Also sagte ich, wenn Sie nach mir suchen, können Sie auch ruhig bei mir vorbeischauen. Probieren Sie den Tee.«

Unwillkürlich befolgte Alex die Anweisung des alten Mannes. Es war guter Tee.

»Als Sie Chou Hsieh-he erschossen, habe ich mit einer zweiten Kugel für mich gerechnet. Aber Sie haben mich nicht erschossen. Das ist allerdings nicht der Grund dafür, dass ich Sie hereingebeten habe. Dort in – wo leben Sie?« Shan drehte sich zum Butler um.

»Manarola«, sagte der Butler respektvoll.

»Ah, ja. Entzückender kleiner Hafen. Schade, dass es so touristisch ist, sonst würde ich mich da zur Ruhe setzen. Dort in Manarola hat jemand versucht, Sie zu töten, jemand, den Sie für einen Freund gehalten hatten. Das muss schrecklich gewesen sein, und es war bestimmt kein Vergnügen, ihn zu bezwingen. Man ist froh, überlebt zu haben, gleichwohl betrauert man den besiegten Feind.« Der alte Mann hob die Teetasse zum Salut.

»Und jetzt müssen Sie wissen, wer den Befehl gab, Sie zu töten, und deshalb sind Sie zu mir gekommen. Bedauerlicherweise ist Vertraulichkeit in allen Dingen in meinem Beruf entscheidend. Deshalb muss ich Sie leider enttäuschen, es gibt nichts, was ich Ihnen sagen kann. Mein Mund, auch wenn er voller falscher Zähne ist, muss versiegelt bleiben.«

Shan lachte über seinen eigenen Scherz und fuhr dann fort. »Sie sind nicht der Einzige. Taiwan hat einen Kriminalpolizisten herübergeschickt, und die italienische Polizei hat ihn zu mir gebracht. Ich habe ihm nur gesagt – durch meine Anwälte –, dass mein alter Freund Chou zu Besuch war und ich ihn herumgeführt habe. Wir haben am Brunnen einen Kaffee getrunken und … Katastrophe! Die Katastrophe, das waren natürlich Sie und Ihre Kugel. Und auch wenn ich mich mit Ihnen persönlich treffe, kann ich Ihnen nicht mehr sagen als ihm. Polizist oder Attentäter, Sie bekommen die gleiche Behandlung. Und der Russe? Unter uns, ein weiterer Freund, mehr nicht. Er dankt Ihnen dafür, dass es keinen Kollateralschaden gab.«

Alex trank zugleich mit dem alten Mann einen Schluck Tee und wartete, was noch käme.

»So, nun habe ich zwar viel geredet, Ihre Fragen aber nicht beantwortet. Ich habe durchaus versucht, sie zu überzeugen, dass keine Notwendigkeit besteht, Sie zu töten, aber sie haben nicht auf mich gehört.« Ehe Alex etwas einwerfen konnte, fuhr Shan fort. »Wer sie sind, ist nicht wichtig. Sie sind nicht die bösen Jungs, die Sie vielleicht erwarten, aber sie haben ihre Regeln und müssen dementsprechend handeln. Das ist alles. *Was* aber wichtig ist, ist das, was Sie als Nächstes tun. Hier und in Ungarn wurden Haftbefehle gegen Sie erlassen, und es ist nur eine Frage der Zeit, bis sie Ihren Namen erfahren. Bereits jetzt könnte es einen europaweiten Fahndungsaufruf geben: Alexander Li, Taiwaner, Ex-Fremdenlegionär. Fotos, Kontakte – die würden alles haben, und Sie könnten nirgendwohin.

Ich bin mittlerweile zu alt, um das hier unnötig schwierig zu machen. Zwei Möglichkeiten stehen deshalb zur Wahl. Halten Sie sich an mich, und ich bringe Sie wohlbehalten nach London, und mit der Zeit werden Sie die Situation verstehen. Und sobald Sie ein bisschen besser verstehen, können Sie gehen, wohin Sie wollen. Oder reisen Sie zurück nach Taiwan. Denn sonst ziehen Sie mich hinein, und das bedeutet, dass ich Sie töten lassen muss, bevor die Polizei Sie fasst. Sie sind nur deshalb noch am Leben, weil das Töten nicht mein Geschäft ist.«

Alex fragte sich, woher der alte Mann so viel wusste. Das war viel mehr, als sogar Krawatte ihm hätte erzählen können.

»Natürlich könnten Sie auch untertauchen und versuchen, die Sache auszusitzen. Ein guter Koch findet immer Arbeit, und vielleicht gelingt es Ihnen ja, den guten wie den bösen Jungs auszuweichen. Aber ich glaube, Sie sind der

Typ, der Antworten braucht. Denken Sie daran, junger Mann, die Polizei weiß nicht, dass Sie nur den Abzug betätigt haben. Die Polizei glaubt, dass Sie der Schlüssel zu dem ganzen Fall sind. Das ist alles, was ich Ihnen sagen kann.«

Shan deutete auf seine leere Schale. »Sehen Sie, nicht ein Reiskorn übrig. Sie kochen gut. Seien Sie Krawatte nicht böse und richten Sie ihm etwas von mir aus: Er muss sich von den Drogen und vom Glücksspiel fernhalten. Beides tut ihm nicht gut, und am Ende haben ihn die Geldverleiher in der Hand. Kakerlaken leben besser. Und dass Sie den Toten spielen, haben Sie gut gemacht. Die tschechische Polizei glaubt, Sie seien es, der bei dieser Explosion in Telč umgekommen ist. Die Ungarn und die Italiener sind sich da nicht so sicher, und der Polizist aus Taiwan hat offenbar nicht einmal eine Minute lang daran geglaubt und verlangt einen DNA-Test. Aber das dauert. Ich würde sagen, Sie haben drei bis fünf Tage.«

Der alte Mann holte eine Schnupftabakdose hervor und nahm eine Prise. »Sie sind dünner, als ich erwartet hatte. Einen jungen Mann, der so vernünftig ist, in Deckung zu bleiben, indem er sich in einem kleinen Dorf versteckt, sieht man selten. ›Wir arbeiten bei Morgengrauen, wir ruhen mit der Abenddämmerung; wir bohren unsere Brunnen, wir bestellen unsere Felder; was hat der Kaiser mit uns zu schaffen?‹«

Und mit dieser aus dem fünften Jahrhundert stammenden Warnung an ihn, sich aus Angelegenheiten, die ihn nichts angingen, herauszuhalten, öffnete sich die Tür hinter Alex, und er wurde unversehens von zwei großen Männern flankiert.

Shan hob seine Teetasse. »Wie es die Tradition will, hebe ich meine Tasse, wenn Sie gehen. Ich bin sicher, wir werden uns beide an diese ungewöhnliche Mahlzeit erinnern. Und falls Sie die Welt da draußen zu dornig finden, kommen Sie gern wieder. Meine Tür wird Ihnen immer offen stehen.«

Alex hatte viele Fragen, aber die beiden Männer ließen ihm keine Zeit, sie zu stellen. Sie packten ihn am Arm und eskortierten ihn hinaus.

Shan rief ihm hinterher: »Ihr gebratener Reis ist genauso gut wie der von Ihrem Großpapa, Alex!« Seine Stimme war kräftiger, als sein Alter vermuten lassen würde.

Alex rief zurück: »Sie haben ein Muttermal unter dem Haaransatz.«

Der alte Mann rieb über die fragliche Stelle. »Woher wissen Sie das?«

»Ich habe es durch mein Visier gesehen. Sie sollten es untersuchen lassen. Hautkrebs ist genauso tödlich wie eine Kugel.«

Die Tür, die hinter ihm zuschlug, prallte gegen seine Fersen.

Krawatte konnte ihm nicht in die Augen blicken. Alex sah keinen Grund, es ihm noch schwerer zu machen. »Ich brauche ein Flugticket.«

»Guck ins Handschuhfach.« Und da war es – das Ticket mitsamt Reiseplan.

»Der alte Knabe lässt dir was ausrichten: keine Drogen, kein Glücksspiel.«

Krawatte antwortete nicht.

»Jetzt sind wir quitt, Krawatte. Aber vergiss den Eid nicht, den wir nach der Elfenbeinküste geschworen haben.«

Krawatte wandte sich ihm zu. »Niemals.«

Jeder ist ständig auf der Suche nach dem genialen Dreh. Kurz nachdem die Fremdenlegion in der Elfenbeinküste angekommen war, verkündete Krawatte, er hätte einen Tipp bekommen, wo man billig an Diamanten käme, und überredete Paulie und Zar, zusammenzuschmeißen und den Kauf zu tätigen. Ehe sie sich auf den Weg machten, suchte Paulie Alex auf und gab ihm einen Zettel mit Anweisungen. Als sie nach vier Stunden noch nicht zurück waren, folgte er diesen Anweisungen und der Karte auf dem Zettel zu einer Strandhütte aus Treibholz. Sie wurde von drei bewaffneten Einheimischen mit Bandanas bewacht. Sein M82 kümmerte sich um diese drei Hindernisse und um zwei weitere, die aus der Hütte gerannt kamen.

Als Alex durch die Tür stürmte, wand sich Paulie gerade aus seinen Fesseln, und zusammen töteten sie die beiden übrigen. Doch da war noch eine dritte Leiche, ein Kind, das an einem Feuer gekocht und eine Kugel in die Brust bekommen hatte, als Paulie und einer seiner Gegner um eine Waffe rangen. Unter anderem deshalb war Paulie Geistlicher geworden; Bruder Francesco widmete den Rest seines Lebens Gott, um Buße zu tun.

Zar hatte ordentlich Prügel bezogen, weil er eine dicke Lippe riskiert hatte, während die anderen sich still verhalten hatten. Glücklicherweise waren seine Knochen ebenso robust wie seine Lippe dick.

In drei Ecken waren Kameras angebracht. Der Plan war gewesen, Krawattes Diamantendeal zu filmen und das Material zu veröffentlichen, um die UN-Friedensmission und die Fremdenlegion zu diskreditieren und die Franzosen zum Abzug zu zwingen. Und das hätte wohl auch funktioniert, wenn Paulie nicht gespürt hätte, dass da etwas faul war.

Zerknirscht bedankte sich Krawatte bei Alex und gab ihm ein Versprechen. »Dafür hast du was gut bei mir. Wenn du irgendwann mal was brauchst, frag einfach.« Dann hatten die vier einen Eid geschworen: gut zu leben, nicht gierig zu werden und sich in zwanzig Jahren gemeinsam bei einem Sonnenuntergang am Meer zu betrinken.

Krawatte hatte nur so getan, als würde er sein Versprechen halten. Zwar hatte er das Treffen mit Shan arrangiert, doch er hatte Shan auch alles erzählt, was er über Alex wusste. Alex fragte gar nicht erst, was diese Informationen wert gewesen waren. »Geh zu Bruder Francesco in Porto Venere«, sagte er zu Krawatte. »Er wird dir helfen, einen Neuanfang zu machen.«

»Er hat mich schon gefragt, aber ich will ihn da nicht reinziehen.«

Alex verstand. Krawatte hatte Angst, dass seine Schulden zu hoch waren, um davonzukommen.

Schweigend fuhren sie zum Flughafen Neapel. Der Flug nach Palermo, dem ersten von Alex' diversen Umstiegsflughäfen, dauerte eine Stunde.

»Möge Gott über dich wachen«, sagte Krawatte, der im Auto sitzen geblieben war, und bekräftigte seinen Wunsch mit einem erhobenen Daumen.

»Pass auf dich auf, Krawatte. Das Leben hat noch jede Menge Sinn.«

Aber Alex wusste, dass er Krawatte nicht wiedersehen würde. Wenn er Geschäfte mit Leuten wie Shan machte, dann verkehrte er garantiert auch mit übleren Typen – und verschuldete sich jedes Mal. Und wenn Krawatte diese Schulden nicht beglich, würde es keinen Grund geben, ihn am Leben zu lassen.

Von einem Münzfernsprecher am Flughafen aus rief er Zar an und berichtete von seinen Erlebnissen. Zar verstand die Botschaft: Halte dich von Krawatte fern. »Hey, meine Frau will wissen, wann du zurückkommst und wieder für uns kochst.«

Alex gelangte problemlos an Bord des Flugzeugs und beobachtete einen Sonnenuntergang über dem Meer. Es war schade, dass nicht mehr Menschen den Augenblick so zu genießen wussten wie Zar. Zukunftsträume waren auch nur eine Bürde. Krawatte hatte ständig über seinen Traum gesprochen: ein schönes großes Haus an der Côte d'Azur zu kaufen und jeden Tag tauchen oder angeln zu gehen. Doch es würde kein Tauchen und kein Angeln für ihn geben: Krawatte war seit dem Irak nicht mehr drogenfrei gewesen.

Während die Sonne im Meer versank, döste Alex ein. Auch er hatte seine Träume. Doch Baby Doll schien sich bloß immer weiter von ihm zu entfernen.

KAPITEL NEUNZEHN

TAIPEH, TAIWAN

Verteidigungsministerium: Alexander Li, geboren 1983, Blutgruppe A. Mit achtzehn Abschluss der Kadettenanstalt der Streitkräfte in Chungcheng, Besuch der Militärakademie, dann Eintritt in die 333. Mechanisierte Infanteriebrigade; hat die Armee 2010 im Rang eines Oberleutnants verlassen.

Außenministerium: Li reiste am 10. September 2010 aus Taiwan aus. Keine Daten zu einer Wiedereinreise. Pass läuft 2016 ab. Keine Aufzeichnungen über Kontakte zu Botschaften oder Konsulaten im Ausland.

Innenministerium: Alexander Li, Eltern unbekannt, keine Geschwister, im Waisenhaus aufgewachsen; 1988 von Pi Tsu-yin adoptiert, behielt aber seinen eigenen Nachnamen. Pi Tsu-yin starb 2005 an einer Krankheit. Keine aktuelle Adresse verzeichnet; vormals bei Pi Tsu-yin in dessen Militärwohnung gemeldet, doch dieses Arrangement wurde bei Pis Tod vom Verteidigungsministerium beendet.

Noch eine Waise? Wu ging hinaus auf den Balkon, um eine zu rauchen, und beobachtete dabei den dichten Verkehr unter ihm. Sein Telefon summte.

Der Sohn. *Hab's gefunden! Sieh es dir an.* Ein mit Handykamera aufgenommenes Video: die Fontana di Trevi, Chou Hsieh-hes Kopf sinkt nach vorn. Neben ihm zwei Männer: ein Chinese, ein Ausländer.

Wu antwortete: *Finde den Chinesen.* Zur Antwort bekam er einen Smiley.

Er machte sich auf den Weg zum Meldeamt. Wenn er persönlich vorstellig wurde, würde es schneller gehen.

Pi Tsu-yin, unverheiratet, keine Kinder. Vormals Oberfeldwebel beim Heer, später Busfahrer, 2001 im Alter von einundsiebzig in Rente gegangen. Dreiundfünfzig Jahre älter als Li, bei der Adoption des Jungen achtundfünfzig. Gemäß den Vorschriften viel zu alt. Was war also geschehen? Und als Li bei ihm in der Wohnung gemeldet wurde, hätte eine Geburtsurkunde in die Akte aufgenommen werden müssen. Wo war die? Niemand konnte es ihm sagen.

Pi war im Veterans General Hospital in Taipeh gestorben. Das war das, was einer Spur noch am nächsten kam.

Wu rief im Krankenhaus an, um zu fragen, ob sie bereit waren zu helfen. Waren sie, also fuhr er mit Höchstgeschwindigkeit hin. Pis Patientenakte verzeichnete als Todesursache eine Kombination aus Krebs und Organversagen. Danach hatte das nahe gelegene Institut Himmlische Bestattungen die Dinge in die Hand genommen.

Im Bestattungsinstitut erschien Wu unangekündigt, doch die Eigentümer waren kooperativ, gingen in den entsprechenden Ordner in ihrem Computerarchiv und erklärten ihm, dass sämtliche Zeremonien gefilmt wurden, um den ordnungsgemäßen Ablauf zu dokumentieren und spätere Streitigkeiten zu vermeiden. Das Video von Pis Bestattung war schnell gefunden. Ein kleiner Saal, nicht mehr als zwanzig Gäste.

»Wir haben unseren eigenen Saal. Die Räumlichkeiten der Stadt sind begrenzt und oft ausgebucht. Wenn die Trauergemeinde also nicht groß ist, ist es unter Umständen einfacher für die Familie, unseren Saal zu nutzen.«

Eine Kamera über dem Haupteingang zum Saal hatte alles festgehalten: Der daoistische Priester las aus den Schriften, die Trauergäste verneigten sich, Li kniete im schwarzen

Gewand eines trauernden Sohnes. Im Lauf der Zeremonie füllten sich die Sitzplätze. Lauter Rücken, aber in militärischer Haltung, dachte Wu. Die Leute traten in Dreiergruppen vor, um Räucherstäbchen darzubringen. Wu zählte im Stillen mit: insgesamt siebzehn. Und kein einziger Blick auf Lis Gesicht.

Dann ein Geistesblitz. »Haben Sie eine Kamera an der Eingangstür?«

»Ja.«

»Wie lange speichern Sie die Filme?«

»Wir löschen sie jeden Monat.«

Damit war auch Wus letzte Hoffnung gestorben.

»Aber vielleicht haben wir noch welche von einer anderen Kamera.«

»Von wo?«

»Es gibt einen Warteraum für VIPs.«

»Warum werden die nicht gelöscht?«

»Vielleicht möchte der Chef seine VIPs dokumentieren.«

Der junge Mann am Computer hatte bereits die Bilder aus dem VIP-Warteraum vom fraglichen Tag aufgerufen. »Die Kamera läuft nur, wenn der Raum genutzt wird, und das ist nicht oft, deshalb ist dieses Archiv nicht besonders groß.«

Viel war da nicht. Zwei Männer in Uniform wurden von einem Angestellten in einem schwarzen Anzug hereingeführt.

»Pause.«

Das Bild gefror. Wu registrierte: zwei Sterne an der Schulter des einen Mannes, einer an der des anderen.

»Weiter.«

Die beiden Generäle zogen ihre Trauergewänder an. Verwandte des Verstorbenen? Dann trafen weitere Personen ein: vier jüngere Männer mit einem älteren Mann im Rollstuhl. Die beiden Generäle knieten vor dem Rollstuhl nieder. Dann verließen alle zusammen den Raum, und die beiden Generäle schoben den Rollstuhl.

Nach der Zeremonie ging das Video weiter: Die beiden Generäle zogen das Trauergewand aus und standen wieder in ihrer Uniform da. Von den anderen keine Spur. Und die Gesichter der Generäle waren kein einziges Mal zu sehen.

»Kann man die Bildqualität irgendwie verbessern?«

Der Mann lachte entschuldigend.

Wu sah sich noch einmal die Bilder von der Trauerzeremonie an. Jetzt bemerkte er, dass die beiden Generäle eine Gruppe von Trauergästen angeführt hatten. Der Mann im Rollstuhl blieb hinten, stand weder auf noch verbeugte er sich und wurde hinterher wieder hinausgeschoben. Li grüßte ihn nicht. Man hätte denken können, der alte Mann im Rollstuhl wäre zufällig vorbeigekommen und hätte einfach mal hereingeschaut. Wer war er? Jemand Wichtiges, wenn es zwei Generäle brauchte, um seinen Rollstuhl zu schieben. Irgendein pensionierter hoher Offizier?

Wu kopierte die Datei auf einen Speicherstick. Zeit für einen weiteren Besuch im Verteidigungsministerium.

»Wissen Sie noch, Wu? Ich hatte Ihnen angeboten, Ihnen einen Schreibtisch hier reinzustellen. Dieses ständige Hin- und Herfahren ist Treibstoffverschwendung.«

Hsiung schien guter Dinge, selbst wenn man den Kalauer abzog. Er ging persönlich in die Küche und kam mit Kaffee und französischem Gebäck zurück. »Nehmen Sie Platz. Ich will sehen, ob ich finden kann, was Sie suchen.«

Wu lief auf und ab. Die Zeit war knapp. Nach wenigen Minuten fragte er einen Wachmann, wo er rauchen könne. Er hätte es längst aufgeben sollen, aber im Stress griff er immer wieder zur Zigarette.

Hsiung kehrte erst nach über einer Stunde zurück. »Dürfte ich Sie um eine Zigarette bitten?«

Wu warf ihm das Päckchen zu.

Hsiung war sichtlich unglücklich. Er zündete sich eine Zigarette an, inhalierte und stieß eine große Rauchwolke aus. »Ich habe vor elf Jahren damit aufgehört und rauche jetzt nur noch hin und wieder. Meistens in Gesellschaft, wenn ich eine angeboten bekomme. Manchmal erscheint es einem unhöflich abzulehnen. Das ist die Erste, um die ich selbst gebeten habe.«

»Weiter.«

»So direkt wie immer. Beide Männer in Ihrem Video haben die Streitkräfte verlassen. Generalleutnant Zhi als Erster, vor vier Jahren. Er war zu alt für eine Beförderung, also hat er sich logischerweise pensionieren lassen. Er und seine Frau sind in die Vereinigten Staaten gezogen, wo sein Sohn Chemieprofessor ist. Ich kann Ihnen den Kontakt herstellen, wenn Sie wollen. Generalmajor Lin war der Leiter der amphibischen Aufklärer und ist vor drei Jahren gestorben, begraben auf einem Militärfriedhof. Was den alten Mann im Rollstuhl betrifft, den konnten wir von hinten leider nicht identifizieren. Sind Sie sicher, dass er ein Militär ist?«

Wu nickte. Hsiung zog ein zweites Mal an der Zigarette und drückte sie aus. »Ich habe Ihre Fotos drei Generälen und vier Stabsoffizieren vorgelegt. Vielleicht ist er einfach zu alt, und sie haben ihn nicht mehr kennengelernt.«

Wu seufzte.

»Hat das mit den Fällen Kuo und Chiu zu tun? Den Chefs im Ministerium liegt viel daran, dass sie abgeschlossen werden. Es macht sich nicht gut, wenn sich das hinzieht.«

Wu wechselte das Thema. »Ich habe die Nachrichten gesehen, und es scheint, als wären Sie sehr fleißig. Haben die Amerikaner sich bereit erklärt, Ihnen etwas zu verkaufen?«

»Sie wollen nicht verkaufen, was wir kaufen wollen. Wir können weiter damit leben.«

Wu war nicht in der Position, mehr zu verraten, und er musste noch zwei andere Orte aufsuchen. Kuos Witwe hatte bei der Polizei angerufen und einen Drohanruf gemeldet.

Sie trafen sich im Park. Ihre Söhne waren zu Hause, und Wu musste zugeben, dass es nicht ideal wäre, in ihrer Gegenwart den Mord an ihrem Vater zu erörtern.

»Es war nicht wirklich bedrohlich«, sagte Frau Kuo mit bleichem Gesicht. »Ein Mann sagte, ich solle mir keine Sorgen machen, Wei-chung sei loyal gewesen, und man werde sich um meine Söhne und mich kümmern. Aber auch, dass es besser sei, wenn ich nicht mehr mit der Polizei rede.«

Wu merkte auf. Er wusste, was das bedeutete. »Hat er gesagt, wie man sich um Sie kümmern will?«

Sie zog einen braunen Umschlag hervor. Darin ein Bündel amerikanische Hundertdollarscheine. »Das sind hunderttausend, der Umschlag lag in unserem Briefkasten. Er hat später noch einmal angerufen, um sich zu vergewissern, dass wir das Geld bekommen haben, und sagte, es sei für die Ausbildung der Jungen.«

»Könnten Kuos Kollegen gesammelt haben?«

»Nein. Ich kenne alle seine Kollegen. Trauergeschenke würden sie nicht in US-Dollar oder anonym machen.«

»Irgendein Freund, der lieber im Hintergrund bleiben möchte?«

»Weiß ich nicht. Ich dachte, ich kenne ihn – bis ich das Geld gezählt habe. Wo kommt das her? Was hat er mir verheimlicht? Und sollte ich weiter mit Ihnen reden?«

Jemand, den Wu noch nicht identifiziert hatte, schloss Türen, die offen bleiben mussten, wenn Wu weiterkommen wollte. Er verabschiedete sich und riet der Frau, das Geld zu verwenden. Es war schließlich nicht gestohlen – jedenfalls nicht von ihr. Und sicherheitshalber sei es am besten, wenn sie nicht mit ihm Kontakt aufnahm, außer in Notfällen.

Zurück zu Julies Café. Ihr Vater aß drinnen. Ein Leben voller Abenteuer und Unterweltfreunde, und jetzt saß er da und genoss die Fürsorge einer pflichtbewussten Tochter.

»Setzen Sie sich, Herr Kommissar, und bestellen Sie sich Rindfleisch in Rotweinsoße. Und eine Flasche Rotwein dazu. Ich lade Sie ein.«

»Ah, wie könnte ich Ihnen das gestatten?«

Der alte Mann warf einen vorsichtigen Blick zur Küche und senkte die Stimme. »Sie setzt mir dreimal täglich wässrigen Papp vor. Na schön, ich weiß, mein Blutdruck ist zu hoch, und mein Blutzucker auch. Aber was hat das Leben für einen Sinn, wenn man nichts Anständiges essen darf?«

Wu gab nach.

»Ich warne Sie, wenn mein Vater auch nur einen halben Bissen Rindfleisch bekommt, haben Sie Hausverbot!«, ermahnte Julie Wu, als sie seine Bestellung aufnahm. Niemand kennt einen Vater so gut wie seine eigene Tochter.

Wu kam zur Sache. »Können Sie für mich eine Begegnung mit jemandem aus der *Familie* arrangieren?«

Julies Vater legte die Essstäbchen hin. »Vier von Taiwans bekanntesten Verbrecherbossen haben sich mit Ihnen zum Tee getroffen. Haben Sie den Wink nicht verstanden?«

»Ich danke Ihnen für Ihre Sorge, aber ich habe einen Fall aufzuklären.«

Der alte Mann stach mit seinen Essstäbchen nach Wus Gesicht. »Wissen Sie, warum die hier Essstäbchen heißen? Die Triaden sind nicht aus dem Nichts gekommen und haben einfach angefangen, Leute zusammenzuschlagen, wissen Sie. Wir haben unsere Geschichte. Damals in der Ming-Dynastie wurde der Norden Chinas von einer Dürre heimgesucht. Unter großem Aufwand wurde der Kaiserkanal wieder instand gesetzt, um Wasser und Getreide nordwärts nach Beijing zu bringen. Es gab allein zehntausend regierungseigene Schiffe. Stellen Sie sich vor, wie viele Besatzungsmitglieder die hatten.«

Wu war nicht ganz klar, wohin diese Geschichtsstunde führen sollte.

»Mit der Zeit schlossen sich diese Besatzungsmitglieder zusammen. Heute würden wir das eine Bande nennen, aber es war eine Untergrundgewerkschaft. Der Kanal fließt nach Süden, aber die Waren mussten nach Norden. Wenn der Wind falsch wehte oder der Wasserstand zu niedrig war, mussten diese Männer ihre Schiffe vom Ufer aus ziehen. Knochenarbeit. Und wenn sie starben, wurden sie in Grasmatten gehüllt und da begraben, wo sie umgefallen waren. Wenn das eigene Schicksal derart in den Händen der Götter liegt, wird man abergläubisch. Das alte Wort für Essstäbchen war *zhu*, derselbe Laut wie der für ›Halt‹ oder ›aufhören‹. Schiffe, die anhalten, Leben, das aufhört – schlechte Nachrichten für diese Männer. Daher verwendeten sie ein anderes Wort: *kuaizi*. Klingt wie ›schnell‹, nicht wahr?«

»Ich bin mir nicht sicher, ob ich verstehe …«

Der alte Mann legte die Essstäbchen auf den Tisch. »Wenn Sie Ihr Glück nicht überstrapazieren wollen, dann hören Sie auf.«

»Danke für die Warnung, aber ich bin Polizist. Das ist mein Beruf. Mein Gewissen lässt nicht zu, dass ich das Geld von braven Steuerzahlern wie Ihnen verschwende.«

»Kein Wunder, dass niemand die Polizei mag«, sagte Julies Vater und sah Wu böse an. »Meine Steuern anzusprechen – wenn Sie so weitermachen, bekomme ich noch Herzprobleme.«

Wus Rindfleisch in Rotweinsoße traf ein. Die Flasche Rotwein hatte Julie untersagt, doch sie brachte Wu ein einzelnes Glas aufs Haus. »Sie werden auch nicht jünger, Wu. Seien Sie vorsichtig beim Alkohol.«

Wu beschwerte sich nicht und machte sich daran, sein Essen zu genießen. Wenn Julie mit anderen Gästen beschäftigt war, gab er verstohlen Rindfleischstücke in die Schale seines Tischgenossen.

Als Wu satt war, brach er auf, um zurück ins Büro zu fahren. Julies Vater wollte ihn nicht bezahlen lassen, doch Wu bestand darauf.

»Na schön, ich werde sehen, was ich tun kann«, sagte der alte Mann. »Ein altes Leben ist weniger Geld wert, und früher oder später sterbe ich sowieso. Was sollen sie mir schon antun?«

Zurück ins Büro zu einem Posteingang voller Neuigkeiten. Seine Leute hatten fünfzehn von Fats Militärkumpels kontaktiert, und alle hatten dieselbe Geschichte erzählt: Der Kontakt zu Fat war abgebrochen, sobald er das Militär verlassen hatte. Die Frau auf dem Foto bei Fat und Alexander Li war Luo Fen-ying, eine Absolventin der Offiziersschule, die im Verteidigungsministerium arbeitete. Man hatte sie noch nicht erreicht. Wu notierte sich den Namen. Zeit für ein weiteres Tête-à-Tête mit Hsiung am nächsten Tag.

Eierkopf hatte bei ihrem planmäßigen Videoplausch wenig zu berichten. Er beabsichtigte, in ein, zwei Tagen nach Taiwan zurückzukehren. Schließlich konnte er so früh im Jahr nicht das gesamte Reisebudget ihrer Behörde aufbrauchen.

»Der Taiwaner am Schauplatz des Attentats auf Chou hat einen englischen Namen, Peter Shan. Fragen Sie bei den Pass-Leuten nach. Die sollen prüfen, ob sie unter diesem Namen jemanden mit doppelter Staatsangehörigkeit haben. Die Leute hier sind mit mir zu ihm gefahren, aber er hat mich nicht empfangen. Ärztliches Attest – angeblich ist er zu gebrechlich. Er hat zwei Anwälte geschickt, die mir meine Zeit gestohlen haben. Und die Italiener haben beschlossen, Li zu zwingen, aus der Deckung zu kommen. Sie haben ihn europaweit zur Fahndung ausgeschrieben. Lange kann er sich nicht verstecken.«

Wu übernahm. »Ich bin hier ein Stück vorangekommen. Die Tätowierung gehört zu einer Bande namens *Die Familie*, die ist dreihundert Jahre alt. Kuo und Fat müssen irgendwie mit ihr in Verbindung gestanden haben. Jemand, vermutlich die *Familie*, hat Kuos Witwe eine Warnung zukommen lassen. Und Li war ebenfalls Waise; sieht so aus, als wäre bei seiner Adoption gegen Vorschriften verstoßen worden, aber niemand kann erklären, warum. Moment mal, eine Nachricht von meinem Sohn ...«

Wu sah auf sein Telefon und dann breit grinsend wieder zu Eierkopf.

»Will er heiraten? Was sind Sie denn plötzlich so fröhlich?«

»Nein, er fragt, ob wir heute Abend an Lis Leben arbeiten.«

»Ich hoffe, er mag Gefängnisessen. Bald werde ich ihn wegen Justizbehinderung verhaften müssen.«

»Er fragt, ob er mitmachen darf.«

»Wofür hält er das hier? Eine Pyjamaparty?«

KAPITEL ZWANZIG

TAIPEH, TAIWAN

Alexander Li wurde 1983 in Tainan geboren. Zunächst wurde er von seinen Eltern, Vater Li Tzu-hsiang und Mutter Chao Ting, aufgezogen. Doch sein Vater, ein Luftwaffenpilot, kam bei einem Flugzeugabsturz ums Leben, als der kleine Li vier war. Seine Mutter erlitt daraufhin einen Nervenzusammenbruch und kam nach diversen gescheiterten Behandlungsversuchen in eine psychiatrische Klinik. Zunächst nahm Lis Großvater väterlicherseits den Jungen zu sich, doch er starb nur drei Monate später an einer Krankheit. Ohne mit Chao Ting oder deren Eltern Rücksprache zu halten, stimmte das Jugendamt der Adoption durch Pi Tsu-yin, einen Freund der Familie, zu.«

»Moment mal, verehrter Neffe. Denkst du dir das alles aus?«

»Natürlich nicht, Onkel. Das habe ich alles online gefunden. Sie haben viele der alten handschriftlichen Dokumente eingescannt. Lis Akte wurde zuletzt 1999 aktualisiert, ein Jahr nachdem Pi ihn adoptiert hatte, und da steht, seine Eltern seien nicht bekannt. Aber dann habe ich mir die älteren Akten angesehen. Die waren schwerer zu finden, und ich glaube nicht, dass die noch jemand nutzt. Aber ich bin reingekommen.«

»Reingekommen? Womit denn? Mit dem Brecheisen?«

»Lassen Sie ihn zu Ende reden, Eierkopf.«

»Pi war Unteroffizier beim Fahrzeugwartungstrupp, hat nie geheiratet, fuhr nach dem Militär in Tainan Busse im ÖPNV, wechselte dann in die Wartung, ehe er mit einundsiebzig in Rente ging. Li adoptierte er mit achtundfünfzig. In den ersten drei Jahren kümmerte sich eine Nachbarin, eine Frau Lin, um den Jungen; dann übernahm Pi. Im Grundschuljahrbuch ist ein Foto von ihm und Li. Li schrieb unter das Foto: ›Großpapa und ich‹. Ich kann keinen Kontakt zwischen Lis Mutter und Pi finden. Sie wurde 1999 aus der Klinik entlassen, brachte sich aber noch im selben Jahr um.

Nach der Mittelschule ging Li in die Kadettenanstalt der Streitkräfte in Chungcheng. Darüber habe ich nicht viel, weil ich das Verteidigungsministerium nicht hacken wollte. Nach Chungcheng ging er auf die Militärakademie, dann zum Heer. Kurz darauf wurde er für die Scharfschützenausbildung ausgewählt, wo er hervorragende Leistungen zeigte, übertroffen nur von Chen Li-chih, auch Fat genannt.

Der Scharfschützenausbilder Huang Hua-sheng schrieb in seiner Bewertung, Chen Li-chih sei ein hochbegabter Scharfschütze, aber Li sei zuverlässiger. Er und zwei weitere Offiziere empfahlen, Li zum Fremdsprachenunterricht in ein Ausbildungsinstitut des Geheimdienstes zu schicken. Normalerweise werden da nur Offiziere hingeschickt, es ist also ungewöhnlich. Und normalerweise lernen sie dort Englisch. Li war einer von nur zwei Teilnehmern, die Französisch gelernt haben.«

»Hast du nicht gesagt, du hättest das Verteidigungsministerium nicht gehackt? Wo kommt das alles her?«

»Ich konnte nicht anders.«

»Wu, ich weiß nicht, ob ich es mir verkneifen kann, Ihren Sohn zu verhaften. Könnte ein Bonus dabei rausspringen.«

»Tun Sie's noch nicht. Vergessen Sie nicht, Kuo Wei-chung hat auch Sprachunterricht bekommen. Ich werde überprüfen, ob sich das zeitlich mit Lis überlappt.«

»Li hat das Militär mit achtundzwanzig verlassen, als

Oberleutnant. Weil er nicht seine vollen zehn Jahre abgeleistet hatte, musste er Ausbildungskosten an die Militärakademie zurückzahlen. Ich weiß nicht, wie viel es war, aber er hat bezahlt und ist nach Paris gegangen. Es gibt Aufzeichnungen des Grenzschutzes darüber, dass er Taiwan verlassen hat. Das nächste Detail kommt aus Frankreich. Er hat sich für fünf Jahre bei der Fremdenlegion verpflichtet und war als Scharfschütze in der Elfenbeinküste und im Irak. Dann hat er sechs Monate aushilfsweise als Scharfschützenausbilder in einem Stützpunkt in Nîmes verbracht. Hat es bis zum Obergefreiten gebracht. Den Unterlagen der Fremdenlegion nach zu urteilen war er ein herausragender Scharfschütze. Als er die Legion verließ, bekam er die französische Staatsbürgerschaft, hat aber keine staatliche Hilfe in Anspruch genommen, um eine Ausbildung zu machen oder Arbeit zu finden. An diesem Punkt verschwindet er. Falls er in Taiwan eine Frau hat, ist das wahrscheinlich Luo Fen-ying. Sie haben drei Monate Scharfschützenausbildung zusammen verbracht, aber sie kam nicht in die zweite Phase. Stattdessen ist sie auf die Offiziersschule gegangen, ist jetzt Oberleutnant und arbeitet im Ministerium. Unverheiratet.«

»So weit zu Hsiungs Offenheit mir gegenüber. Er verbirgt etwas. Ich weiß bloß nicht, was«, sagte Wu.

»Erwarten Sie von dort keine Hilfe. Bei allen Toten hat sich herausgestellt, dass sie in irgendeiner Weise mit dem Ministerium verbunden waren.«

»Sie haben das Kommando. Können Sie den Chef nicht dazu bringen, hier und da ein bisschen die Daumenschrauben anzuziehen?«

»Sie haben gut reden, Sie gehen in den Ruhestand. Ich muss hier weiterarbeiten. Seien wir einfach froh, dass das Ministerium nicht bei uns die Daumenschrauben anzieht.«

»Warum ist das so schwer?«, fragte Wus Sohn. »Sollten bei Mordfällen nicht alle zusammenarbeiten?«

»Ah, Wu, sehen Sie sich Ihren Sohn an. Welche Jugend, welch ein Gerechtigkeitssinn. Eine unschuldige Frühlingsblume. Schauen Sie nur, wie Sie und ich uns haben korrumpieren lassen ...«

»Ich erkläre es dir später, mein Sohn.«

»Okay. Wer ist der Nächste?«

»Ich – der Sonderbeauftragte in Italien! Gestern Abend gab es eine Explosion in einer Wohnung in Telč, einer kleinen Stadt im Süden der tschechischen Republik. Es war ruhig in der Stadt; keine Touristen im Winter, und die meisten Einwohner flüchten vor der Kälte irgendwo anders hin. Die Wohnung gehört einer zweiundneunzigjährigen Tschechin, die in Karlsbad lebt, einem Kurort im Nordwesten. Die Frau gab an, ihr verstorbener Ehemann sei Chinese gewesen; sei in den Siebzigerjahren nach Tschechien gekommen, hätte bei der Heirat ihren Namen angenommen und die tschechische Staatsbürgerschaft bekommen.

Am Tatort wurden eine fast bis zur Unkenntlichkeit verbrannte Leiche und zwei Scharfschützengewehre gefunden, ein vom Feuer beschädigtes AE und ein intaktes russisches SWU. Die italienische Polizei arbeitet mit den Tschechen zusammen, um die Ballistik mit der der Kugel, die Fat getötet hat, zu vergleichen. Sie glauben, dass es dasselbe SWU ist. Die Italiener glauben außerdem, die Leiche am Tatort sei derjenige, der sie beide getötet habe, eine Ansicht, der der talentierte hochrangige Kriminalpolizist aus Taiwan widersprochen hat. Warum? Weil da zwei Gewehre waren. Ein bereits identifizierter Verdächtiger, Alexander Li, benutzt ein SWU. Das bedeutet, es gibt einen weiteren Schützen, der ein AE einsetzt. Außerdem bedeutet es, dass Li die Wohnung wahrscheinlich in die Luft gejagt hat, damit die Polizei glaubt, er sei tot.

Die Explosion wurde von einem eingeschalteten Gasherd in der Erdgeschosswohnung verursacht. Als die tschechische Polizei das Feuer eröffnete, hat sie mit Kugeln nicht gegeizt, und eine davon geriet auf Abwege und löste die Explosion aus. Der Eigentümer der Erdgeschosswohnung lebt in Prag und gibt an, er sei seit einer Ewigkeit nicht mehr dort gewesen. Der Gasherd könne unmöglich eingeschaltet gewesen sein – jedenfalls nicht von ihm.«

»Danke, Kommissar Eierkopf. Jetzt sind die Fakten klar.«

»Klar vielleicht, aber haben wir irgendwelche Anhaltspunkte?«

»Li wurde angeheuert, um Chou zu töten; warum, wissen wir nicht. Zwei weitere Attentäter wurden entsandt, um ihn zu töten. Beide haben versagt, und wir wissen nicht, wer sie geschickt hat. Wohin wird er als Nächstes gehen? Ganz Europa sucht nach ihm, er hat also nicht sehr viele Möglichkeiten.«

»Papa, Onkel, er ist verraten worden. Das bedeutet, er will bestimmt Rache.«

»An wem?«

»An dem, der ihn angeheuert hat.«

»Hast du das schon gehackt?«, fragte Eierkopf.

»Nein, aber es muss ein Taiwaner sein. Niemand sonst würde Chou tot sehen wollen.«

»Ihr Sohn ist besser darin als Sie, Wu. Diese Kriminalromane, die er liest, sind wohl nützlicher als der ganze historische Kram, den Sie so mögen.«

»Bestärken Sie ihn ruhig noch. Was tun wir als Nächstes?«

»Ich nehme einen Spätflug zurück. Was meinen Sie?«

»Mein Sohn, was meinst du?«

»Findet Luo Fen-ying und den Scharfschützenausbilder Huang Hua-sheng.«

»Warum?«

»Alle drei sind seine Schüler.«

»Dem Ministerium zufolge ist er im Ruhestand.«

»Genau. Er hat eine Garnelenfarm in Jinshan, wo man selbst Garnelen fangen kann.«

Wu und Eierkopf starrten ihn an. Wu fand als Erster die Sprache wieder. »Mein Sohn, ich bin froh, dass ich all das Geld für deine Ausbildung ausgegeben habe. Außerdem mache ich mir Sorgen um meine Investition. Studierst du überhaupt richtig oder ist das alles Hacken?«

»Ha! Schicken Sie ihn auf die Polizeischule«, warf Eierkopf ein. »Er kann mein Schützling sein. Macht sich wahrscheinlich besser als Sie damals, Wu.«

KAPITEL EINUNDZWANZIG

JINSHAN, TAIWAN

Wu war unterwegs nach Jinshan, nicht weit von der Mittbucht, wo Chiu gefunden worden war. Er verließ die Autobahn und fuhr durch Wanli. Die hügelige Straße vollführte diverse Kurven, ehe sie ihn zu einem kleinen Backsteingebäude vor einem Garnelenteich brachte. Kein Schild, das erklärt hätte, worum es sich handelte, und soweit Wu sehen konnte, hatte niemand Lust, dem kalten Wind zu trotzen, um ein paar Garnelen zu fangen.

Ein mittelalter Mann mit einer Baseballkappe, die mit Militärabzeichen dekoriert war, winkte ihm zu. »Lassen Sie uns ein paar Garnelen fangen, Herr Kommissar. Dann grillen wir sie und spülen sie mit irgendwas runter.« Huang Hua-sheng schien das Leben zu genießen.

Wu rieb sich Wärme suchend die Hände, dann setzte er sich auf einen Plastikhocker und nahm den angebotenen Stab. Er hatte noch nie Garnelen gefangen.

»Sehen Sie den Vogel da drüben auf dem Dach?«

Wu folgte Huangs Finger mit dem Blick. »Den mit dem orangen Kopf?«

»Ein Japanisches Rotkehlchen. Es zieht im Spätherbst nach Süden. Um diese Jahreszeit sieht man in Taiwan nur selten welche.«

»Zu früh für den Frühling, zu spät für den Winter.«

»Wussten Sie, dass der Herbst in Japan die Lachssaison ist? Aber den einen oder anderen kann man auch im Sommer fangen. Von denen sagt man, sie hätten den Kalender nicht richtig gelesen. Sie erzielen gute Preise; im Sommer findet man kaum fangfrischen Lachs. Ich schätze, dieses Rotkehlchen kann den Kalender auch nicht lesen. Aber Sie haben Glück, eins zu sehen. Schauen Sie, wie es sich aufplustert. Muss ein Ex-Militär sein.«

»Wissen Sie viel über Vögel, Herr Oberst?«

»Nein. Aber wenn man in so einer Gegend lebt, dann lernt man sie kennen. Wie Nachbarn. Vögel, Schlangen, Wildhunde, Eichhörnchen. Und wohin würden Sie zielen, wenn ich Ihnen ein Gewehr gebe und Ihnen befehle, das Rotkehlchen abzuschießen?«

»Es ist winzig. Auf den Bauch?«

»Nein, auf die Schnabelspitze. Sehen Sie, wie es seine Flügel spreizt und sich bereit zum Abflug macht? Zielen Sie auf den Schnabel, dann treffen Sie die richtige Stelle.«

Wu fiel eine dicke Narbe auf, die sich Huangs linke Wade hinabschlängelte, vielleicht fünfzehn Zentimeter lang. Und dass er Militärstiefel mit Metallkappen trug anstelle von Sandalen wie die meisten Leute hier draußen.

Huang bemerkte seinen Blick. »Aus den USA, während eines Trainings.«

»Sie haben diese Narbe bei einem Training bekommen?«

»Ich meinte die Stiefel. Die Narbe allerdings auch. Bei einer Übung hat mich eine Mine erwischt.«

»Im Verteidigungsministerium haben sie mir gesagt, sie hätten den Überblick darüber verloren, wie viele Scharfschützen Sie ausgebildet haben, und jeder Einzelne sei ein Experte. Sie sind eine richtige Legende. Und die Anwärter nennen Sie Eisenschädel?«

Huang lachte erfreut. »Wohl kaum. Das sind die Rekrutierer – die freuen sich über gute Geschichten, mit denen sie die jungen Leute dazu animieren können, sich zu verpflichten. Ich mag den Spitznamen Eisenschädel, wobei ich vielleicht länger dabeigeblieben wäre, wenn ich ihn verdient hätte. Ich konnte die Bürokratie nicht ertragen, deshalb habe ich den Dienst quittiert und diesen Laden aufgemacht. Das Geschäft ist wie die Vögel: saisonal. Im Sommer spart man ein bisschen an, in der Winterkälte und während der Regenfälle im Frühling lebt man davon. Wir haben hier an der Küste sechs bis acht Monate, in denen das Geschäft läuft, damit kommt man aus. Sie sagten, Sie wollen über Li und Fat sprechen.«

»Alexander Li und Chen Li-chih, ja. Sie waren in Übersee in eine Auseinandersetzung verwickelt. Fat ist tot.«

»Ja, das habe ich gehört. Sie waren die beiden Besten, die ich je ausgebildet habe.« Huang seufzte. »Ich werde Ihnen ein bisschen was über Scharfschützen erzählen.« Er reichte Wu eine Zigarre und zündete sich selbst eine an. Wu hörte den Tabak beim Anbrennen knistern. »Eine alte Armeeangewohnheit. Ich kann nicht zurück zu Zigaretten. Kein Geschmack.«

Funken stoben von der brennenden Spitze, und Eisenschädel begann mit seiner Lehrstunde. »Mit einer Kurzwaffe kann man bis zu fünfzehn Meter weit genau schießen. Glauben Sie nicht den Western, wo Cowboys Revolver auf große Entfernungen abfeuern. So trifft man gar nichts, außer vielleicht durch Glück. Revolver sind die schlechtesten Schusswaffen von allen. Mit einem Gewehr hat man dreihundert Meter. Mit einem Beretta-Scharfschützengewehr Kaliber .50 über einen Kilometer. Insofern sorgen Scharfschützen für die Sicherheit der Streitkräfte, indem sie den Feind töten, ehe er in Reichweite kommt. In uralten Zeiten haben sie zuerst die Langbögen abgeschossen, weil sie die größte Reichweite hatten. Dann die Kurzbögen, dann die Armbrüste.«

Huang nahm eine Garnele an einem Bambusspieß vom Grill. »Hier, essen Sie. Je weiter das Ziel entfernt ist, desto mehr Hindernisse sind natürlich im Weg. Zu siegen bedeutet, sich mit diesen Hindernissen zu befassen, und dazu bilden wir die Scharfschützen aus. Deshalb sind sie so gefürchtet. Fat – Chen Li-chih – war gut, weil er genau und verlässlich war, wie eine Maschine. Haben Sie schon mal Golf gespielt? Sie müssen jeden Tag üben, bis Ihr Schwung jedes Mal gleich ist, damit der Ball auf dem Fairway bleibt. Und das müssen Sie immer weiter üben, damit Ihr Handicap niedrig bleibt. Fat hat in diesem ersten Schwung Scharfschützen ganz oben rangiert, weil nichts etwas an seinen Bewegungen ändern konnte. Es war egal, ob er krank war, es änderte nichts.

Alex war anders. Er hatte den Instinkt dafür, er war der Beste darin, etwas zu planen, aber er konnte nicht unbedingt den Schuss machen. Stellen Sie sich vor, beide müssten diesen Vogel abschießen. Fat würde versuchen, ein Ziel zu treffen; Alex würde versuchen zu töten. Und das ist nicht dasselbe. Das Ministerium hat mir erzählt, dass Fat tot ist, und jetzt sagen Sie mir, dass vielleicht Alex ihn getötet hat. Es wundert mich nicht, dass es so gelaufen ist. Er hat mehr Kampferfahrung. Wenn Fat den ersten Schuss abgegeben hätte, wäre Alex nicht davongekommen. Aber wenn Fat sich die Initiative aus der Hand nehmen ließ, hatte Alex eine gute Chance.«

Huang ruckelte an dem Stab in Wus Händen. »Es ist zu kalt, da schwimmen die Garnelen nicht herum. Sie müssen den Köder bewegen, um sie hervorzulocken.« Er warf eine Kelle Garnelenfutter in den Teich und fuhr fort. »In den Nachrichten wurde die Sache sehr dramatisch dargestellt – ein blutrünstiger Scharfschützenkampf. Die beiden werden da oben gehockt und sich über die Donau hinweg angesehen haben, und Fat hat vermutlich überlegt, wie er sein Ziel treffen kann. Alex dagegen hat sicher überlegt, wie er Fat töten kann. Sehen Sie, Fat hat vermutlich auf ihn gezielt, aber er nicht auf Fat. Sondern vielleicht auf einen Ziegelstein, auf dem Fat stand, oder auf eine Lampe über seinem Kopf.«

Wu war fasziniert.

»Die besten Scharfschützen können den Abzug betätigen und beobachten, wie die Kugel in einem Rauchwölkchen austritt, in einem Bogen durch die Luft rast und ins Ziel trifft. Es dauert lange, bis man lernt, wie viel Druck man auf den Abzug ausüben muss. Wenn man zu viel Kraft aufwendet, bewegt man womöglich unwillkürlich die Waffe oder den Arm. Ich habe sie so trainiert, dass sich ihre Finger kaum bewegt haben. Außerdem habe ich gehört, dass sie glauben, Alex hätte diesen Regierungsberater getötet ... Wie hieß er?«

»Chou Hsieh-he.«

»Und das bei Graupel. Die Wahrscheinlichkeit, dass Fat versagt hätte, wäre bei einer plötzlichen Veränderung wie dieser höher gewesen. Er hätte das erhöhte Risiko zu scheitern abgewogen und entsprechende Anpassungen vorgenommen. Das war ein weiterer Unterschied zwischen den beiden.«

Huang zog eine Garnele aus dem Teich und warf sie auf den Grill, wo sie zischte und sich wand. »Aber Sie sind nicht den weiten Weg hierhergekommen, nur um sich das anzuhören.«

»Ich möchte mehr über Alex erfahren. Warum er Chou getötet haben könnte.«

»Ich war mein ganzes Leben lang Soldat, und das regt nicht gerade die Fantasie an. Insofern kann ich Ihnen dazu nicht viel sagen. Sein Großpapa war mein Vorgesetzter und hat mich behandelt, als gehörte ich zur Familie, also habe ich mich um ihn gekümmert. So kam es, dass er für diese Ausbildung ausgewählt wurde.«

»Und als er nach Frankreich gegangen ist?«

»Das war meine Idee. Er war unglücklich verliebt, deprimiert. Man ist immer noch Soldat, habe ich ihm gesagt, nur im Ausland. Hab ihm gesagt, die Veränderung würde ihm guttun. Und nach fünf Jahren bei der Fremdenlegion bekommt man nicht nur die französische Staatsbürgerschaft. Es gibt auch eine Pension: eintausendfünfhundert Euro im Monat, ein Leben lang. Das ist genauso gut wie alles, was wir hier bekommen.«

»Alles wegen Luo Fen-ying?«

»In meinem Alter kann ich die jungen Leute nicht kritisieren, aber es war, als würde ein gegnerischer Scharfschütze ihn unter Beschuss halten. Er musste aus der Deckung kommen und sich eine neue Stellung suchen, sonst hätte er da festgesessen, zu verängstigt, um sich zu rühren. Ins Ausland zu gehen bedeutete eine neue Umgebung, in der er sein Selbstvertrauen zurückgewinnen konnte. An so etwas wächst man – aber das will man nicht hören, wenn man mittendrin steckt.«

»Und Luo?«

»Immer noch beim Militär. Ich habe sie lange nicht gesehen. Attraktiv, kompetent, eine ganze Infanteriebrigade voller Verehrer, von denen keiner je zu ihr gepasst hat.«

Huang ging in die Hütte und kehrte mit einem Fisch zum Grillen zurück. »Ein Nagebarsch, den ich heute Morgen im Meer gefangen habe. Braucht nur Salz und einen Herd, mehr nicht. Gut und frisch.«

Die beiden ließen ihre Stäbe zurück und machten sich daran, Pilze und Paprika zum Fisch zu grillen.

Wu fragte unwillkürlich: »Was glauben Sie, wo er hingeht?«

Huang blies auf die dampfende Paprika zwischen seinen Essstäbchen. »Wo er hingeht? Das weiß ich allerdings. Er wird zurück nach Taiwan kommen – falls er nicht schon hier ist.«

»Warum sollte er zurückkommen? Ihm muss doch klar sein, dass jeder Polizist in Taiwan nach ihm sucht.«

»Scharfschützen haben ihre Vorschriften. Ich habe die Experten in den Nachrichten sagen hören, dass derjenige, der ihm den Auftrag gegeben hat, Chou Soundso zu töten, Taiwaner sein muss. Und Scharfschützen müssen die Leute nicht aus Hunderten von Metern Entfernung töten. Geht so nah ran, wie es sicher ist, sagen wir ihnen. Je näher ihr dran seid, desto größer die Erfolgschance. Mich hat nie interessiert, wie genau sie auf einen Kilometer sind, aber ich habe verdammt darauf geachtet, dass sie auf sechshundert Meter bei jedem Schuss trafen. Und es gibt noch einen anderen Aspekt. Wir erschießen Menschen, keine Rehe. Näher dran zu sein bedeutet größere Erfolgsaussichten, aber auch ein höheres Risiko für einen Gegenschlag. Deshalb muss man mit jedem Schuss treffen.«

»Wurde Alex mit irgendeinem Auftrag nach Frankreich geschickt? Nach allem, was ich herausfinden konnte, Herr Oberst, war Ihre Stellung in der Armee ... kompliziert.«

Huang musste lachen und schlug sich die Hand auf den Mund, um seine Garnele nicht auszuspucken. »Soldaten gehen dahin, wohin man sie schickt. Das kann der Militärgeheimdienst sein, das kann die Logistik sein; das hängt nicht von uns ab. Wir haben da kein Mitspracherecht, deshalb ist es schwer zu erklären, warum es kompliziert ist. Aber jetzt bin ich draußen, also kann ich vielleicht ein bisschen freier sprechen – unter der Bedingung, dass Sie es dabei belassen, Herr Kommissar. Militärgeheimnisse zu verraten ist ein schweres Verbrechen.«

»Natürlich.«

»Die Ausbildungsprogramme des Verteidigungsministeriums für junge Offiziere gehen weit über das hinaus, was die Öffentlichkeit vielleicht erwartet. Nehmen Sie die Hsiung-Feng-Raketen, die wir bauen. Schlagen Sie sie bei Janes nach, da steht es schwarz auf weiß: von den israelischen Gabriel-Raketen kopiert. Und wie haben wir die Pläne der Israelis kopiert? Glauben Sie, Israel hätte sie uns geschenkt? So großzügig ist niemand. Aber sie haben einmal einen Beobachter von uns zugelassen, und dieser Beobachter hat aufgepasst und die Maße grob geschätzt, und dann ist er nach Hause gekommen, und damit haben wir gearbeitet. So viel kann ich Ihnen sagen. Noch mehr, und einer von uns wird deswegen leiden – und zwar wahrscheinlich ich.«

»Hat Alex eine solche Ausbildung bekommen?«

»Na ja, man wird da zugeteilt, wo die jeweiligen Talente am besten eingesetzt sind. Er war ein Topscharfschütze, aber er wollte den Dienst quittieren, und wir konnten ihn nicht halten. Also habe ich vorgeschlagen, dass wir ihn gehen lassen, damit er seine Fähigkeiten weiterentwickelt, und eines Tages könnte er uns vielleicht nützen.«

»Er war also noch beim Militär, als er Taiwan verließ?«

»Nein. Außer Dienst und von der Soldliste runter.«

»Haben er und Fat sich jemals gestritten?«

»Nein, sie waren wie Brüder. Ein bisschen Knatsch wegen Luo Fen-ying vielleicht. Jeder hatte was für sie übrig: die bestaussehende Frau bei den Streitkräften. Sie hätten sie sehen sollen, als sie zur Scharfschützenausbildung erschien. Stellen Sie sich Brigitte Lin vor, bevor sie entdeckt wurde.«

»Wenn sie so gute Freunde waren, würde dann einer von ihnen den anderen töten, selbst wenn es ihm befohlen würde?«

»Hängt davon ab, wer den Befehl gibt.«

»Glauben Sie, Fat könnte von irgendjemandem als professioneller Attentäter engagiert worden sein?«

»Ich habe nichts mehr von ihm gehört, seit er die Streitkräfte verlassen hat. Was sagt dieser alte Mönch im Fernsehen: ›Das Schicksal hat das Drehbuch schon geschrieben. Wir müssen nur noch unsere Rolle spielen.‹ Freunde kommen, Freunde gehen. Hat keinen Sinn, sich damit aufzuhalten.«

Huang begleitete Wu zurück zu seinem Wagen.

»Glauben Sie, er wird Sie besuchen, wenn er zurück nach Taiwan kommt?«

»Warum sollte er? Ich bin nur ein alter Pensionär. Wenn er wirklich zurückkommt, ist er auf Rache aus. Was soll ich tun, ihm Garnelen zu essen geben? Aber Alex ... Haben Sie mal von Guan Zhong gehört?«

»Aus der Frühlings- und Herbstperiode? Kanzler unter Herzog Huan von Qi? Natürlich.«

»Er war nicht nur Politiker, sondern auch ein hervorragender Bogenschütze. Bei einer Wildschweinjagd hat er einmal einen Wolf mit einem einzigen Pfeil an einen Baumstamm genagelt. Er verwendete einen gewaltigen harten Bogen, den zu spannen große Kraft erforderte. Einmal half er dem Herrscher von Qi, Herzog Jiu, einen jüngeren Bruder, Xiao Bai, zu bekämpfen, der hoffte, den Thron an sich zu reißen. Guan Zhong schoss aus großer Entfernung auf Xiao Bai und dachte, der Feind sei bezwungen. Aber Xiao Bai stellte sich nur tot – der Pfeil hatte eine Schnalle an seiner Kleidung getroffen. Er schlich sich fort, eilte in die Hauptstadt und beanspruchte den Thron. Unterdessen geleitete Guan Zhong, der den Usurpator tot glaubte, Herzog Jiu unter großem Brimborium nach Hause, aber als sie in der Hauptstadt ankamen, saß Xiao Bai auf dem Thron, und Guan Zhong wurde festgenommen.«

»Dass er nicht nur Politiker, sondern auch ein Mann der Waffen war, wusste ich nicht.«

»Er war sich seiner Fähigkeiten zu sicher. Jeder andere würde sich verstecken, wenn er mit einem internationalen Haftbefehl gesucht würde. Aber Alex ist selbstsicher und kompetent. Ich glaube, er wird zurückkommen, um sich zu rächen. Und ich glaube, übermäßiges Selbstvertrauen wird dazu führen, dass Sie ihn schnappen.«

Wu fuhr über die Küstenstraße zurück und verstieß gegen die Verkehrsregeln, indem er beim Fahren eine SMS schrieb. *Alexander Li kehrt vielleicht nach Taiwan zurück. Flughäfen und Häfen alarmieren und die Kameras überwachen.*

Die Polizei an den vier internationalen Flughäfen Taiwans wurde in höchste Alarmbereitschaft versetzt, überprüfte sämtliche Passagierlisten und stockte das Personal an den Überwachungskameras auf. Wu selbst fuhr mit fünf Mann zum größten internationalen Flughafen Taiwan Taoyuan außerhalb von Taipeh. An einem Flughafen hatten sie die besten Aussichten, Li zu fassen.

Die Beschreibung: eins fünfundsiebzig groß, schlank, ein wenig dunkler als der Durchschnitt, überwacht unablässig seine Umgebung, reist allein. Benutzt möglicherweise einen französischen Pass. Die Franzosen hatten ihnen die Fotos aus seinem Fremdenlegionärsausweis und seinem Pass zur Verfügung gestellt, doch wie sah er jetzt aus? Wu ordnete an, jeden, auf den die Beschreibung auch nur ansatzweise zutraf, zu einer Unterhaltung einzukassieren.

Huang hatte richtig vermutet: Alex kam tatsächlich zurück nach Taiwan. Und auch Wu lag richtig: Alex reiste mit einem französischen Pass über den Flughafen Taoyuan ein. Er trug seine Tasche an Toiletten und Duty-free-Shops vorbei direkt zur Passkontrolle. Der Grenzbeamte besah sich seinen Pass, machte ein Foto von ihm und musterte ihn daraufhin genauer. Mehrfach. Schließlich knallte er einen Stempel in den Pass, und Alex konnte gehen. Er fuhr mit dem Aufzug nach unten, um sein Gepäck zu holen, und wechselte unterwegs fünfhundert Euro.

Seit er aus dem Flugzeug gestiegen war, war er an über fünfzehn Kameras vorübergegangen, deren Bilder alle an eine Kommandozentrale übermittelt wurden, wo der stellvertretende Leiter der Flughafenpolizei, Wu und zwölf andere saßen und die Bildschirme beobachteten. In einem Polizeitransporter auf dem Flughafenparkplatz wartete ein Spezialeinsatzkommando darauf, Alex festzunehmen, sobald er gesichtet wurde. Zusätzliches Personal in der Nähe sollte den Schauplatz unter Kontrolle halten. An Waffen führten sie unter anderem siebzehn halb automatische Pistolen von Smith & Wesson, zwölf MP5-Maschinenpistolen von Heckler & Koch und einundsiebzig T65-K2-Gewehre. Darüber hinaus befanden sich an erhöhten Positionen Scharfschützen mit vier SSG 69, drei AW und zwei SSG 2000. Alle trugen schusssichere Westen, Helme und Gasmasken, und eine dreißig Mann starke Abteilung der Bereitschaftspolizei stand parat, um Alex zu umzingeln. Aus Nachbarstädten waren zur Unterstützung zwei Löschfahrzeuge herbeordert worden, um notfalls als Wasserwerfer zu fungieren.

Alex zog seinen deutschen Rimowa-Koffer durch den Zoll. Statt zum Taxistand ging er zu den Flughafenbussen, und während er wartete, bat er eine Flughafenangestellte um Feuer und rauchte eine Zigarette. Er zog mehrfach daran, bevor er die lippenstiftbeschmierte Kippe in den Aschenbecher schnippte.

Es war spät am Abend, und die Fahrt nach Taipeh ging

schnell. An der Minquan East Road stieg er aus, überquerte die Straße zur Longjiang Road und verschwand.

Wu hielt alle bis zur letzten Landung des Tages vor den Bildschirmen fest. Als dieses Flugzeug gerade aufsetzte, bemerkte er an einem der Passkontrollschalter ein Plakat: WILLKOMMEN ZUM TAIPEH-NEUJAHRSMARATHON, LIEBE LÄUFER.

Er erstarrte kurz, dann sprang er auf. »Spulen Sie zurück, spielen Sie das von vorn ab! Da war eine Frau – groß, Leggings unter einem kurzen Rock, Laufjacke.«

Bald hatten sie gefunden, was er meinte: eine junge Ausländerin, die an der Passkontrolle stand, groß und schlank, mit kurzem blonden Haar und Leggings.

»Sehen Sie sich diese Waden an!« Wenn das eine Frau war, dann trainierte sie ziemlich hart.

»Woher ist er gekommen? Wo ist er hin?«

Die letzten ankommenden Passagiere waren vergessen; alle konzentrierten sich auf die Bilder von der Zollkontrolle, den Banken, dem Taxistand und der Bushaltestelle. Um zwei Uhr morgens bekamen sie die Bilder aus dem Flughafenbus. Er war an der Minquan East Road ausgestiegen. Verkehrskameras an der Kreuzung hatten seinen Rücken eingefangen, während er in die Longjiang Road ging.

Alex war zu Hause.

In der allgemeinen Panik hatte Wu nicht auf sein Telefon geachtet und Dutzende von Nachrichten verpasst.

Eierkopf hatte vor sechs Stunden in Rom ein Flugzeug bestiegen und schrieb: *Komme nach Hause! Hab Ihnen als Andenken an mich einen Kühlschrankmagneten mit dem Schiefen Turm von Pisa besorgt.* Eierkopf war nicht einmal in die Nähe von Pisa gekommen.

Dann seine Frau: *Dein Vater hat schon wieder bei uns ge-*

kocht. Aber ich glaube, wir sollten ihn einfach machen lassen. Wir können ihm ja Bescheid sagen, wenn wir nicht zu Hause sind, damit muss er sich dann eben abfinden. Damit würde sich sein Vater garantiert nicht abfinden.

Die Sekretärin des Leiters der Kriminalpolizei: *Der Chef will Sie morgen Vormittag um zehn in seinem Büro sehen. Seien Sie pünktlich. Er braucht ein Update zu Ihren Fortschritten und will Sie bei der Pressekonferenz dabeihaben.* Er würde seine Frau bitten müssen, ihm einen Anzug und eine Krawatte zu bügeln.

Und von seinem Sohn ein Foto mit der Nachricht: *Papa, sieh dir das an.* Es war ein amerikanischer M1A2-Panzer, und unter dem Bild stand, die Amerikaner hätten sich bereit erklärt, Taiwan diese Panzer zu verkaufen, damit das Land die älteren M48 ersetzen konnte.

Na, und?, antwortete er seinem Sohn.

Ich habe mir die letzten Waffendeals angesehen. Auf Facebook sagen alle, der nutzt uns nichts.

Noch einmal: Na, und?

Er ist zu schwer für die Autobahnen oder Provinzstraßen. Außerhalb seines Stützpunkts kann der nirgends hinfahren. Außerdem kostet er ein Vermögen.

Wir werden damit leben. Betrachte es als Schutzgeld für die Amis.

Das war das erste Mal, dass sein Sohn ihm einen Link zu einer Nachricht geschickt hatte, die ihn geärgert hatte. Doch sosehr er sich auch darüber freute, dass er endlich mit seinem Sohn kommunizierte, im Moment konnte er nicht noch mehr Zeit erübrigen.

Eine weitere Nachricht, von Julie: *Kommen Sie morgen auf einen Kaffee vorbei, mein Vater will Sie sehen. Ich glaube, er würde uns gern verkuppeln, aber ich habe ihm gesagt, dass Sie verheiratet sind. Und dass ich die Männer aufgegeben habe.* Gute Neuigkeiten? Oder wollte Julies Vater ihn bloß dazu bringen, mehr Kaffee zu trinken, als seine Blase bewältigen konnte?

Wohin würde Alex sich wenden, jetzt, wo er wieder in Taipeh war? Keine Eltern, keine Geschwister, keine Lebensgefährtin. Zeit, die Hotels abzugrasen.

KAPITEL ZWEIUNDZWANZIG

TAIPEH, TAIWAN

In Taipeh muss man Ausweispapiere vorlegen, wenn man in einem Hotel absteigt, nicht aber, wenn man eine Wohnung anmietet.

Ehe Alex aus Taipeh fortgegangen war, hatte er über einen Immobilienmakler ein Apartment in einem alten Haus gemietet. Der Vermieter lebte auf dem Festland und hatte kein Interesse daran, seinen Mieter kennenzulernen, solange dieser jeden Monat die Miete zahlte. Was Alex seit über fünf Jahren tat. Die einzige Kontaktaufnahme war über eine Textnachricht des Maklers gelaufen, in der Alex mitgeteilt wurde, dass der Eigentümer die Miete erhöhen wolle. Zu dieser Erhöhung kam es jedoch nie. Vielleicht war dem Eigentümer klar geworden, dass ein Mieter, der sich niemals über die mangelnde Instandhaltung des Gebäudes beschwerte, schwer zu ersetzen sein würde. Sollten seine Kinder sich nach seinem Tod mit den Reparaturen befassen.

Das Gebäude war mindestens dreißig Jahre alt: rostige Fensterrahmen, ein ungepflegtes Treppenhaus mit flackernden Lampen, die Treppenabsätze mit Schuhregalen vollgestellt. Und das alles in einer ebenso ungepflegten Seitenstraße.

Schade, dass sich mit dem Diebstahl von Schuhen kein Geld verdienen lässt, dachte Alex, während er die Treppe hinaufstieg.

Das Fenster quietschte, als er es öffnete, um ein wenig zu lüften – in seinem Apartment war es muffiger als im sicheren Unterschlupf in Telč. Er holte ein Bündel aus dem Versteck in der Badezimmerwand, das lange dort verborgen gewesen war: Großpapas altes M1, dank einer schützenden Fettschicht noch immer in gutem Zustand. Bevor das Militär es Großpapa bei seiner Pensionierung übergab, war der Schlagbolzen entfernt worden. Aber Großpapa hatte gewusst, wie man sich um Maschinen kümmerte, und das Gewehr so gepflegt, dass es so gut wie neu war – und er hatte den Schlagbolzen ersetzt. Als Alex es erbte, hatte er ein Zielfernrohr und einen Schalldämpfer angebracht. Die wenigen Testschüsse, die er abgegeben hatte, hatte er genossen. Niemand wusste, dass er es hatte. Niemand außer Eisenschädel.

Seit Jahren seine erste Reise nach Taipeh. Er gestattete sich einen Ausflug zum Ningxia-Nachtmarkt, um etwas Gutes zu essen und sich zwei hiesige Biere zu gönnen, ehe er sich wieder seinem Plan zuwandte. Wie wollte er denjenigen finden, der Fat befohlen hatte, ihn zu töten?

Den Befehl, Chou Hsieh-he zu töten, hatte Baby Doll weitergegeben. Wie konnte er sie finden? Und Eisenschädel?

Er zog einen alten Laptop aus dem Versteck. Der blaue Himmel und die grünen Hügel des Windows-XP-Desktops lösten einen unerwarteten Anfall von Nostalgie aus. Mithilfe seines Mobiltelefons stellte er eine Internetverbindung her und begann, fünf Jahre Nachrichten aufzuholen.

Die Nacht verbrachte er behaglich in einem Schlafsack, wurde erst um neun wach und fuhr dann mit dem Bus zu einem Frühstückslokal, das er wegen seiner Xiaolongbao in Erinnerung hatte. Im Fernsehen wurde eine Pressekonferenz zum Fall Chou Hsieh-he übertragen. Irgendein hochrangiger Polizist sprach, doch Alex beobachtete unwillkürlich den Mann hinter ihm. Er wusste, wie die taiwanische Bürokratie funktionierte. Der Mann im Vordergrund mochte das Reden übernehmen, aber es war der Polizist mit dem Flattop hinter ihm, der tatsächlich wusste, was Sache war. Er stand bereit, um auszuhelfen, sollten seinem Chef irgendwelche heiklen Fragen gestellt werden.

Alex recherchierte den Mann im Internet: ein gewisser Kommissar Wu beim Dezernat für Organisierte Kriminalität. Seine Mobiltelefonnummer herauszufinden war nicht schwer, und die führte zu seiner Privatanschrift. Google Maps ermöglichte es ihm, die Gegend auszukundschaften: hübsche Blicke auf den nahe gelegenen Fluss und einen Park. Keine schlechte Gegend, um sich zur Ruhe zu setzen.

Und nun noch die Garnelenfarm, die Eisenschädel immer hatte eröffnen wollen.

Im Fernsehen war unterdessen ein M1-Panzer im Golfkrieg in Aktion zu sehen, während ein Reporter erklärte, dass Taiwan einhundertacht Stück von den Vereinigten Staaten kaufen werde. Anschaffungskosten von dreißig Milliarden Taiwan-Dollar plus laufende Kosten für Ersatzteile, Wartung und Ausbildung. Das war ein Haufen Kohle, sogar für die Streitkräfte.

Die Militärsiedlung in Tainan war abgerissen. Die Militärsiedlung in Kaohsiung war abgerissen. Die Militärsiedlungen in Taipeh und Taichung waren zu Künstlerkolonien geworden, in denen Touristen umherschlenderten. Er schnappte sich seine Jacke und zog los. Großpapas Pfannkuchen waren fast so gut gewesen wie sein gebratener Reis, und Alex überkam ein heftiges Verlangen.

Wu stand früh auf, um seinen Anzug und seine Krawatte zu bügeln, denn seine Frau war wandern. Sein Sohn kam aus seinem Zimmer, rieb sich verschlafen die Augen und fragte, ob er Frühstück wolle. Wu wollte schon, hatte aber keine Zeit dafür. Und so lief sein Sohn nach unten, um Rettichkuchen und eine Pastete zu besorgen, während Wu Kaffee kochte. Zu der Pastete hätte Tee besser gepasst, aber heute war ein Tag für schrecklich viel Kaffee.

Die Zusammenarbeit im Fall Chou Hsieh-he hatte geholfen, die Beziehung zwischen Wu und seinem Sohn zu entspannen. »Spielst du eigentlich noch Basketball? Du musst auch Sport machen, nicht nur lernen.«

»Schon lange nicht mehr.«

»Warte, bis ich im Ruhestand bin. Dann spiele ich mit dir.«

»Lass mal, Papa, du brichst dir nur irgendwas.«

»Angst um mich?«

Sein Sohn überspielte ein Grinsen.

Um zehn Zentimeter gewachsen kam Wu im Büro an.

Der Leiter der Kriminalpolizei wollte ein Update. Als Wu ihm erzählte, dass die Italiener von der Annahme ausgingen, Li sei bei der Explosion in Telč ums Leben gekommen, leuchteten seine Augen auf. Hastig wies Wu darauf hin, dass Eierkopf glaubte, die Leiche sei in Wirklichkeit die eines anderen Attentäters, der entsandt worden war, um Li zu töten – und versagt hatte. Da wurde der Chef wieder mürrisch und sah Wu an, als hätte dieser ihm den Tag verdorben.

Die Pressekonferenz begann pünktlich, der Chef glänzte in einem schmal geschnittenen Hugo-Boss-Anzug, mit geöffnetem Hemdkragen, um lässiger zu wirken. Seine Erläuterungen zum Fall waren ruhig und methodisch, und er versicherte den Reportern, die Aufklärung werde nicht mehr lange auf sich warten lassen. Wu blieb hinter ihm und richtete den Blick in den Raum, anstatt seinen Vorgesetzten zu unterbrechen, als dieser Versprechungen machte, die die Polizei nicht halten konnte. Seine Rolle war es lediglich, zu zeigen, dass der Chef wichtig genug war, um einen hochrangigen Kriminalpolizisten hinter sich stehen zu haben, reglos und ohne ersichtlichen Grund.

Ein Reporter fragte nach den Fällen Kuo und Chiu. Ohne Wu zurate zu ziehen, gab der Chef weitere Zusicherungen ab. »Die Waffen, die dem in der Tschechischen Republik getöteten Verdächtigen gehören, werden untersucht, sowohl von uns als auch von den Europäern, und mit der Wunde in Chius Kopf abgeglichen. Doch meine Kollegen, die an diesen Fällen arbeiten, glauben nicht, dass das Attentat auf Chou Hsieh-he in so engem Zusammenhang mit dem Mord an Chiu Ching-chih steht, wie die Spekulationen der Medien vielleicht nahelegen.«

Und wie sollte dieser Abgleich vonstattengehen? Die Streitkräfte hatten Chiu – ohne Genehmigung der Polizeibehörden – eingeäschert und eine Gedenkveranstaltung abgehalten, ihn posthum befördert und seiner Witwe eine stattliche Pension gewährt. Überdies war er aus nächster Nähe erschossen und ins Meer geworfen und nicht von einem Scharfschützen ausgeschaltet worden. Es wäre eine gewaltige Verschwendung von Wus Zeit gewesen. Glücklicherweise war es außerdem unmöglich.

Doch was der Chef sagte, war immer richtig, und die Aufgabe eines Untergebenen war es, das so lange zu wiederholen, bis der Schwachsinn, den der Hugo-Boss-Anzug absonderte, sich verflüchtigt hatte.

Eierkopf wurde am Nachmittag zurückerwartet. Wu schickte jemanden, um ihn abzuholen, denn er selbst war mit Julies Vater verabredet.

Ein regnerischer Tag bedeutete ein gutes Geschäft für Julie, da viele Passanten auf einen Kaffee hereinkamen, um sich aufzuwärmen und im Trockenen zu sitzen. Julies Vater saß mit einer Lesebrille in der Ecke und sah in ein Buch. *Die fünf jüngeren Galane,* las Wu. Tja, was sollten Gangster auch anderes lesen als Romane über Banditen? Immerhin war es literarischer als Eierkopfs Schundromane über hartgesottene Privatdetektive. Wus Sohn war ein Fan japanischer Mystery-Romane. Er fragte sich, was Polizisten im Ruhestand lesen sollten. Etwas über einen Schiedsmann im alten China und seinen Kampf gegen die Korruption vielleicht ...

Und die Katze? Ah ja, zusammengerollt in einem mit einer Decke gepolsterten Korb zu Füßen des alten Mannes.

»Julie hat gesagt, Sie hätten Neuigkeiten.«

Der alte Mann sah ihn über den Rand seiner Brille hinweg an. »Neuigkeiten, allerdings. Großvater will Sie sehen.«

»Gute Neuigkeiten.«

»Nicht unbedingt. Es gibt Bedingungen: Das Treffen ist geheim, und Sie dürfen sich keine Notizen machen oder jemandem erzählen, wo er lebt. Großvater ist alt und findet das Sprechen ermüdend. Er wird entscheiden, wann er redet und wann nicht.«

»Bedingungen akzeptiert.«

»Er soll älter als ich sein. Bringen Sie ihm ein Geschenk mit, etwas, was ihn bei diesem ungemütlichen Wetter warm hält. Und zeigen Sie sich von Ihrer besten Seite. Wir vier haben uns alle für Sie verbürgt. Sie ruinieren unser Ansehen, wenn Sie ihn kränken. Und Männer in unserem Alter sind schnell gekränkt.«

»Verstanden.«

»Gut. Ich melde mich. Es könnte schon morgen sein, also sorgen Sie dafür, dass Sie bereit sind.«

Im Büro warteten Dutzende von neuen Informationen auf ihn. Insbesondere eine E-Mail erregte sein Interesse: *Ich habe die Scharfschützenausbildung mit Alexander Li und Chen Li-chih gemacht. Ich bin nicht mehr beim Militär und will keinen Ärger, aber wenn Sie versprechen können, das vertraulich zu behandeln, können wir uns unterhalten.*

Wu antwortete postwendend, bot an, den Verfasser der

Mail zu treffen, wann und wo dieser wolle, und nannte ihm seine Mobiltelefonnummer.

Ehe er Gelegenheit hatte, sich mit dem Rest des Teams zu besprechen, rief der Leiter der Kriminalpolizei ihn zu sich. Wu eilte in sein Büro. Sowohl das Büro des Präsidenten als auch das Parlament wollten erfahren, warum Chou ermordet worden war, und zwar sofort.

»Sie wissen es vielleicht nicht, Wu, aber Chou war nicht nur ein Berater. Er war außerdem ein entfernter Verwandter des Präsidenten. Die Medien und deren Experten verbreiten Gerüchte weiter und spüren sogar die Großcousins des Präsidenten auf. Er ist nicht glücklich, der Premierminister ist nicht glücklich, der Minister ist nicht glücklich. Niemand ist glücklich. Sagen Sie mir, was Sie meinen, ob beweisbar oder nicht, dann sehen wir, was wir haben.«

»Mein Vorgesetzter kommt heute Nachmittag aus Italien zurück. Wenn wir so lange warten, können wir Ihnen gemeinsam Bericht erstatten.«

»Fangen Sie ruhig schon mal an.«

»Chou war eindeutig geschäftlich in Rom, nicht zum Vergnügen. Die Identität des alten Asiaten, der mit ihm Kaffee trank, wird untersucht, aber wir gehen davon aus, dass er ein Waffenhändler ist, der sich mit Chou und dem nicht identifizierten Ausländer wegen etwas, was mit Taiwan zu tun hat, getroffen hat.

Erschossen wurde Chou von Li, einem ehemaligen Scharfschützen der taiwanischen Marineinfanterie, der vor über fünf Jahren zur französischen Fremdenlegion ging. Es gibt keinerlei Anhaltspunkte dafür, dass er Chou kannte oder irgendeine Verbindung zu ihm hatte. Er hat nur Chou getötet, nicht die anderen beiden. Das deutet darauf hin, dass das Geschäft, das Chou in Rom besprechen wollte, ein Problem für jemanden in einer Machtposition war, für jemanden mit den Mitteln, ihn töten zu lassen. Chou wurde also ermordet, um dieses Geschäft zu verhindern. Und zwar in aller Öffentlichkeit, wahrscheinlich als Warnung an andere, es nicht noch einmal zu versuchen.«

»Was denken Sie?«

»Das ist eine Bandentaktik, Chef. Ein Laden zahlt kein Schutzgeld, man schlägt alles kurz und klein und liefert der Polizei ein paar Youngster ohne Vorstrafen, die nur zu Geldbußen verdonnert werden. Aber es geht gar nicht um den Laden. Es geht darum, allen anderen Läden zu zeigen, was passiert, wenn sie nicht mehr zahlen.

Also haben sie beschlossen, mitten in Rom eine Hinrichtung durchzuführen.

Und dann taucht Chen Li-chih, ein anderer taiwanischer Scharfschütze, auf, um Li auszuschalten. Offensichtlich wollen sie Li zum Schweigen bringen, hinter ihm aufräumen, aber am Ende tötet Li Chen. Er kann sich in die Tschechische Republik absetzen, wo ihn ein weiterer Attentäter einholt. Sie spüren ihn also irgendwie auf, aber er ist vorbereitet und entgeht dem Tod zum zweiten Mal.

Jetzt ist Li unbemerkt wieder ins Land gekommen, mit einem gefälschten Pass und verkleidet. Und sein einziger Ausweg aus diesem Schlamassel besteht darin, die Leute umzubringen, die seinen Tod wollen. Denn sonst ist er tot.«

»Er ist in Taipeh?«

»Ist gestern über Taoyuan eingereist, verkleidet als Marathonläuferin.«

»Was brauchen Sie?«

»Der Schlüssel zum Fall ist das Geschäft, das Chou in Rom besprechen sollte. Ich glaube, das wird uns zu denjenigen führen, die hier in Taiwan Kuo und Chiu ermordet haben.«

»Was Chou auch vorgehabt haben mag, es ist geheim. Politik. Sie werden zuerst an den anderen beiden arbeiten müssen.«

»Was passiert, wenn wir Li fassen und er den Präsidenten belastet?«

Der Chef streckte die Hand aus. »Haben Sie eine Zigarette?«

Es war ein Nichtrauchergebäude. Idee vom Chef höchstpersönlich. Wu reichte ihm eine Zigarette und gab ihm Feuer.

»Hatte Chou Schulden?«, fragte der Chef.

»Ich weiß, dass er Frauen mochte, die gern teure Kleider und teure Handtaschen tragen.«

»Wissen die Medien davon?«

»Warten Sie ein paar Tage, dann wissen sie es.«

Der Polizeipräsident nahm ein Foto von Li in die Hand. »Kennt er noch jemanden in Taiwan?«

»Das glaube ich nicht. Er ist eine Waise, ohne Verwandte.«

»Wie beabsichtigen Sie, ihn zu fassen?«

»Sobald mein Dezernatsleiter aus Rom zurück ist, setzen wir uns mit dem Team zusammen und arbeiten die Details aus.«

»Schnappen Sie ihn, es ist mir egal, wie. Tot oder lebendig. Dann entscheiden wir, was als Nächstes kommt.«

Tot oder lebendig? Wo kam das jetzt her?

In einer Musikalienhandlung erstand Alex einen Instrumentenkasten für eine chinesische Zither, in den das zerlegte M1 passte. Das Zielfernrohr, der Schalldämpfer und sechs Patronen kamen in seine Taschen. Dann fuhr er mit dem Bus. Die Busse in Taipeh waren alle mit Kameras ausgestattet, eine vorn, eine hinten. Glücklicherweise war es in Taipeh auch üblich, eine Maske zu tragen, um sich keine Erkältung einzufangen.

Alex trug sowohl eine Maske als auch eine Baseballkappe

und stellte somit doppelt sicher, dass er nicht krank wurde. Er nahm hinten im Bus Platz. Auf Wus Antwort hin hatte er ihm eine Uhrzeit und einen Treffpunkt genannt, und er würde wie immer zu früh da sein, um sich eine vorteilhafte Stellung zu sichern.

Wu wollte bei Julie vorbeischauen, um sich zu erkundigen, ob es Neuigkeiten gab. Ihr Vater weigerte sich, ein Mobiltelefon zu benutzen; nachdem er so lange Verbrecher gewesen war, war er davon überzeugt, dass sämtliche Strafverfolgungsbehörden auf dem Planeten nichts Besseres zu tun hatten, als seine Telefonate abzuhören. Doch als er auf dem Weg zum Ausgang an einem Konferenzraum vorbeiging, hielt ihn ein Ruf auf. Was machte sein Sohn denn da?

»Braver Junge. Hast du mir Mittagessen gebracht?«

Sein Sohn begleitete ihn aus dem Gebäude. »Papa, jemand hat unseren Router gehackt.«

»Woher weißt du das?«

»Das ist ... schwer zu erklären. Ich glaube, unsere Telefone sind auch nicht mehr sicher.«

»Das kann nicht sein. Man braucht die Genehmigung eines Richters, um ein Telefon anzuzapfen.«

»Tja, wir sind definitiv gehackt worden. Überleg dir also gut, was du am Telefon sagst.«

Wu legte seinem Sohn den Arm um die Schultern. »Schon gut. Dein Onkel Eierkopf kommt heute zurück. Keine abendlichen Videokonferenzen mehr.«

»Und ...«

»Mach dir keine Sorgen deswegen. Ich sage dir Bescheid, sobald Eierkopf und ich ein bisschen weitergekommen sind. Trinkst du einen Kaffee mit mir?«

»Kann nicht. Ich muss in die Bibliothek.«

»Ist dein Großvater wieder zum Kochen gekommen?«

»Ja. Das wollte ich dir gerade erzählen.«

»Und?«

»War nicht so doll.«

»Wie das?«

»Ich will abnehmen, aber ich habe keine Zeit, um Sport zu machen. Trotzdem besteht er immer wieder darauf, dass ich mehr esse.«

»Ich rede mal mit ihm.«

An der Kreuzung mit der Zhongxiao East Road ging sein Sohn zur Metrostation. Wu sah ihm hinterher. Er musste wegen seines Vaters etwas unternehmen. Wenn das so weiterging, würde sein Sohn die Geduld verlieren, und dann würde sein Vater gekränkt sein. Das wieder in Ordnung zu bringen wäre dann noch schwieriger.

Ein Summen signalisierte eine eingehende Textnachricht: eine Uhrzeit und ein Treffpunkt von seinem geheimnisvollen Informanten. Ein Park am Fluss. Gleich neben Wus Wohnung.

Er betrat Julies Café. Ihr Vater und seine drei Kumpel waren alle da. Stich nahm den Deckel von einer Teekanne, um mehr Blätter hineinzustreuen.

»Der Termin steht fest, und Sie werden sich freuen zu hören, dass es schon bald so weit ist. Acht Uhr dreißig morgen früh. Nehmen Sie den Hochgeschwindigkeitszug nach Hsinchu. Dort werden Sie von einem Wagen abgeholt.«

»Morgen früh, acht Uhr dreißig.«

»Der Hochgeschwindigkeitszug, nicht die Regionalbahn.«

Wus Telefon klingelte, und die anderen wandten betont den Blick ab. Eierkopf. »Sind Sie am Flughafen?«, fragte Wu.

»Ich warte auf meinen Koffer. Sehen wir uns im Büro?«

»Später. Ich habe noch etwas zu erledigen.«

»Ich habe italienischen Schinken, Wurst, Brot, Datteln

und Wein. Wir können ein mitternächtliches Festmahl veranstalten!«

Wu steckte das Telefon ein und blies in seine steif gefrorenen Hände. Er winkte ein Taxi heran und ließ sich zum Park am Fluss fahren. Der Treffpunkt befand sich neben den Basketballplätzen, direkt am Fluss, sehr windig. War es etwa sein Schicksal zu frieren?

Alex war Wu eine Stunde voraus und trotzte Wind und Regen, um das Gelände zu begutachten. Eine Rasenfläche, durch einen Damm vom Fluss getrennt. Am Ostufer lag im Norden das Grand Hotel, im Süden ein See. Am Westufer im Norden das Kunstmuseum, im Süden der Flughafen Songshan. Den besten Überblick hatte man vom Ausflugsbootanleger an den Basketballplätzen – nichts, was ihm den Blick verstellte. Er verbarg sich hinter einem Lagerschuppen und tarnte das M1 mit einer Abdeckplane. Fünf Uhr am Nachmittag, und es wurde allmählich dunkel, aber noch nicht so dunkel, dass die Straßenlaternen brannten.

Wu betrat den Park, und ein kalter Wind fuhr ihm unter den Kragen. Als er fast am Basketballplatz war, traf eine weitere Textnachricht ein: *Gehen Sie zum Anleger.* Verdammt noch mal! Die windigste Stelle.

Am Anleger war niemand. War er versetzt worden?

Sein Telefon klingelte. »Kommissar Wu, entschuldigen Sie die Wahl des Treffpunkts. Sie sind bestimmt völlig durchgefroren.«

»Wo sind Sie?«

»In der Nähe. Ich brauche Informationen.«

»Und dabei dachte ich, Sie wollten mir welche geben.«

»Sehen Sie den Baum drei Meter links von Ihnen?«

Wu drehte sich um. Eine neu gepflanzte Indische Buche,

der Stamm so dick wie der Oberschenkel eines Mannes.
»Ja.«
»Schauen Sie ganz genau hin.«
Wu tat es und fragte sich, was hier gespielt wurde. Der Baumstamm erbebte, und Regentropfen spritzten ihm von den Blättern ins Gesicht.
»Sehen Sie den Steinhocker zwei Meter rechts von Ihnen?«
»Ja.«
»Schauen Sie ganz genau hin.« Staub wirbelte von der Sitzfläche auf, und ein Stück Stein verschwand.
»Jetzt sehen Sie sich den Ziegelstein in der Nähe Ihres Fußes an, den, der mit Blättern bedeckt ist.«
Mit Blättern, die gerade erst von einem Baum in der Nähe geschüttelt worden waren. »Ich sehe ihn. Und ich werde ganz genau hinschauen.«
Eine Kugel zertrümmerte den Ziegelstein und zerfetzte die Blätter. Die Staubwolke stieg fast bis zu Wus Augen hoch.
»Polizeibeamte zu bedrohen hat Konsequenzen.«
»Sie untersuchen die Morde an Chou Hsieh-he und Chen Li-chi sowie an zwei anderen, mit denen ich nicht so vertraut bin. Also sind Sie der Einzige, der mir helfen kann.«
»Alexander Li?«
»Korrekt, Herr Kommissar. Leider kann ich mich im Moment nicht persönlich mit Ihnen treffen, da ich ein Verdächtiger in besagten Mordfällen bin. Und bitte tun Sie nichts Überstürztes. Ich bin auf der anderen Seite des Flusses und habe hervorragende Sicht.«
»Was wollen Sie wissen?«
»Wer versucht, mich zu töten?«
»Das versuchen wir herauszufinden. Hören Sie, wenn wir uns persönlich unterhalten könnten ...«

»Ich habe im Moment das Kommando und ich stelle die Fragen. Sie dürfen Ihre Fragen stellen, wenn Sie mich schnappen. Und ich verspreche Ihnen, ich werde ehrlich sein, wenn Sie es sind.«

»Fahren Sie fort.«

»Für welche Einheit hat Fat gearbeitet?«

»Hatte er den Dienst nicht quittiert?«

»Er muss für jemanden gearbeitet haben, sonst hätte er keinen Grund gehabt, mich zu töten. Ich kannte ihn. Ein geborener Soldat, ein geborener Befehlsbefolger. Wer hat also die Befehle gegeben? Glauben Sie mir, ich denke über fast nichts anderes nach. Es muss jemand Offizielles sein.«

»Ich weiß es nicht. Wir hatten nicht bedacht, dass er vielleicht immer noch für die Armee arbeitet.«

»Wirklich? Ich bin ein verzweifelter Flüchtling, Herr Kommissar. Bringen Sie mich nicht dazu, etwas Dummes zu tun.«

»Wirklich. Wir wissen nur, dass er mit seiner Freundin zusammen ein Karaokelokal geführt hat.«

»Sie sind ein ehrenhafter Mann, also will ich Ihnen glauben. Nächste Frage: Wer ist Peter Shan?«

»Der alte Knabe, der bei Chou saß, als der erschossen wurde? Wir sehen ihn uns gerade an, aber bis jetzt haben wir nicht viel. Ex-Militär, hat vor Ewigkeiten den Dienst quittiert, lebt im Ausland, hat einen britischen Pass.«

»Peter Shan ist ein Waffenhändler. Das hat er mir selbst gesagt.«

»Das ist eine nützliche Information.«

»Warum war Chou in Rom?«

»Ich weiß es nicht.«

»Sie wissen nicht viel, Herr Kommissar.«

»Sie wissen viel mehr als ich. Deshalb wollen wir Sie ja unbedingt finden.«

»Ich habe Chou Hsieh-he getötet, einen Regierungsbeamten. Das sind zwanzig Jahre Knast. Sie werden mir also verzeihen, wenn ich es nicht eilig damit habe, mich zu stellen.«

»Undercover-Informanten bekommen leichtere Strafen.«

»Ich war schon undercover, denken Sie daran. Schauen Sie, was es mir eingebracht hat.«

»Für wen arbeiten Sie also?«

»Eine Frage, die ich nicht beantworten darf.«

»Wenn Sie nicht reden wollen, wie finde ich dann denjenigen, der Sie tot sehen will?«

»Sie sind der Polizist. Machen Sie Ihre Arbeit.«

»Haben Sie für die gearbeitet, als Sie zur Fremdenlegion gegangen sind? War das ein Einsatz?«

»Sehen Sie die Straßenlaterne hinter Ihnen? Sehen Sie die Glühbirne ganz oben? Schauen Sie ganz genau hin.«

Wu gehorchte. Er starrte sie eine Minute an ... zwei Minuten. Aber Alex war fort. Wu zog den Mantel enger zusammen. Eine Erkältung war das Letzte, was er jetzt brauchte.

Li tappte also ebenso im Dunkeln wie die Polizei. Wenigstens war die Zerstörung von Parkeigentum nicht völlig vergeblich gewesen. Wu war sich nun sicher, dass Li für irgendeine offizielle Einheit arbeitete, und Fat hatte das wahrscheinlich auch getan. Er musste nur herausfinden, wie viele dieser »Einheiten« der militärische Geheimdienst hatte.

Konnte er schnell zu Hause vorbeigehen, um trockene Kleidung anzuziehen? Nein, keine Zeit.

Wu eilte zum Verteidigungsministerium und traf Hsiung zu seiner Freude noch in seinem Büro an.

»Kommissar Wu, sehen Sie sich an – Sie sind ja völlig durchnässt! Ich lasse Ihnen einen Ingwertee bringen.«

»Nicht nötig, Herr Kapitän. Aber ich möchte mit Luo Fen-ying sprechen.«

Den Gesichtsausdruck, den Hsiung jetzt aufsetzte, erkannte Wu wieder. Zum ersten Mal hatte er ihn im Laurel Hotel gesehen.

»Dafür brauchen wir eine offizielle Anfrage von der Kriminalpolizei. Welchen Fall betrifft das?«

»Luo hat mit Chen Li-chih und Alexander Li, den beiden Scharfschützen in Europa, die Scharfschützenausbildung gemacht. Ich möchte wissen, was sie mir über die beiden sagen kann und ob sie in letzter Zeit Kontakt zu ihnen hatte.«

»Inoffiziell?«

»Als persönlichen Gefallen.«

»Ich frage sie morgen.«

Wu schüttete eine halbe Tasse Ingwertee in sich hinein und verabschiedete sich.

Hsiung winkte ihn zurück. »Wie ich höre, gehen Sie in vier Tagen in den Ruhestand, Herr Kommissar.«

»Laut Arbeitsrecht in drei Tagen«, sagte Wu und deutete auf seine Uhr.

Eine kalte, regnerische Hauptverkehrszeit. Es war kein Taxi zu bekommen, also stürzte Wu sich in das Gedränge in der Metro. Er hatte erwogen, Hsiung zu sagen, dass Li wieder in Taipeh war. An wen würde Li sich um Hilfe wenden? Das wüsste er gern. Lag er richtig? Würde es Luo Fen-ying sein? Oder war Lis gesellschaftliches Leben in Taiwan doch abwechslungsreicher, als Wus Sohn hatte herausfinden können?

Wu hatte gehofft, noch beim Jugendamt vorbeischauen und die Unterlagen über Pi Tsu-yins Adoption von Li einsehen zu können, aber das Amt hatte garantiert schon geschlossen. Also zurück ins Büro zu Eierkopf.

Durch sein Zielfernrohr sah Alex einen Mann um die fünfzig mit einem ergrauenden Flattop, der trotz Wind und Regen aufrecht stand. Bei den drei Schüssen hatte er nicht einmal gezuckt. Er wirkte nicht wie jemand, der log. Und falls doch, was änderte es?

Alex nahm die Waffe auseinander und verließ den Park. Wu hatte ihm nichts Nützliches zu sagen. Wer kam als Nächstes? Wen kannte er sonst noch?

Er hatte Taiwan während seiner fünf Jahre im Ausland jeden Tag vermisst. Jetzt war er wieder hier und absolut allein. Die Sprache mochte vertraut sein, das Essen mochte vertraut sein, aber das ständige Gefühl der Bedrohung ließ alles fremd erscheinen.

Alex setzte die Kapuze auf und lief durch den Regen, vorbei an Bushaltestellen und Metrostationen. Er kam an einer Polizeistation vorbei, wo ein aktuelles Fahndungsplakat mit den meistgesuchten Straftätern im Fenster hing. Ganz oben, da war er. Für Hinweise, die zu einer Festnahme führten, waren Belohnungen ausgesetzt, allesamt großzügig, und am großzügigsten von allen die für Alexander Li: zehn Millionen Taiwan-Dollar.

Nachdem der Leiter der Kriminalpolizei wieder gegangen war, war Eierkopf nicht in Stimmung für das übliche Geplänkel und Wu damit beschäftigt, heißen Ingwertee zu trinken. Beide sprachen fünf Minuten lang kein Wort.

Die Anweisungen des Chefs waren simpel: Ohne hinreichende Gründe, einen Zusammenhang zwischen den drei Todesfällen in Europa und den beiden in Taiwan herzustellen, waren sie separat zu untersuchen. Sämtliche Beweise deuteten darauf hin, dass Li Chou Hsieh-he getötet hatte. Wegen der Tode von Chou, Fat und dem bislang nicht identifizierten Mann in Telč war eine europaweite Fahndung nach ihm eingeleitet worden. Und natürlich hatten die taiwanischen Behörden ihn selbst zur Fahndung ausgeschrieben. Was das Motiv betraf: vielleicht eine persönliche Animosität, vielleicht ein Streit um Geld. Wu hatte keine Beweise für seine Theorie einer abtrünnigen Geheimdiensteinheit, und sie durfte nicht öffentlich bekannt werden.

Die Fälle Chiu Ching-chih und Kuo Wei-chung hatten ebenfalls separat behandelt zu werden. Chiu war erschossen worden, und die Polizei ermittelte aktiv. Kuos Obduktion deutete darauf hin, dass auch er ermordet worden war, schloss einen Selbstmord aber nicht völlig aus; zudem gab es keine Hinweise darauf, wer ihn getötet haben könnte. Diese beiden Fälle würden abgespalten und an andere Ermittler übertragen werden.

»Finden Sie Beweise!«, hatte der Chef seine beiden Untergebenen angedonnert. »Und schnappen Sie Li! Es gibt schon einen Haftbefehl. Sie beide arbeiten mit den lokalen Polizeibehörden zusammen und sorgen dafür, dass die ihn finden.«

Was die Tätowierungen betraf, die Chen Li-chis Tod mit Kuo Wei-chungs unglaubwürdigem Selbstmord in Verbindung brachten: »Eben waren es noch abtrünnige Geheimdienstleute, und jetzt ist es eine Geheimgesellschaft? Beides kann es nicht sein, und ich will keine dieser Theorien in den Nachrichten hören. Lassen Sie sich nicht manipulieren. Hier treibt jemand irgendwelche Spielchen.«

Eierkopf sprach als Erster. »Sie haben gehört, was der Mann gesagt hat, Wu. Wie bringen wir das zum Abschluss?«

»Ich gehe in den Ruhestand. Morgen Abend gibt es ein großes Abschiedsessen für mich.«

»Und ich darf dann hinter Ihnen aufräumen? Ein schöner Freund sind Sie. Aber mal im Ernst?«

»Erzählen Sie mir, was Sie in Italien sonst noch erfahren

haben. Und reichen Sie mir diesen italienischen Wein. Ich werde sehen, was ich denke.«

Eierkopf stand auf und begann mit der Ausführung einer Tai-Chi-Form. Dazu deklamierte er: »Ich muss diese Demütigung ertragen, um Resultate zu erzielen. Ein Mann in meiner Position darf sich nicht dazu herablassen, einem Kollegen, der in den Ruhestand geht, eine Flasche über den Kopf zu ziehen.«

»Der ist ziemlich gut. Was hat er Sie gekostet?«

»Na schön, ich mache den Anfang. Alles hat mit Lis Attentat auf Chou angefangen. Wir haben die drei Männer am Tisch identifiziert: Chou Hsieh-he, ein Militärberater der taiwanischen Regierung, aus unbekannten Gründen in Rom. Zu seiner Linken Shen Kuan-chih, ein Oberfeldwebel des taiwanischen Heeres außer Dienst und jetzt Waffenhändler, der mit einem britischen Pass als Peter Shan reist. Die dritte Person ist kein Russe, sondern ein Ukrainer namens Agafonow, früher Parlamentsabgeordneter, heute Lobbyist. Die Italiener haben bestätigt, dass Agafonow das Land verlassen hat; die Ukrainer sagen, sie wissen nicht, wo er ist. Und ich glaube, der Chef hat recht. Wir müssen zuerst Li kriegen.«

»Wir haben keine Ahnung, warum Li Chou getötet hat, wir haben keine Waffe, und wir haben kein Geständnis. Hypothesen können wir so nicht aufstellen, denke ich.«

»Wir kommen nicht weiter, bis wir herausfinden, warum Chou in Rom war.«

»Was glauben die Italiener?«

»Die vermuten, dass die drei über ein Waffengeschäft gesprochen haben, dass Shen den Kauf von Agafonows Hintermännern vermitteln wollte.«

»Was haben die Ukrainer denn zu verkaufen? AK-47? Gewehre haben wir reichlich.«

»Die Antwort liegt im Büro des Präsidenten. Es kann nicht sein, dass die nicht gewusst haben, warum Chou in Rom war.« Eierkopf nahm die Weinflasche wieder an sich und schenkte sich ein großes Glas ein. »Ich habe eine fantastische Idee, Wu, aber ich glaube nicht, dass sie Ihnen gefallen wird.«

»Lassen Sie hören.«

»Betrachten Sie die Leute im Zusammenhang. Luo Fenying wird vom Verteidigungsministerium unter Verschluss gehalten. Chius Witwe kritisiert im Fernsehen das Ministerium. Damit bleibt Kuos Witwe. Sie haben gesagt, ihr wurde gedroht. Wie wäre es, wenn Sie ein verdächtig wirkendes Treffen mit ihr arrangieren? Ich filme es, und wir geben die Aufnahmen an die Presse. Das ärgert diejenigen, die ihr Drohungen und Geldbündel schicken, und sie melden sich wieder bei ihr. Wir postieren rund um ihre Wohnung Kameras und Wachen, schnappen uns die, die sie bedrohen, und schauen, wohin uns das führt. Könnte der Durchbruch sein, den wir brauchen.«

»Eine Zivilistin als Köder benutzen? Billiger Trick, Eierkopf. Ich bin raus.«

»Mit dieser Einstellung werden Sie nicht weit kommen, Wu. Na gut, wir sagen ihr die Wahrheit und geben ihr rund um die Uhr Personenschutz.«

»Und Europa?«

»Den Mann in Telč haben wir in ein paar Tagen identifiziert. Dass Chou, Li und Fat allesamt Taiwaner sind, ist den Italienern nicht entgangen, und deshalb gehen sie davon aus, dass er auch einer ist. Sie überprüfen die Daten der Grenzschutzbehörden. Und ich habe Fingerabdrücke mitgebracht. Es wird allerdings dauern, sie zu überprüfen.«

Wu zermarterte sich das Hirn. Was sollte man Kuos Witwe sagen?

»Und wir müssen ein paar Leute losschicken, die Sie im Auge behalten, wenn Sie sich morgen mit diesem Geheimgesellschaftsboss treffen ...«

Wu war mit seinem Telefon beschäftigt.

»He, hören Sie gefälligst zu, wenn wir eine Besprechung haben!«

»Eine Nachricht von Ihrem Neffen.«

»Hackt er schon wieder? Ich finde es ein bisschen peinlich für uns, dass wir auf so einen jungen Burschen angewiesen sind.«

»Er sagt, Luo Fen-ying ist auch eine Waise.«

»Was? Wer ist eine Waise?«

»Luo Fen-ying.«

»Die sind alle Waisen?«

»Zeit, Huang Hua-sheng noch einen Besuch abzustatten. Er war nicht sehr aufrichtig zu mir.«

KAPITEL DREIUNDZWANZIG

JINSHAN, TAIWAN

Huang Hua-sheng streckte zum Schlafen immer die Füße unter der Decke hervor, egal in welcher Jahreszeit. An diesem speziellen Abend wurde er gegen neun Uhr davon wach, dass ein kalter Luftzug über seine Füße strich.

»Bist du das, Alex?«, rief er und zog die Füße unter die Bettdecke.

Ein schwarzer Schatten, der an der Wand lehnte, antwortete. »Ja, Herr Oberst.«

»Gut. Musst du es so geheimnisvoll machen?« Huang schaltete das Licht ein und setzte sich auf. »Dann komm, lass dich umarmen.«

Alex ging zu ihm und konnte ein Schluchzen nicht unterdrücken.

»Was weinst du denn, in deinem Alter? Ich vermute, du musstest um diese Uhrzeit auftauchen. Die Polizei war schon hier.«

Alex hörte auf zu schluchzen. »Ich dachte, Sie wollten mit dem Motorrad um die Welt, wenn Sie den Dienst quittieren.«

»Ah, das weißt du noch? Das ist immer noch der Plan, aber es gibt Vorschriften für Leute wie mich. Darf das Land nach dem Austritt drei Jahre lang nicht verlassen.«

»Wer hat übernommen? Baby Doll?«

»So ein Politikertyp hat meinen alten Job bekommen. War vorher in irgendeinem Legislativausschuss, hat seinen Sitz bei der Wahl verloren. Die Regierung hat ihm einen Job gegeben. Ich weiß nicht, ob er nur wegen des Gehalts und des Chauffeurs da ist oder ob sie einen Zivilisten dazu ausbilden, das Ministerium zu übernehmen. Aber er hat Baby Doll als seine Sekretärin eingestellt.«

»Das erklärt es.«

»Was?«

»Baby Doll hat Anrufe getätigt.«

»Nicht, um dich zum Essen einzuladen, nehme ich an.«

»Sie hat mir den Befehl gegeben, Chou Hsieh-he zu töten.«

»Und du hast diesen Befehl befolgt?«

»Ja.«

»Das ist gegen die Vorschriften.«

»Inwiefern?«

»Es sollte nur einen Kontakt für dich geben, nicht mehr. Er hätte den Anruf bei dir nicht ihr überlassen dürfen.«

»Ergab da auch keinen Sinn. Ich habe sie gefragt, wo Sie sind, aber sie schien es nicht sagen zu dürfen.«

»Als Soldat, Alex, muss ich dir lassen, dass du nach all diesen Jahren immer noch deine Befehle ausführst. Muss ein Schock gewesen sein, als dir klar wurde, dass man Fat geschickt hatte, dich zu töten.«

»Ich wusste es nicht, bis ich ihn durch mein Visier sah.«

Eisenschädel nickte.

»Seine Augen waren so eigenartig wie immer.«

»Fat war seit Jahren aus der Armee raus. Ich habe gehört, er und seine Freundin hatten in Yonghe ein Lokal oder so was Ähnliches. Er kann nicht für uns gearbeitet haben, sonst hätte ich davon gewusst.«

»Wer hat den Befehl gegeben, Chou zu töten? Und wer hat Fat befohlen, mich zu töten?«

»Muss ein und dieselbe Person gewesen sein.«

»Das habe ich mir auch gedacht. Und deshalb bin ich zurückgekommen. Wenn ich sie nicht aufspüre, kommen sie immer wieder. Ich habe mich mit dem Waffenhändler getroffen, mit dem Chou in Rom war, mit Peter Shan. Er kannte Großpapa.«

»Shen Kuan-chih. Ja, er hat mit deinem Großpapa zusammengearbeitet. Wahrscheinlich bist du ihm als Kind mal begegnet, aber das hast du sicher vergessen. Sie standen sich nahe, diese zwei. Damals, als dein Großpapa Maschinist war, bekamen die beiden den Auftrag, das M14 zu begutachten, das die Amerikaner bauten. So sind wir zum T57 gekommen.«

»Was mache ich als Nächstes?«

»Sieht so aus, als würde es Zeit, dass Eisenschädel aus dem Ruhestand zurückkommt. Ich habe immer noch Beziehungen. Aber du musst die Ruhe bewahren. Diese Leute sind schwer ausfindig zu machen.«

»Wie schwer? Schwerer als die Leute, für die Sie früher gearbeitet haben?«

»Der Präsident will nicht, dass jemand weiß, was Chou in Rom wollte. Sagen wir einfach, das sind ganz hohe Tiere und sehr schwer zu finden.«

»Noch weniger Grund für Sie, sich da einzumischen.«

Eisenschädel klopfte Alex auf die Schulter. »Ich war nie raus aus dem allen, nicht ganz. Das kann ich ruhig ausnutzen. Ich lege mich lieber mit Präsidenten und Ministern an als mit einem sturen alten Soldaten. Hast du eine Unterkunft? Schlaf hier. Es gibt Garnelen zum Frühstück.«

»Danke, aber Sie haben immer gesagt, Scharfschützen müssen allein arbeiten. Ergibt ein kleineres Ziel.«

»Ha! Du erinnerst dich immer noch an diesen ganzen Quatsch?«

Eisenschädel durchsuchte eine Schublade und zog ein kleines, sehr altes Telefon heraus. »Nimm das. Es ist ein Kindertelefon, damit kann man nur eine einzige Nummer anrufen. Damit Kinder, die sich verlaufen haben, oder alte Leute Hilfe rufen können.«

»Oder Sie rufen?«

Eisenschädel lachte. »Ich melde mich, sobald ich etwas weiß.«

Alex hängte sich die Kordel mit dem Telefon um den Hals. Genau wie ein Kind.

Das Dezernat für Organisierte Kriminalität plante bis tief in die Nacht. Ein Team würde sich am Hochgeschwindigkeitsbahnhof Hsinchu aufstellen und ein weiteres in einem Polizeihubschrauber sitzen, der einem Sender in Wus Schuhabsatz folgen würde.

Eierkopf und Wu fuhren nach Jinshan zu Huangs Garnelenfarm und trafen um vier Uhr nachts dort ein. Das Tor war mit einer Kette verschlossen. Ein Holzschild verkündete, der Chef sei unterwegs in wärmere Gefilde und in einer Woche zurück.

Ein Anruf bei der örtlichen Polizeistation ergab wenig. Huang hatte die Farm vor etwa sechs Monaten gekauft und den Kollegen nie Anlass zur Sorge gegeben.

»Meinen Sie, er ist da drin?«, fragte Eierkopf. »Ich wüsste nicht, wo er sonst noch hinkönnte.«

»Wir würden einen Durchsuchungsbefehl brauchen. Das dauert seine Zeit.«

»Zeit haben wir keine.« Sie liefen am Zaun entlang, suchten nach Löchern und Kameras. Als sie beides nicht fanden, kletterten sie hinüber. In der Mitte des Geländes lag ein lang gezogener ovaler Teich, an drei Seiten von Unterständen gesäumt, die vor Sonne und Regen schützten. Es gab Hocker, auf denen die Kunden sitzen konnten, und in einem Gestell Dutzende schlanker Bambusstäbe, so ordentlich aufgereiht wie die Waffen in einem Arsenal.

Hinter den Unterständen befand sich ein Backsteingebäude mit zwei Räumen. Vorn war ein Büro mit Schreibtisch und einem Whiteboard, auf das Telefonnummern gekritzelt waren. Der hintere Raum war ein Schlafzimmer: Bett, Tisch, Laptop. Das Bett war ordentlich gemacht, die olivgrüne Decke so glatt, dass sie wie festgezurrt wirkte. Unter dem Bett standen drei Paar Schuhe: Plastiksandalen, Flipflops und Sneakers. Eine Blechtasse und eine Waschschüssel mit Seife, Shampoo, Zahnbürste und Zahnpasta. Es war die Zivilistenausgabe einer Soldatenunterkunft. Der Laptop war eingeschaltet, nur der Desktop war zu sehen. Huang war noch nicht lange fort, und er machte sich offensichtlich keine Gedanken um seine Stromrechnung.

»Was meinen Sie?«

»Er lebt nicht hier. Zu ordentlich.«

»Rufen Sie im Büro an. Jemand soll die Grundbuch- und Steuerdaten überprüfen.«

»Wir brauchen eine Genehmigung des Staatsanwalts.«

»Sie kennen doch Li im Finanzamt, oder, Wu? Denken Sie unkonventionell. Sie können sich doch nicht immer von den Vorschriften behindern lassen. Außerdem gehen Sie in den Ruhestand – was haben Sie zu befürchten? Und finden Sie jemanden, der diesen Laden im Auge behält.«

Ihr gesamtes Personal war gebunden, daher betraute Wu die lokale Polizei mit der Überwachung. Deren Methoden waren nicht gerade überwältigend: ein altes Auto an der Kreuzung mit der Hauptstraße, darin eine Kamera, sodass alle Fahrzeuge aufgenommen wurden, die auf das Gelände fuhren oder sich von dort entfernten. Die einzige Straße von hier weg führte zum Meer und zur Autobahn nach Jinshan. Oder man konnte über einen Bergpass zur Nationalstraße 1 wandern. Doch selbst wenn Huang gut in Form war und Lust auf die Wanderung gehabt hätte, wäre er von den Kameras aufgenommen worden, sobald er die Nationalstraße erreichte.

»Sie müssen nach Hsinchu. Wir haben das Netz ausgeworfen. Jetzt müssen wir abwarten, was sich darin verfängt.«

Anders ging es wohl nicht.

Alex nahm weder die Autobahn nach Jinshan noch die landschaftlich reizvolle Strecke zur Nationalstraße 1. Er fuhr mit einem Motorrad über Bergpfade nach Norden Richtung Tamsui. Nördlich von Tamsui entstand eine neue Stadt, deren hohe Häuser erst halb bewohnt waren. Alex fuhr am Rand der Baustellen entlang zum Hafen, fand ein weitgehend fertiggestelltes Gebäude und stieg eine Treppe hinauf, der noch das Geländer fehlte. Im sechsten Stock, wo Wind und Regen durch die scheibenlosen Fenster hereinpeitschten, suchte er sich eine Fensterbank, auf der er sitzen konnte, während er durch sein Zielfernrohr das Gebäude gegenüber inspizierte.

Vierter Stock, und es müsste, so schätzte er, das dritte Fenster von links sein. Kein Licht an. Dennoch hielt er sich an seinen Plan und wählte eine Nummer, die er lange nicht verwendet hatte, aber noch immer auswendig kannte.

Es läutete, bis es nicht mehr läutete. Er wählte erneut.

Eine Frau fragte verschlafen: »Hallo?«

»Baby Doll?«

Keine Antwort, aber eine Lampe ging an, und er konnte hinter der Gardine eine Gestalt erkennen.

»Alex?«

»Lange nicht gesehen.«

»Wo bist du?«

»Wie ist es dir ergangen?«

»Du weißt meine Telefonnummer noch?«

»Du hast meine noch gewusst.«

Beide schwiegen und lauschten dem Atem des anderen.

»Hast du Eisenschädel gesehen?«

»Ja. Dich würde ich gern als Nächste sehen.«

Das nächste Schweigen war allein ihres.

»Kannst du mir erklären, was da vorgeht, Baby Doll?«

Die Gestalt hinter der Gardine lief auf und ab. Sie schien allein zu sein. »Du willst es wirklich wissen?«

»Ja.«

»Dann müssen wir uns treffen.«

»Kannst du es mir nicht jetzt gleich sagen?«

»Es betrifft die Arbeit. Am Telefon kann ich darüber nicht reden. Und ich möchte dich sehen.« Die Gestalt blieb stehen.

»Okay. Wann?«

»Weißt du noch, wo wir zu Abend gegessen haben, bevor du nach Frankreich gegangen bist?«

»Gibt es den Laden noch?«

»Ja. Morgen, neunzehn Uhr?«

»Neunzehn Uhr.«

Alex legte auf. Die Silhouette hinter der Gardine verharrte so reglos wie das Zielfernrohr in seiner Hand. Dann wurden weitere Lampen eingeschaltet, und die Gestalt verschwand.

Er fuhr in eine Gasse neben der Baustelle. Der Regen fiel weiter. Tamsui: nur Regen und keine Wärme. Wetter, das so kalt war, dass es den Menschen in die Herzen drang, sagte man.

Das Rolltor der Tiefgarage gegenüber öffnete sich, und ein leuchtend roter Mini Cooper raste die Rampe hinauf und hob fast ab, als er auf die Straße fuhr. Alex folgte dem Wagen ohne Licht auf die Autobahn, nicht mehr als ein Schatten im windgepeitschten Regen. Ein Schatten, bestehend aus fünf Jahren Sehnsucht.

Der rote Mini Cooper ignorierte die Geschwindigkeitsbegrenzung und die zahlreichen Kameras. Vielleicht machte sie sich keine Sorgen wegen des Bußgelds. Alex auf seinem gestohlenen Motorrad jedenfalls machte sich keine. Doch dann bog sie auf die erhöhte Straße am Fluss ab. Dort waren Motorräder nicht erlaubt, und irgendjemand würde garantiert die Polizei rufen. Verzweifelt versuchte Alex, sich die Straßenkarte von Taipeh vor Augen zu rufen, dann nahm er die Chengde Road, bog auf die Zhongshan North Road ab und steuerte auf die Minsheng East Road zu.

Der rote Mini parkte neben einem Bürogebäude. Alex bremste und blickte hinauf zum zwölften Stock. Es brannte Licht.

Hier war er schon einmal gewesen, vor Jahren. Er, Fat und mehrere andere, auch Luo Fen-ying. Eine von Eisenschädel organisierte Party in einer Bar, die einem Freund von ihm namens Chin gehörte. Fat hatte ihn zurück zum Auto tragen müssen, und Eisenschädel war viel zu schnell mit ihnen durchs Kasernentor gerast. Die Wachleute hatten Meldung beim Kommandeur der Brigade gemacht, aber dann wurde nicht mehr darüber gesprochen.

Ein silberner Porsche kam hinter dem Gebäude hervor und hielt neben dem Mini. Baby Doll stieg aus ihrem Auto, holte ihre Tasche vom Rücksitz und setzte sich in den Porsche. Alex sparte sich die Verfolgung. Mit einem Porsche konnte er nicht mithalten.

Der Regen von Tamsui, vom Fluss und der Minsheng East Road kanalisiert, holte ihn ein. Vielleicht waren die Zündkerzen nass, oder die arme alte Maschine war es müde, in einer so ungemütlichen Nacht so hart rangenommen zu werden. Alex ließ das Motorrad neben ihrem Auto stehen, eine alte Kawasaki als Gesellschaft für ihren einsamen Mini. Vielleicht würde sie die Enttäuschung daran riechen können, wenn sie zurückkehrte.

Eierkopf und Wu saßen bei Lailai-Sojamilch, der eine mit Jetlag und erschöpft, nachdem er im Flugzeug fünf Spielfilme hintereinander angesehen hatte, der andere zu besorgt, um sich auch nur daran erinnern zu können, wie viele Tage ihm noch bis zum Ruhestand blieben. Beide hielten eine Schale heißen Sojamilchhaferbrei in Händen, und zwischen ihnen standen Schüsseln mit viel mehr Kalorien, als zwei Männer im späten mittleren Alter zu sich nehmen sollten.

»Ihr Abschiedsessen ist morgen?«

»Ja. Der Chef sagt, er will auch kommen.«

»Hat er etwas darüber gesagt, ob Sie bleiben sollen?«

»Tun Sie nicht so unschuldig. Wissen Sie, was der Metzger auf dem Markt in meinem Viertel sagt? Fleisch kommt, Fleisch geht, aber das Hackbeil ist immer da.«

»Was? Der Chef ist das Fleisch? Obacht, sonst schreibe ich ans Polizeimagazin.«

»In unserer Branche trifft man zwei Typen von Menschen, Eierkopf. Der erste Typ hat sich ganz seiner Arbeit verschrieben, dem Dienst am Bürger. Diese Leute halten sich für eine Art heldenhafte Verbrechensbekämpfer wie Richter Pao in dieser Fernsehsendung, und sie gehen stolz und mit reinem Gewissen in den Ruhestand. Und dann sitzen sie irgendwann in irgendeinem billigen Restaurant beim Mittagessen und treffen einen Gangster, den sie vor zwanzig Jahren weggesperrt haben. *Na, wenn das nicht Eierkopf ist, der Leiter des Dezernats für Organisierte Kriminalität! Was tun Sie denn hier? Na, kommen Sie, ich lade Sie zu einem Steak und einem schönen Bordeaux ein.*

Der andere Typ hat sich nur halb seiner Arbeit verschrieben, und den Rest der Zeit verbringt er damit, sich Freunde zu machen. Wenn diese Leute jemanden schonen können, dann tun sie das; wenn sie die andere Wange hinhalten können, dann tun sie das. Deshalb sind sie bei allen beliebt, und schon bevor sie in den Ruhestand gehen, wird für sie im Taipei 101 ein Büro renoviert, wo sie den Boss spielen können. Vielleicht sorgt die Niederlassung in Amerika sogar dafür, dass die Tochter im Studium nie knapp bei Kasse ist. *Ich kümmere mich um sie wie um meine eigene Tochter* – diese Sorte gruseliger Schwachsinn.«

»Was wollen Sie damit sagen?«

»Bürokraten kommen und gehen. Wie viele Kripoleiter haben Sie in Ihrer Zeit bei der Truppe schon erlebt? Denken Sie an das Metzgerbeil. Tag für Tag bricht es Knochen und nutzt sich ab. Zerteilt Tausende von Kadavern, aber es ist immer noch ein Beil. Und beim Abendessen loben alle das gute Schweinefleisch. Aber haben Sie schon mal erlebt, dass jemand ein Metzgerbeil lobt?«

»Kapiert. Sie wollen mehr Teigtaschen mit Schweinefleisch.«

Die beiden saßen da und aßen, ließen leere Teller durch volle ersetzen, begleitet vom unaufhörlichen Regen draußen.

»Also werden Sie Privatdetektiv?«

»Könnte ich machen. Ein paar untreue Ehemänner schnappen, ein paar vermisste Katzen finden, früh Feierabend machen und zum Abendessen zu Hause sein. Karma sammeln, die Götter zufrieden machen. Vielleicht darf ich als so ein reiches Söhnchen mit einem hübschen Sportwagen wiederkommen.«

»All die gemeinsame Zeit, und ich habe nie gemerkt, was für eine schwermütige Seele Sie sind, Wu.«

»Wundert Sie das? Es ist offensichtlich, dass wir diesen Fall knacken würden, wenn die im Büro des Präsidenten uns erzählen würden, was wir wissen müssen. Aber ihre Lippen sind versiegelt. Die würden uns eher in die Unterhosen ihrer Großmutter lassen, als uns ein kostbares Staatsgeheimnis zu verraten. Und so suchen wir hier nach Finger- und Schuhabdrücken, und die geben sich ganz überlegen. Warum müssen wir Richter Pao sein, wenn die sich hinter Staatsgeheimnissen verstecken dürfen?«

»Vorsicht, Wu, Sie werden zynisch.«

»Und was ist mit Li? Der lebte doch zufrieden vor sich hin ... Warum hat er plötzlich beschlossen, sein Scharfschützengewehr zu nehmen und einen Mann zu erschießen, dem er nie begegnet ist, und das auch noch in einem Graupelschauer? Oder was ist mit Fat? Hat er sich gelangweilt und deshalb beschlossen, Tausende von Kilometern zu fliegen, um einen Mann zu töten, der früher sein bester Freund war? Und die beiden aktiven Militärs, die hier in Taiwan gestorben sind. Aber wenn ich Hsiung sage, ich möchte mit Luo Fen-ying sprechen, könnte man meinen, ich wollte mit seiner Frau ausgehen.«

»Haben Sie seine Frau kennengelernt? Wie ist sie so?«

Wu widerstand dem Impuls, Eierkopf den glänzenden Schädel einzuschlagen.

»Vielleicht sollten Sie noch eine Schale Haferbrei essen, Wu. Mein Vater ist mit fünfundfünfzig bei der Polizei in den Ruhestand gegangen und hat danach an einem Schreibtisch in einem Büro gearbeitet, damit er drei Söhne großziehen konnte. Als ich auf die Polizeischule kam, hat er sich mit mir zusammengesetzt. ›Mein Sohn‹, hat er gesagt, ›glaub nicht, es wäre kein guter Beruf. Du bist Beamter, wenn auch ein niedriger. Und für den öffentlichen Dienst gibt es nur eine Regel: Mach dir keine Sorgen darum, wie du an die Spitze kommst; sorge bloß dafür, dass du nicht ganz unten bist. Nimm keine Bestechungsgelder an, bloß weil du siehst, wie jemand anderes es tut. Aber wenn dieser andere mit seinem Geld um sich wirft, dann musst du deinen Anteil nehmen. Beuge dich bei der Arbeit dem Gott des Krieges und werde befördert, werde reich. Dann komm nach Hause und bete um Ruhe und Frieden. Warte dreißig Jahre, dann kannst du deine Uniform ausziehen, deine Waffe abgeben und dir dazu gratulieren, dass du überlebt hast.‹«

»Offensichtlich haben Sie nicht auf ihn gehört. Sie sind auf dem Weg an die Spitze. Zumindest weiter nach oben, als ich gekommen bin.«

»Je höher man kommt, desto schneller ist man am Ende. Ich wünschte, ich könnte wie Sie in den Ruhestand gehen. Dass ich niemals Kripochef werde, weiß ich wohl, aber ich darf das kleine bisschen Status, das ich habe, nicht aufgeben. Mich werden keine großen Firmen einstellen wie meinen Vater. Für die besten Jobs bin ich nicht weit genug oben, und sie werden nicht riskieren, mich zu kränken, indem sie mir irgendwas anderes anbieten. Außerdem habe ich nie dabei geholfen, dass die Drogenanklagen gegen ihre Söhne fallen gelassen werden, oder die Medien davon abgehalten, Fotos ihrer Töchter mit verheirateten Männern zu drucken. Diesen trivialen Mist muss man für sie tun, Wu, sonst hat man im Ruhestand ... Jetzt weiß ich, was ich machen werde! Ich tauche regelmäßig bei Ihnen in der Detektei auf und schleppe Sie auf ein Glas ab.«

Ein zweifaches simultanes Summen, und beide Männer griffen nach ihren Telefonen. Eierkopf sah Wu an, Wu sah Eierkopf an.

Eierkopf als dem Ranghöheren stand der erste Kommentar zu. »Luo Fen-yings Vater ist vierzehn verfickte Jahre vor ihrer Geburt gestorben?«

DRITTER TEIL

Es gehört nicht viel dazu, gebratenen Reis mit Ei zuzubereiten. Gute Eier, Reis vom Vortag, Lauchzwiebeln, eine große Flamme. Dazu nach Wunsch Schinken, Garnelen oder gegrilltes Schweinefleisch. Tang Lu-sun, Autor eines Buches über traditionelle chinesische Gerichte, hat diese Anleitung zu bieten: »Man gebe kalten Reis in einen heißen Wok und brate ihn, bis der Reis im Wok rasselt.« Hier, versuch's mal. Denk daran – immer schön heiß, immer schön rühren.

KAPITEL VIERUNDZWANZIG

Im vierzehnten Jahrhundert begannen die Sultane der osmanischen Türkei mit der sogenannten Knabenlese, bei der überall in Zentralasien Sklavenjungen aus christlichen Haushalten verschleppt wurden. Die Jungen wurden gezwungen, zum Islam zu konvertieren, erhielten eine gute Bildung und wurden zu Soldaten ausgebildet. Wenn sie dafür bereit waren, traten sie in die Leibgarde des Sultans ein. Ihre ganze Loyalität galt dem Sultan, sie nahmen sich keine Frau und zeugten keine Kinder. Ihre Tapferkeit war unübertroffen. Die Gelehrten glauben, dass bevorzugt christliche Waisenkinder ausgewählt wurden, weil diese innerhalb des islamischen Osmanischen Reichs keine Familie hatten und nur den Sultan kannten, der für sie sorgte. Dies machte es leicht, sie zu Tötungsmaschinen zu formen.

Im ersten Jahrhundert ließ der Han-Kaiser Wu ausgewählte männliche Kinder von gefallenen Soldaten durch die kaiserliche Wache ausbilden. Unter dem Namen »Yulin-Waisen« wurden diese Jungen zu persönlichen Leibwächtern des Kaisers. Erklärte dies Alex, Fat und Luo Fen-ying – Waisen, die dazu ausgebildet worden waren, für die Meister, die sie adoptiert hatten, zu kämpfen?

Im Melderegister war ein Luo Mei-chih als Luo Fen-yings Vater angegeben. Ihre Mutter war nicht verzeichnet. Eine Suche nach Luo Mei-chih ergab siebzehn Männer dieses Namens in ganz Taiwan. Sieben von ihnen waren nicht im richtigen Alter und fünf schon tot. Blieben fünf. Eine Kontaktaufnahme mit den noch Lebenden war unnötig; die Datenbankabfrage mit der Ausweisnummer in Luo Fen-yings Meldeunterlagen erbrachte ein verblüffendes Resultat: Der

Mann, der als Luo Fen-yings Vater registriert war, war 1973 an einer Krankheit gestorben.

Also hatten sie den Namen eines Toten genommen und behauptet, er sei Luo Fen-yings Vater? Eierkopf schlug sich mit der rechten Faust in die linke Handfläche. »Yulin-Waisen? Gefällt mir. Klingt wie ein Kung-Fu-Film.«

Wu schrieb Luo Fen-yings Adresse auf einen Zettel und reichte ihn einem Mitarbeiter. »Suchen Sie ein paar Leute zusammen. Da fahren wir hin.«

Wie üblich sah Wu sich die Adresse auf Google Maps an, ehe er sich auf den Weg machte. »Eierkopf. Wir können nicht hinfahren.«

»Warum nicht? Hallux valgus? Arthritis?« Eierkopf litt noch unter dem Jetlag, und nach der durchgearbeiteten Nacht und dem vielen Essen hatte er überdies rote Augen und schlechte Laune.

»Beian Road neunundvierzig. Das ist das Verteidigungsministerium.« Wer gab das Verteidigungsministerium als Wohnsitz an?

»Und jetzt?«

»Haben wir ihre Adoptiveltern gefunden?«

Niemand antwortete. Eierkopf schlug mit der Hand auf den Schreibtisch und brüllte: »Haben wir sie gefunden oder nicht?«

Daraufhin bekam er eine Antwort. »Wir haben sie gefunden, aber es gibt da ein Problem. Wir wollten die Kollegen bitten, es noch mal zu überprüfen.«

»Was ist das Problem?«

»Sie wurde von jemandem namens Huo Tan adoptiert.«

»Prima, schicken Sie jemanden zu Huo Tan.«

»Chef, Huo Tan ist in Hsinchu.«

»Ja und? Ist das zu weit?«

»Und wurde 1941 geboren.«

»Neunzehnhunderteinundvierzig?«

»Ja. Er wäre heute fünfundsiebzig – wenn er noch leben würde.«

»Luo Fen-ying ist neunundzwanzig. Als sie adoptiert wurde, wäre Huo Tan also sechsundvierzig gewesen. Wenn er nicht 1981 mit vierzig gestorben wäre.«

»Also ist ihr leiblicher Vater 1973 gestorben und ihr Adoptivvater 1981. Und sie wurde 1987 geboren. Wer zum Teufel hat es fertiggebracht, ihr zuerst einen gefälschten Vater und dann noch einen gefälschten Adoptivvater zu verpassen? Das Melderegister hat einiges zu erklären.«

Wu zog Eierkopf vor die Tür, damit er an die frische Luft kam, bevor er noch einen Grund fand, die gesamte Behörde zusammenzubrüllen.

Allmählich kristallisierte sich ein Bild heraus. Die Adoptionen von Luo Fen-ying, Alex und Fat waren sorgfältig manipuliert worden, und das bedeutete, dass jemand sehr weit oben Druck auf das Jugendamt ausgeübt hatte, damit es da mitspielte. Nur so konnte Chen Luo Fat im Alter von dreiundfünfzig und Pi Tsu-yin Alex mit achtundfünfzig adoptiert haben. Und nur so konnte Huo Tan Luo Fen-ying adoptiert haben, als er schon tot war. Und Chen Luo, Pi Tsu-yin und Huo Tan waren alle Ex-Militärs. Das war kein Zufall.

Sie mussten diese drei Adoptionen untersuchen. Das sollte nicht allzu schwer sein. Zu den jeweiligen Jugend- und Meldeämtern fahren, die Originalakten finden, und die Wahrheit würde ans Licht kommen. Schwierig wurde es erst, falls diese Originaldokumente nicht mehr existierten. Was sollten sie dann tun?

Doch falls man die Akten finden konnte und die Personen, die die Genehmigungen unterschrieben hatten, noch lebten, dann konnte man ihnen Fragen stellen. Wenn sie noch lebten, musste er ihnen zu ihrem langen Leben gratulieren und sie fragen, ob sie bei einer polizeilichen Ermittlung helfen konnten. Und vielleicht würden sie ihnen dann erklären, wer genau sie gebeten hatte, die Vorschriften zu beugen. Vielleicht aber auch nicht.

Und was sollte die Polizei tun, wenn die Ermittlungen zu jemandem führten, der zu weit oben und somit unantastbar war? Luo Fen-ying hatte offensichtlich Freunde an höchster Stelle im Ministerium, sonst wäre sie nicht dort gemeldet.

Eine Adoption konnte erst erfolgen, nachdem ein Gericht ermittelt hatte, dass die leiblichen Eltern tot waren oder vermisst wurden, und das Jugendamt die Eignung der Adoptiveltern festgestellt hatte. Wenn alles in Ordnung war, wurde im Melderegister eine neue Akte angelegt. Wer hatte so gute Verbindungen, dass er das alles hinbekommen hatte?

»Wu, erinnern Sie sich an das, was Sie bei Lailai-Sojamilch gesagt haben?«

»An welchen Teil?«

»An den Teil über die beiden Typen von Menschen und dass ich mittellos sein werde, wenn ich in den Ruhestand gehe und Sie anflehen muss, mich zum Abendessen einzuladen?«

»Ja.«

»Was passiert also, wenn ich den Chef verärgere? Oder irgendeine mysteriöse Geheimdiensteinheit? Oder sogar das Büro des Präsidenten?«

»Dann schicken die Sie auf die Matsu-Inseln. Da gibt's nichts zu tun, also können Sie in aller Ruhe auf Ihre Pensionierung warten.«

»Da kommen Sie schon wieder mit Ihren tragischen Geschichten.«

»Oder Sie könnten ein bisschen Rückgrat beweisen und Vorruhestand beantragen.«

»Und was dann?«

»Hören Sie auf, sich selbst zu bemitleiden. Wir wissen alle, wo Ihr Bruder arbeitet, und wir wissen alle, dass auf Sie ein Posten als Leiter des Sicherheitsdienstes der Bank warten wird.«

»Ach, und das ist ein einfacher Job?«

»So einfach, dass Sie sich zu Tode langweilen werden. Wenn eine Bank ausgeraubt wird, zahlt die Versicherung. Wenn eine Zigarettenkippe einen Brand auslöst, zahlt die Versicherung. Wenn die Paparazzi Ihren Bruder mit einer Geliebten erwischen, reden Sie mit jemandem bei der Polizei, der Ihnen noch einen Gefallen schuldet, besorgen sich zwei Gangster, die mit den Paparazzi in eine finstere Gasse gehen und sie überreden, die Fotos nicht zu verkaufen. Ein Leben voller Ehre und Reichtümer.«

»Also habe ich nichts zu verlieren.«

»Genau.«

Eierkopf klatschte in die Hände. »Endlich verstehe ich, was Sie im Schilde führen, Wu. Sie können den Gedanken, ohne mich in den Ruhestand zu gehen, nicht ertragen. Leider habe ich seit zwanzig Jahren nicht mehr mit meinem Bruder gesprochen. Ich werde mich einfach an meinen Schreibtisch klammern und abwarten müssen, was die deswegen unternehmen.«

Das Dezernat für Organisierte Kriminalität war um einen Konferenztisch versammelt. Eierkopf saß am Kopfende und sonderte gleichermaßen Anweisungen wie Tabakgestank ab.

»Team eins, Sie suchen nach den Adoptionsunterlagen für Fat und die anderen – und gehen Sie der Sache richtig auf den Grund. Wer hat die Formulare unterschrieben und abgestempelt, die ungeeigneten Personen ermöglicht haben, Kinder zu adoptieren? Finden Sie die Originaldokumente, dann finden Sie die Originalleute – ob sie gefunden werden wollen oder nicht –, und fragen Sie sie, warum sie wissentlich gegen das Gesetz verstoßen haben. Besonders bei Huo Tan. Finden Sie seine Sterbeurkunde; zeigen Sie denen, wieso sie unmöglich nicht gewusst haben können, dass er tot war.

Team zwei, Sie kümmern sich ums Melderegister. Ein Informant hat mir gesagt, dass die sich da nicht immer die Mühe gemacht haben, ältere Akten einzuscannen, als sie in den Achtzigern ihre Daten digitalisiert haben. Finden Sie diese Akten, finden Sie Luo Fen-yings und Lis Eltern, Großeltern – notfalls verfolgen Sie ihren Stammbaum zurück bis zum Gelben Kaiser. Machen Sie es gut, und es gibt einen Bonus, auf meine eigenen verdammten Kosten.

Team drei, mit Wu. Sehen Sie sich an, was in Hsinchu gespielt wird.

Team vier, nehmen Sie Huang Hua-sheng unter die Lupe. Er muss mehr besitzen als nur diese eine Garnelenfarm. Finden Sie heraus, was er bei den Streitkräften wirklich gemacht hat. Setzen Sie alle Hebel in Bewegung, aber gehen Sie vorsichtig und unauffällig vor. Wir wollen ihn nicht aufschrecken.«

In dieser Nacht tat Wu kein Auge zu, aber er erreichte zur verabredeten Zeit den Hochgeschwindigkeitszug und fühlte sich ausgezeichnet und klar im Kopf. In seiner Nähe saßen zwei weitere Polizisten in Zivil. Anstatt zu dösen, trank er den Kaffee aus der Thermoskanne, die ein Kollege in seine Aktentasche gesteckt hatte. Definitiv kein afrikanischer. Eher Nescafé 3in1.

In Hsinchu stieg er aus. Welchen der vier Ausgänge sollte er nehmen?

Ein junger Mann mit einem militärischen Haarschnitt kam zu ihm und verbeugte sich respektvoll. »Kommissar Wu? Hier entlang bitte.« Nun, zumindest schien die *Familie* pünktlich und höflich zu sein.

An Ausgang 3 parkte ein Mitsubishi, der schon einige Jahre auf dem Buckel hatte. Der junge Mann setzte sich ans Steuer. Es gab keine bulligen Begleiter, die Wu zwischen sich genommen hätten, auch wurden ihm nicht die Augen verbunden. Und der junge Mann fuhr keine Umwege, um Wu die Orientierung zu erschweren, sondern direkt zu einem von Kirschbäumen gesäumten landwirtschaftlichen Weg. Der Toyota, der ihnen folgte, verlangsamte seine Fahrt; es war eine Beschattung, keine Verfolgungsjagd.

Sie erreichten eine alte Kaserne, wie es aussah: dicht zusammenstehende Gebäude mit Flechten auf den regennassen Dächern. Aus den Rissen in den Betonmauern sprossen Oleanderbäume.

Vor einer fleckigen roten Tür hielten sie an; der Fahrer öffnete Wu die Tür. »Großvater wartet drinnen.«

Die rote Tür führte in einen Innenhof, in dem gerade zwei Männer im gleichen Alter und mit dem gleichen Haarschnitt fegten. Die Rückseiten ihrer Trainingsanzüge wiesen sie als Angehörige der Offiziersschule der Luftwaffe aus.

Man führte Wu durch eine Fliegengittertür, die ein wenig schief hing, und dann eine Holztür, die einen neuen Anstrich benötigte, in ein kleines Wohnzimmer. An der Wand hing eine Kalligrafie-Rolle: *Schwere Zeiten offenbaren wahre Freunde.* Mitten im Zimmer stand ein kunstvoll verzierter Tisch, und darauf befanden sich Räucherwerk und eine Gedenktafel. Wu warf einen raschen Blick auf die Tafel: DEN AHNEN. Ja, gut, aber wessen?

Ein lächelnder Mann von Anfang fünfzig führte Wu still zu einem Sessel, der, dem Geruch nach zu urteilen, ein langes, erfülltes Leben gehabt hatte. »Bitte nehmen Sie Platz. Betrachten Sie mich als Großvaters Enkel. Wir haben nicht oft Gäste, aber glücklicherweise bin ich während Ihres Besuchs zufällig hier, und Großvater bat mich, Sie zu begrüßen.«

Wu reichte ihm eine Geschenkschachtel mit Tee, die Eierkopf irgendwo aufgetrieben hatte. »Ich weiß nicht, ob er Tee trinkt, aber dies ist ein kleines Geschenk von einem dankbaren Besucher.«

»Sie sind zu liebenswürdig.«

Der Mann brachte den Tee in ein Hinterzimmer. Kurz darauf kam er zurück und schob einen Rollstuhl. Wu erhob sich.

Im Rollstuhl saß ein verhutzelter alter Mann. »Bitte, setzen Sie sich, Sie müssen müde von der Reise sein. Ruo Shui hat Sie geschickt, nehme ich an«, sagte er mit einem Zhejianger Akzent.

Wu war verwirrt. Wer war Ruo Shui?

Der jüngere Mann flüsterte Großvater ins Ohr: »Das ist Kommissar Wu von der Kriminalpolizei. Er kommt aus Taipeh.«

»Oh, ein Kommissar. Wer ist in Schwierigkeiten? Der junge Lu?«

Wer war der junge Lu?

»Dem geht's gut, Großvater. Er hat ein Restaurant in Kaohsiung. Erst letzte Woche waren Sie dort und haben gesagt, die Teigtaschen seien sehr schmackhaft. Sie haben welche mitgenommen.«

»Ah, ja. Sind noch welche in der Gefriertruhe?«

»Ja. Wir könnten sie dem Kommissar zum Mittagessen anbieten.«

»Hat der Dekan Sie geschickt?«

Wieder übernahm der andere Mann die Erklärung. »Nein, nicht der Dekan. Er möchte Sie um Hilfe bitten.«

»Wobei, Herr Kommissar? Sagen Sie es mir, und ich werde tun, was ich kann.«

»Es geht um ...«

»Ist Schnittlauch in den Teigtaschen? Ich mag Schnittlauch. Wir sollten Shun losschicken, noch welche zu holen.«

»Ich rufe Lu an und bitte ihn, welche zu schicken.«

»Das wäre gut. Expresslieferung!«

»Tut mir leid«, sagte Großvaters Gehilfe zu Wu. »Großvater wird nächstes Jahr hundert und kommt manchmal durcheinander. Aber er erfreut sich guter Gesundheit, glücklicherweise.«

»Hast du meine Medizin? Und sag Shun, diese gelben, die er gekauft hat, nehme ich nicht mehr. Sie machen mich müde.«

»Großvater, Kommissar Wu ist eigens gekommen, um Sie zu sehen.«

»Er ist jähzornig, dieser Lu. Prügelt sich ständig. Keine Sorge, Herr Kommissar, ich habe ein Auge auf ihn. Wenn er sich auf der Schule nicht gut macht, schicken wir ihn auf die Militärakademie. Das Militär wird mit ihm fertig.«

»Der Kommissar ist nicht wegen Lu hier«, erklärte der Mann erneut, dann wandte er sich an Wu. »Sein Gedächtnis ist gut, verstehen Sie, aber seine Gedanken driften ab.«

»Es geht um Kuo Wei-chung«, sagte Wu.

»Um den jungen Kuo? Er war immer ein guter Junge. Was hat er getan?«

Wu stand kurz davor aufzugeben, unternahm aber noch einen Versuch. »Er ...«

»Wenn Sie Lu einsperren wollen, nur zu. Er wird es nur auf die harte Tour lernen. Sagen Sie denen, sie sollen ihm eine Tracht Prügel verabreichen, wenn er das braucht, und wir bezahlen etwaige Krankenhausrechnungen.«

»Kommen Sie, Großvater, wir sehen nach, ob noch welche von Lus Teigtaschen im Kühlschrank sind.«

»Ich habe Shun schon eine Weile nicht mehr gesehen. Sag ihm, er soll mich besuchen kommen.«

Der alte Mann wurde zurück ins Hinterzimmer geschoben. Wu wollte gerade gehen, da kehrte der jüngere Mann zurück. »Großvater lädt Sie ein, Teigtaschen zu essen, Herr Kommissar.«

Zum Dank verneigte Wu sich knapp. Es sah so aus, als käme er nicht so leicht davon.

Die beiden Luftwaffenkadetten stellten Würzmittel für die Teigtaschen – Sojasoße, Essig, Chilis, Ingwer – und Tee auf einen Tisch neben Wus Sessel. Bald kehrte der mittelalte Mann mit dampfenden Teigtaschen zurück.

»Teigtaschen aus Lus Restaurant. Heute werden sie überall mit Kohl gemacht; es ist schwer, welche mit Schnittlauch zu finden. Und ich muss mich entschuldigen – Großvater ist heute besonders verwirrt. Falls ich Ihnen irgendwie helfen kann, tue ich mein Möglichstes.«

Wu kostete eine Teigtasche. Als er hineinbiss, floss ihm die heiße, schweinefettschwere Brühe voller Schnittlauch auf die Zunge.

»Was für eine Organisation ist die *Familie*?«

»Es sind im Wesentlichen die Kinder von Militärangehörigen, die sich gegenseitig helfen. Lu zum Beispiel konnte es sich nicht leisten, nach dem Militärdienst sein Teigtaschenrestaurant zu eröffnen, also haben wir ihm so viel geliehen, wie wir konnten. Drei Jahre harte Arbeit, und er hat es uns zurückgezahlt, mit Zinsen.«

»War Kuo Wei-chung ein Mitglied der *Familie*?«

»Ja. Wir waren sehr traurig, als wir erfuhren, was passiert ist.«

»Und haben Sie seiner Witwe die hunderttausend Dollar gegeben?«

»Hunderttausend? Nein, das kann nicht sein. Sehen Sie doch, wo Großvater lebt. Und wir halten keine Gelder vorrätig. Wenn einer von uns Hilfe braucht, bittet jemand die anderen, einen Beitrag zu leisten – bevor sein Gedächtnis nachließ, war das Großvater. Ein paar Tausend hier, ein paar Tausend da. Ich weiß nicht mehr, wer es diesmal war.«

»Und Ihr Name ist?«

»Chang. Meine Mutter war eine arme Verwandte von Großvaters Frau. Ich war nie beim Militär, deshalb verstehe ich nicht immer, wie es funktioniert. Oft muss ich Großvater fragen, und er sagt mir, was zu tun ist.«

»Haben Sie eine Tätowierung?«

Sofort krempelte Chang seinen linken Ärmel hoch und zeigte Wu eine vertraute Tätowierung auf seinem Bizeps.

»Hat die eine besondere Bedeutung?«

»Soldatenkinder haben nicht die gleiche Kindheit wie andere. Ihre Väter sind oft für längere Zeit weg, deshalb werden sie nicht so gut erzogen. Manche enden als Straftäter, andere brechen die Schule ab und verrichten dann ungelernte Arbeiten. Zum Glück haben wir einander. Wir mögen nicht reich sein, aber wir kümmern uns umeinander.«

»Wie alt waren Sie, als Sie die Tätowierung bekamen?«

»Ich war auf der Highschool«, erwiderte Chang und zog den Ärmel wieder herab. »Sieben von uns waren zur Ahnenverehrung hier bei Großvater, und hinterher hat er uns die Tätowierungen selbst gemacht. Vier von uns sind auf die Militärakademie gegangen, zwei ins Ausland, wo sie ihren Doktor gemacht haben. Ich bin der am wenigsten Beeindruckende: Ich bin im öffentlichen Dienst. Zu Großvaters hundertstem Geburtstag nächstes Jahr wird es ein Festessen mit dreißig Tischen im Taipei Hero House geben. Die gesamte *Familie* wird da sein, egal wie weit die Anreise ist. Er hat uns allen geholfen, als wir jung waren.« Um seine Worte zu unterstreichen, beugte sich Chang zu Wu vor. »Die beiden, die zum Studieren in die USA gegangen sind? Sie waren sieben Jahre dort. Er hat dafür gesorgt, dass sie nicht einen Cent bezahlen mussten, nicht für Studiengebühren, nicht für die Unterkunft, nicht fürs Essen.«

»Ist er denn reich?«

Seufzend lehnte Chang sich zurück. »In seiner Generation stand man sich besonders nah. Mehrere Angehörige der *Familie* kamen zu Geld und halfen aus. Aber jetzt ist er als Einziger von ihnen übrig, und sein Gedächtnis lässt nach. Also müssen wir alle an einem Strang ziehen, wenn etwas erledigt werden muss.«

»Wie hat das ursprünglich angefangen?«

»Großvater sagt, es geht zurück bis zur Tang-Dynastie, als Zhang Xun und Xu Yuan die Stadt Suiyang gegen die Belagerung der Yan-Rebellen verteidigten. Tausende saßen zwei Jahre lang fest. Die Getreidespeicher waren leer, die Leute aßen Baumrinde, um zu überleben, aber sie ergaben sich nicht. Am Ende waren von den Verteidigern nur noch ein paar Hundert hungernde Soldaten übrig, und die Mauern wurden durchbrochen. Zhang Xun und sechsunddreißig seiner eingeschworenen Männer wurden abgeschlachtet. Aber andere Tang-Generäle hatten Mitleid mit ihren Waisen und unterstützten ihre Erziehung. So hat es angefangen.«

»Die Geschichte dieser Belagerung habe ich in der Schule gelernt. Das andere wusste ich nicht.«

»Es sind einfach Militärangehörige, die sich um die Kinder derer, die gestorben sind, kümmern, das ist alles. Unsere schriftlichen Aufzeichnungen reichen nur ein bisschen mehr als dreihundert Jahre zurück. Von Kaiser Daoguang an herrschte ständig Krieg. Soldaten starben für ihr Land, aber wer sollte sich um ihre Kinder kümmern? Großvater war bloß ein Stabsfeldwebel, der die Mission seiner Vorfahren weiterführte, mithilfe anderer.«

»Und was ist Ihre Position in der *Familie*?«

»Ich hoffe, Sie nehmen es mir nicht übel, Herr Kommissar, aber darüber sprechen wir mit Außenstehenden nicht.«
»War Ihr Vater beim Militär?«
»Ja. Er starb jung. Meine Mutter hat mich und meinen Bruder mit Großvaters Hilfe großgezogen.«
»Wie viele gibt es von Ihnen?«
»Es gibt jetzt vier oder fünf Generationen von uns in Taiwan, aber ich weiß nicht genau, wie viele Personen. Shun könnte es wissen.«
»Wer ist Shun?«
»Noch eines von Großvaters Adoptivkindern, sein Liebling. Aber er ist unterwegs, deshalb hat man mich gebeten, auszuhelfen.«
»Sind seine Eltern auch tot?«
»Großvater hat ihn aus dem Jugendgefängnis geholt, als er fünfzehn war. Was mit seinen Eltern ist, weiß ich nicht.«
»Das ist eine anrührende Geschichte. Die beiden Luftwaffenkadetten draußen?«
»Sie besuchen Großvater, wenn sie Urlaub haben. Ihre Väter gehören zur *Familie,* und sie werden hierhergeschickt, um zu helfen. Den Hof fegen, die Fenster putzen, solche Sachen.«
»Wäre es nicht einfacher, wenn Großvater einen Pfleger hätte?«
»Das, Herr Kommissar, zeigt, dass Sie nicht verstanden haben, wer wir sind oder wie vielen Menschen er geholfen hat. Wie viele Menschen sind in den Kriegen der 1950er-Jahre ums Leben gekommen? Großvater hat für die Waisen der Mitglieder der *Familie* alles getan, was in seiner Macht stand, und sie alle haben sich als Erwachsene daran erinnert. Bei so vielen Menschen, die, wie ich, bereit sind zu helfen, besteht keine Notwendigkeit, einen Pfleger anzustellen.«

Währenddessen kam eine Frau mit einem Korb voller Gemüse herein. »Es ist eisig draußen, Herr Chang«, sagte sie. »Haben Sie schon gegessen? Sie hätten warten sollen. Ich habe Lebensmittel eingekauft.«

»Das ist Kommissar Wu aus Taipeh. Großvater wollte, dass er Lus Teigtaschen probiert.«

»Wer bietet einem Gast denn tiefgefrorene Teigtaschen an? Und wie geht es ihm heute Morgen? Ich gehe nachher mit ihm spazieren, falls sich das Wetter bessert.« Die Frau ging ins Hinterzimmer.

»Die Frau eines unserer Mitglieder. Mitglieder, die in der Nähe wohnen, wechseln sich beim Helfen ab.«

Wu beugte sich über die Teigtaschen und aß, bis nichts mehr übrig war. Als er sich gerade verabschieden wollte, merkte er, dass er die wichtigste Frage beinahe vergessen hätte. »Eins noch – wie heißt Großvater?«

Chang grinste. »Huo Po-yu.«

Vielleicht mit dem Huo Tan, der Luo Fen-ying adoptiert hatte, verwandt. Wie Eierkopf sagen würde: Die Ermittlungen entwickelten sich vorteilhaft. »Irgendwie mit Huo Tan verwandt?«

»Huo Tan? Könnte eines der Kinder sein, um die Großvater sich gekümmert hat. Leider weiß ich nicht viel, weil ich einen zu niedrigen Rang habe. Ich schnappe nur hier und da etwas auf.«

»Um wie viele Waisen hat er sich denn gekümmert?«

»Das ist noch schwerer zu sagen. Manche von ihnen sind noch Jugendliche. Sie kommen hierher, um ihm ihren Respekt zu erweisen, und gehen dann weg, um zu studieren oder zu arbeiten, und wir unterstützen sie finanziell. Die Kleineren werden anderen Mitgliedern übergeben, die sie aufziehen. Er ist sehr großzügig. Das Jugendamt, die Militärbehörden – sie haben ihm Dutzende von Kindern über-

lassen, wenn sie überlastet waren. Dieses Gebäude wirkt jetzt vielleicht heruntergekommen, aber früher war es von Lachen erfüllt. Im Obergeschoss standen lauter Etagenbetten mit einem runden Dutzend Jungen. Die Mädchen schliefen unten bei Großmutter. Das ist Großvaters Frau.«
»Und wo ist sie jetzt?«
»Nicht mehr bei uns. Sie hat sich um die Konten gekümmert. Großvater wusste nie, wie viel auf der Bank war; um diesen Aspekt hat sie sich gekümmert. Ich glaube, um seine Gesundheit wäre es besser bestellt, wenn sie noch da wäre.«

Wu und sein Polizeischatten reisten so ab, wie sie gekommen waren, die Kollegen still und ungesehen. Im Zug gab einer der Zivilermittler Wu sein Telefon zurück. Die Sensation des Tages war eine Pressekonferenz der Kriminalpolizei, bei der der Chef bestätigte, Kuo Wei-chung habe sich umgebracht, und erklärte, in seinem Laptop habe man einen Abschiedsbrief gefunden. Vielleicht hatte er ja beabsichtigt, seiner Familie und seinen Freunden ausführlich zu schreiben, doch letztlich hatte er nur wenige Worte hinterlassen: »Ich habe niemanden verraten.« Der Chef merkte an, vielleicht sei Kuo verdächtigt worden, eine Affäre zu haben, und als er von Vorgesetzten dazu befragt wurde und nicht in der Lage war, seinen Namen reinzuwaschen, habe der Druck, unter dem er stand, ihn womöglich in den Selbstmord getrieben.

Auch zum Fall Chou Hsieh-he gab es ein Update. Eine eingehende Untersuchung habe ergeben, dass er ein Luxusleben geführt habe. Er habe Kredithaien Geld geschuldet und sei deswegen erschossen worden. Alexander Li, der mutmaßliche Mörder, sei flüchtig, möglicherweise in Taiwan. Und zwischen dem Fall Chiu Ching-chih und den anderen Fällen gebe es nach derzeitigem Kenntnisstand keinen Zusammenhang. Die Polizei ermittele mithilfe des Verteidigungsministeriums weiter.

Die Journalisten hatten viele Fragen, die der Chef sämtlich abblockte, indem er wiederholte, es handele sich um laufende Ermittlungen, und Einzelheiten könnten hier nicht erörtert werden. Eierkopf und die anderen Dezernatsleiter standen hinter dem Chef aufgereiht. Wu konnte Eierkopfs Miene nicht deuten.

Außerdem hatte er jede Menge E-Mails und Textnachrichten zu bearbeiten. Eierkopfs Nachricht las er zuerst: *Ich bin etwa eine Million Mal gestresster als Kuo und bringe mich auch nicht um. Aber falls ich es doch tue, sind dies meine letzten Worte: »Alle haben mich verraten.«*

Wu lachte und antwortete: *Wissen wir schon irgendwas über Huo Tan? Finden Sie heraus, ob es eine Verbindung zu Huo Po-yu gibt. Könnte der Adoptivvater sein.*

Die nächste Nachricht war weniger amüsant. Sie stammte von Kuos Witwe. *Herr Kommissar, was ist da los? Diese Nachricht, die er hinterließ, war nicht für mich, also für wen dann? Können Sie das nicht rausfinden?* Er blickte hinaus auf die von der regenstreifigen Fensterscheibe verzerrte Landschaft.

In Taipeh schickte er die anderen zurück ins Büro und fuhr mit der U-Bahn zu Frau Kuo. Sie saß wieder auf der Bank vor dem Lebensmittelladen und sah ausdruckslos zu Boden. Wu nahm eine Mentholzigarette aus der Schachtel, die sie ihm hinhielt. Schweigend saßen sie da und bliesen Rauch in den Wind und den Regen.

»Haben Sie den Fall abgeschrieben?«

»Wir können keinen handfesten Beweis dafür finden, dass er ermordet wurde.«

»Sie haben es mir versprochen, Herr Kommissar.«

»Ich weiß. Das habe ich nicht vergessen.«

»Was ist mit den Jungs? Was ist mit mir?«

Wu wusste nichts zu sagen.

»Ich könnte die Wohnung verkaufen und aus dem Stadtzentrum wegziehen. Wenn ich sparsam bin, reicht das Geld zwei oder drei Jahre. Danach ...«

Wu wusste noch immer nichts zu sagen.

»Diese Nachricht, die er auf seinem Computer hinterlassen hat. Damit hat er nicht gemeint, dass er mich oder seine Kinder nicht verraten hat. Er hat gemeint, dass er denjenigen, der ihn in den Selbstmord getrieben hat, nicht verraten hat. Wer war das?«

Wu nickte. Er musste sie fragen. »Ich habe durchaus eine Idee, aber ich weiß nicht, ob sie Ihnen gefallen wird.«

»Erzählen Sie.«

»Die haben Ihnen das Geld geschickt, damit Sie nicht mehr mit der Polizei reden. Offensichtlich machen sie sich Sorgen, dass Sie irgendetwas sagen oder tun könnten. Dürfte ich fragen, ob Sie etwas verbergen?«

»Ach, den Mörder können Sie nicht finden, also nehmen Sie mich ins Visier?«

»Nein, *die* glauben, dass Sie etwas wissen, aber sie wissen nicht, ob Sie es der Polizei gesagt haben oder nicht. Insbesondere derjenige, für den diese Nachricht bestimmt war.«

»Wir haben nie im Telefon oder im Computer des anderen herumgeschnüffelt.«

»Denken Sie nach. Irgendwas, egal wie trivial.«

Frau Kuo zündete sich an der Glut der ersten eine weitere Zigarette an. »Da ist nichts.«

»Na schön, erzählen Sie mir, wie Sie sich kennengelernt haben.«

»Ich war achtzehn. Wir waren auf derselben Schule. Er hatte nie Mittagessen dabei. Wenn alle anderen zu Mittag aßen, hat er Basketball gespielt. Irgendwann haben seine

Freunde dann angefangen, ihr Essen mit ihm zu teilen. Sie wissen ja, was für eine schwere Zeit das damals war. Keiner hat das bisschen Essen, das er ihm abgab, vermisst, aber zusammengenommen war es eine volle Mahlzeit für ihn.«

»Haben seine Eltern ihm gar nichts mitgegeben?«

»Er war Waise.«

»Waise?«

»Aus Myanmar.«

»Die Kinder der verlorenen Armee?«

Wu erinnerte sich: Während der Großteil der nationalistischen Armee 1949 aus China nach Taiwan geflohen war, waren einige Soldaten im Norden Myanmars gelandet und hatten dort Opium angebaut. Der myanmarische Drogenboss Khun Sa war auch dabei. Internationaler Druck zwang die Armee, sich aufzulösen. Einige gingen nach Taiwan, andere nach Thailand, wo die Regierung ihnen Unterstützung anbot. Die meisten von denen, die blieben, schickten ihre Kinder in Taiwan zur Schule, mit finanzieller Unterstützung des Rats für Beziehungen mit Auslandsgemeinden.

»Er wurde also in Myanmar geboren, und seine Eltern sind dortgeblieben?«

»Ja. Sie sind dort gestorben.«

Somit hatte Kuo zwar Eltern gehabt, war aber in Taiwan praktisch eine Waise gewesen. Eine von vielen. Es musste eine Verbindung zur *Familie* geben. Kuo musste etwas gewusst haben, was ihn das Leben gekostet hatte. Vor Aufregung zitterten Wu die Hände. Allmählich passte eins zum anderen.

»Haben Sie ihn besucht, als er wegen dieser Ausbildung in Deutschland war?«

»Ein Mal.«

»Kam Ihnen da irgendetwas ungewöhnlich vor?«

»Ob er fremdging, meinen Sie? So ein Mann war Weichung nicht. Nein. Er hatte sich mit einem alten Chinesen angefreundet, der in der Nähe wohnte, und schien völlig zufrieden zu sein.«

»Ein Verwandter?«

»Nein, nur ein Freund. Onkel Shan hat er ihn genannt.«

»Shan und wie weiter?«

»Daran erinnere ich mich nicht, oder ich habe es nie gewusst. Ich habe ihn auch nur Onkel Shan genannt.«

Wu widerstand dem Drang, auf der Stelle Eierkopf anzurufen. »Frau Kuo, ich glaube, irgendein Freund Ihres Mannes hat ihn um einen Gefallen gebeten. Um was für einen Gefallen, weiß ich nicht. Aber es war etwas, was geheim bleiben soll, und deshalb wurde Ihnen gedroht. Ich hoffe, Sie können uns weiterhin vertrauen, aber … Hören Sie, wenn Sie so tun, als hätten Sie regelmäßig Kontakt zu uns, werden die versuchen, das zu unterbinden. Und das gibt uns die Chance – unsere einzige Chance –, sie zu fassen.«

»Das klingt gefährlich.«

»Wir brauchen Ihre Hilfe, wenn wir das hier zu Ende bringen wollen.«

»Und Sie wollen, dass ich dabei mitspiele.«

»Die Polizei wird dafür sorgen, dass Sie und Ihre Kinder sicher sind.«

»Wie denn? Werden meine Kinder in Gefahr sein?«

»Sie werden rund um die Uhr Personenschutz haben.«

Wu gab ihr Feuer. Sie blies eine Rauchwolke in den Regen. »Ich dachte, vielleicht mache ich es wie die Frau von Chiu. Bastele mir ein Transparent und trete vor dem Ministerium in Hungerstreik. Leider nicht mein Stil … Sagen Sie mir, was ich tun soll, und ich tue es.«

»Wir schicken morgen jemanden vorbei, der Kameras installiert. Dann senden Sie mir ein paar Textnachrichten.

Das wird sie nervös machen, und dann kommen sie zu Ihnen.«

»Mir bleibt wohl kaum etwas anderes übrig. Ich bringe die Jungen zu meinen Eltern.«

Wu drückte seine Zigarette aus und stand auf.

»Sie gehen nächste Woche in den Ruhestand, wie ich höre. Das hat man mir in Ihrem Büro erzählt. Ich habe angerufen, als von Ihnen keine Antwort kam.«

»Hab noch« – Wu sah auf die Uhr – »ein paar Tage.«

»Und was wird danach aus Wei-chungs Fall?«

»Keine Sorge. Jemand anders übernimmt.« Wu konnte ihr nicht in die Augen sehen, während er ihr diese Lüge auftischte.

»Es geht nicht nur ums Geld. Ich möchte die Wahrheit erfahren. Als wir uns kennenlernten, war ich achtzehn, und es hat nie einen anderen gegeben. Wir sind im letzten Schuljahr zusammengekommen. Ich habe ihm jeden Tag Mittagessen gemacht. Sie müssen verstehen, wie wichtig unsere Familie ihm war. Sobald unsere Kinder geboren waren, hat er das Haus nur noch zur Arbeit verlassen. Er hat uns geliebt.«

Wu nickte. Aber Kuo Wei-chung war Mitglied zweier Familien gewesen, und die eine hatte die andere zerstört.

Er brachte Kuos Witwe nach Hause. Als sie die Haustür öffnete, betrachtete er ihre schlanke Gestalt. Da drehte sie sich um und packte seinen Arm so fest, dass ihre Finger sich durch seine Jacke drückten. Lange, so fühlte es sich an, sahen sie sich in die Augen. Schließlich nahm sie die Hand von seinem Arm, und die Tür fiel hinter ihr ins Schloss.

Wu kehrte zurück in den Regen und zitterte im Wind, unsicher, wohin er sich nun wenden sollte.

Alex zog die Kappe tiefer ins Gesicht, verließ den Supermarkt und steuerte auf eine Gruppe von Wohnhäusern zu.

Diese Siedlung war auf Militärland errichtet worden, ein Gemeinschaftsprojekt von Streitkräften und Bauträgern. Die meisten Wohnungen waren von aktiven Militärangehörigen gekauft worden, doch ein Gebäude hatten die Streitkräfte behalten, um es im Bedarfsfall als temporäre Unterkünfte zu nutzen. Kameras und ein Wachmann schützten die Tür dieses Hauses.

Die Haustür, auf die Alex nun zusteuerte, wurde allerdings nur von einem alten Mann bewacht, der in ein Mah-Jongg-Spiel auf seinem Computer vertieft war. Alex wedelte mit der Ausweiskarte an der Kordel um seinen Hals in Richtung des Wachmanns. Ein Blick, dann zurück zum Spiel.

Er nahm die Treppe in den Keller und folgte den Kabeln an der Wand, bis eines in einem Loch verschwand. Alex brach eine Metallklappe in der Nähe auf und zwängte sich durch die Öffnung in den Keller des Nebenhauses. Dann streifte er sich den Staub von der Uniform der Stadtwerke Taipeh ab und fuhr mit dem Aufzug in den elften Stock.

Er betätigte eine Türklingel. Eine Frau fragte, wer da sei.

»Stadtwerke Taipeh, Überprüfung Ihrer Versorgung.«

Eine Frau mit einer kosmetischen Gesichtsmaske öffnete ihm. Er schob sie in die Wohnung und drückte ihr ein großes Stück Klebeband auf den Mund, ehe sie schreien konnte, dann zwängte er ihre Hände – beide in Feuchtigkeitshandschuhen – in Handschellen. Glücklicherweise war sie allein; die Kinder machten Ferien bei ihren Großeltern.

Es war eine große Wohnung: drei Schlafzimmer, zwei Wohnbereiche und zwei Bäder. Alex schob die Frau in ein Bad, das vom Hauptwohnzimmer abging, und setzte sie auf die Toilette. Das schützte den Boden, falls sie sich in die Hose machte.

Sie wehrte sich die ganze Zeit. Nachdem er sie auf die Toilette gedrückt hatte, bedeutete er ihr, still zu sein, und fesselte ihr mit einem weiteren Paar Handschellen die Füße. Ihre Zehennägel waren frisch lackiert, zwischen den Zehen steckten noch Wattebäusche. War dieses dunkle Grün jetzt in Mode?

Er nahm ihr Telefon, fand die Nummer ihres Lebensgefährten und schickte ihm eine Nachricht: *Komm nach Hause, wenn du kannst. Meine Mutter ist hier und fährt mit dem Zug um acht zurück.*

In der Küche herrschte Chaos. Alex räumte auf, suchte Zutaten für eine Hühnerbrühe zusammen und schnitt Gemüse. Wann hatte er die letzte ordentliche Mahlzeit gehabt? Alex sah in den Kühlschrank: Eier und Reisreste. Er rührte einen Teller gebratenen Reis mit Ei zusammen und setzte sich damit auf einen Hocker an die Küchentheke, um zu essen und währenddessen auf das Telefon der Frau zu sehen. Es gab eine Antwort.

Er sah nach der Brühe und rührte um. Hühnerbrühe war genau das, was sie nach ihrem Martyrium brauchen würden.

An der Badezimmertür ertönten Tritte, und er ging hin, um der Frau die Beine an den Toilettensockel zu kleben. Dreimal herum sollte reichen. Er bedeutete ihr erneut, still zu sein. Ihre Augen inmitten der Gesichtsmaske funkelten ihn wütend an.

Ein Schlüssel im Schloss: Die Tür wurde geöffnet. Ein Mann in einem dunkelgrauen Mantel trat ein und bückte sich, um seine Aktentasche abzustellen und die Schuhe auszuziehen. Als er sich aufrichtete, wurde ihm ein Schlafsack über den Kopf bis hinab zu den Füßen gezogen, sodass nur noch seine karierten Socken zu sehen waren. Alex schloss den Reißverschluss des Schlafsacks und zog ihn um die Mitte mit Klebeband zusammen. Der Mann brüllte und kämpfte. Alex versetzte der Mitte des Schlafsacks einen

Fausthieb. Der Mann drinnen schrie auf und kämpfte dann nicht mehr.

Er warf sich den Mann über die Schulter und trug ihn zum Sofa. Diesmal hatte er keine Lust auf das Theater mit den Handschellen, sondern fesselte dem Mann die Füße mit dem restlichen Klebeband. Er zog ein Taschenmesser aus dem Gürtel und schlitzte den Schlafsack am Hals des Mannes auf, dann hielt er ihm die Klinge so fest an die schlaffe Haut seiner Kehle, dass ein Tropfen Blut austrat.

Aus der Zimmerbar holte er eine Flasche XO. Bürokraten hatten immer den guten Stoff. Eigentlich hatte er dem Mann einen Cognac geben wollen, aber wozu? Stattdessen schenkte er sich selbst ein Glas ein.

»Verzeihen Sie mein unangekündigtes Auftauchen, Herr stellvertretender Minister, aber Sie müssen mir ein paar Fragen beantworten. Und machen Sie sich keine Sorgen um Ihre Frau Gemahlin; sie befindet sich unverletzt und sicher im Bad. Ich habe Hühnerbrühe gekocht, die können Sie essen, wenn ich weg bin. Ich hoffe, sie schmeckt Ihnen. Also, beantworten Sie meine Fragen, und dann können Sie sehr bald zu Abend essen, als wäre das hier nie passiert.«

Der Mann im Schlafsack hörte auf zu strampeln.

»Wie ich höre, haben Sie den Wehrdienst ausgelassen.«

»Ich bin bei der ärztlichen Untersuchung ausgemustert worden.«

»Aber Sie haben sich über das Militär informiert und sich in einen kleinen Experten verwandelt.«

»Nein.«

»Wie lange sind Sie schon im Ministerium, Herr stellvertretender Minister?«

»Sieben Monate.«

»Kennen Sie sich aus?«

»Mehr oder weniger.«

»Haben Sie Chou Hsieh-he gekannt?«
Keine Antwort.
Das Messer strich leicht über die Kehle und wieder zurück.
»Ich habe ihn gekannt, aber nicht gut.«
»Was heißt das?«
»Er war ein Berater. Wir haben zusammen an Besprechungen teilgenommen, aber außerhalb der Arbeit habe ich nie mit ihm gesprochen.«
»Was wollte er in Rom?«
Keine Antwort.
»Wer ist Shen Kuan-chih?«
Keine Antwort außer einem Zusammenzucken.
Alex zog dem Mann eine Socke aus. Sichtlich kein Fuß, der an Sport gewöhnt war. Und ein Plattfuß – kein Wunder, dass er ausgemustert worden war. Alex setzte das Messer auf den Spann.
»Ich darf es Ihnen nicht sagen. Es ist ein Staatsgeheimnis.«
Alex hatte diesen Trick im Irak gelernt. Man steckt eine Klinge in den Spann und erhöht stetig den Druck, sodass sie immer tiefer eindringt. Das Geschrei ging los, als Messer auf Knochen traf. Alex drückte fester zu. Das Geschrei wich heftigem Keuchen.
»Er ist ein Waffenhändler. Arbeitet für zwei amerikanische Unternehmen.«
Und noch fester.
»Ich darf Ihnen nichts über Chou erzählen. Er war der Mann des Präsidenten.«
Wie würde es sich anfühlen, wenn das Messer ganz durch den Fuß hindurchglitte?, fragte sich Alex. Noch schmerzhafter? Oder würde es kühlende Luft in die Wunde lassen?
»Sie dürfen es wirklich nicht sagen?« Alex zog das Messer

heraus. Blut tropfte auf den Boden, während er dem Mann die andere Socke auszog.

Der Mann zog die Füße an, als könnte er sie in seine Beine zurückziehen. »Chou hat an einem Waffengeschäft gearbeitet.«

Die Messerspitze strich über die weiche Haut auf dem anderen Fuß des Mannes.

»Er hatte schon mal in Russland gearbeitet und da ein paar Ukrainer kennengelernt.«

Nur ein kleiner Stich.

»Und die Ukrainer haben gesagt, sie würden uns Raketen und U-Boote verkaufen.«

Ein bisschen tiefer.

»Er hat gesagt, wir könnten die Pläne für die U-Boote der Kilo-Klasse bekommen und für Seezielflugkörper, die von U-Booten aus eingesetzt werden.«

Und da war er wieder, der Knochen.

»Er war sicher, dass er die U-Boote bekommt.« Aus den Schreien wurde Schluchzen.

»Ich hatte gedacht, wir wollten amerikanische U-Boote kaufen«, sagte Alex. »Warum sollten wir ukrainische U-Boote kaufen?«

Der arme Mann. Ein stellvertretender Minister, der heulte und schniefte wie ein kleines Kind. Wenn er nicht aufpasste, würde er noch ersticken. Das Peinlichste war allerdings der Urin, der durch den Stoff des Schlafsacks sickerte.

»Sie sind billiger.«

»Das ist alles?«

»Und sie würden uns die Pläne und Ingenieure geben, sodass wir selbst welche bauen könnten.«

Alex zog das Messer heraus und wischte es an der Hose des stellvertretenden Ministers ab.

Beinahe hätte er die wichtigste Frage vergessen. »Ich habe

mich noch gar nicht vorgestellt. Alexander Li heiße ich. Haben Sie von mir gehört?«

Keine Antwort.

»Ich werde noch einmal fragen. Alexander Li. Haben Sie von mir gehört?«

»Ich kann mich nicht erinnern.«

»Vorsicht, womöglich fühle ich mich beleidigt.«

»Warten Sie! Sie waren in den Nachrichten. Sie haben Chou Hsieh-he getötet.«

»Hatten Sie vorher schon von mir gehört?«

»Nein, noch nie. Nur aus den Nachrichten, und bei den Pressekonferenzen der Polizei.«

»Haben Sie jemals Geheimagenten in Europa Befehle gegeben?«

»In Europa? Haben wir jemanden in Europa?«

»Schon gut, entspannen Sie sich. Es sind nur zwei Löcher in Ihren Füßen. Ein bisschen Antiseptikum und Pflaster, dann ist bald wieder alles gut. Erzählen Sie den Leuten, Sie hätten ein Messer fallen lassen – zweimal. Und denken Sie daran, Ihre Frau ist im Bad. Rühren Sie sich fünf Minuten nicht vom Fleck, dann lassen Sie sie raus. Ich lege die Schlüssel für die Handschellen neben Ihre Füße. Die Hühnerbrühe braucht noch zwanzig Minuten. Da ist auch noch ein bisschen gebratener Reis mit Ei; der passt hervorragend zur Brühe und einem Schluck XO. Und vergessen Sie, dass das hier überhaupt passiert ist.«

Alex schnitt das Klebeband durch, das den Schlafsack um die Taille des Mannes zusammenzog, steckte das Messer zurück in seinen Gürtel, verließ die Wohnung, kehrte auf demselben Weg durch die Keller zurück und nickte dem Mah-Jongg spielenden alten Mann am Ausgang zu. Er hatte es nicht eilig wegzukommen. Der Mann da oben hatte sein gesamtes Leben lang seine politischen Ambitionen verfolgt – mit einigem Erfolg. Er hatte eine noble Regierungswohnung, ein riesiges Auto und seinen persönlichen Chauffeur. Es bestand keine Gefahr, dass er Alex' Besuch melden würde. Eher würde er behaupten, er habe sich ein Messer auf den Fuß fallen lassen – zweimal –, als seinen Posten zu riskieren.

Das war etwas, was Eisenschädel ihm beigebracht hatte. Die größte Schwäche eines erfolgreichen Mannes ist die Angst davor, wieder gewöhnlich zu sein.

Alex zog den Overall der Stadtwerke aus und winkte ein Taxi heran, das ihn zum Restaurant brachte. Es war noch zu früh für das Abendessen, aber er reichte der jungen Frau am Empfang einen Tausenddollarschein und eine weiße Rose. Die Rose war für Baby Doll. Hoffentlich würde sie ihm verzeihen, dass er sie versetzte.

Im Büro wurde Wu mit erhobenen Daumen und Rückenklopfen empfangen. Auf seinem Schreibtisch stapelten sich hübsch verpackte Geschenke; das größte Paket war allerdings dick in Packpapier und Klebeband eingewickelt. Von Eierkopf natürlich. Ein aus dem Kolosseum entwendeter Stein?

»Packen Sie aus, Wu. Ich mache mir Notizen. Wer einfach etwas weiterverschenkt oder Ihnen alten Tee unterjubelt, wird bei der Beförderung übergangen.«

Er öffnete zuerst Eierkopfs Geschenk, und während er Schicht um Schicht abwickelte, bedauerte er die Papierverschwendung. Eine Magnumflasche Chianti. Reichte für eine Woche, so streng, wie seine Frau ihm den Alkohol einteilte.

»Ein gutes Geschenk, was? Denken Sie nur, an dem Tag, an dem Sie in den Ruhestand gehen, können Sie sich zurücklehnen, bei einem Glas Wein den Sonnenuntergang bewundern und an all die Frauen denken, die Sie geliebt haben.«

Wu betrachtete die Flasche. Nachdem er die Trauer und die Angst von Kuos Witwe erlebt hatte, war ihm jegliche Feierlaune vergangen.

»Es ist alles arrangiert«, erzählte Eierkopf ihm und wurde wieder geschäftlich. »Heute Abend installieren wir bei den Kuos die Kameras. Vier von uns in Zivil und zwei Einsatzwagen werden bereitstehen.«

»Der Chef hat gesagt ...«

»Der will nur eine Beförderung. Ich dagegen denke, der Ruhestand ist vielleicht gar nicht so übel. Wir können zusammen Privatdetektive sein.«

»Haben wir irgendwas über Huo Tan?«

»Was soll ich ohne Sie nur tun, Wu? Huo Tans Eltern sind unbekannt. Er wurde adoptiert.«

»Adoptiert?«

»Von einem Mann namens Huo Po-yu.«

»Großvater!« Wu hatte damit gerechnet, war aber dennoch so konsterniert, dass er sich setzen musste.

»Bleiben Sie auf dem Teppich. Es ist ein Fortschritt, aber kein großer. Huo Tans Generation hat drei Kinder adoptiert, und sie sind alle zum Militär gegangen. Zwei sind in diesen Fall verwickelt: einer ermordet, der andere läuft hier herum und versucht herauszufinden, wer ihn tot haben will.«

»Nicht nur drei. In gewisser Weise sind es vier Waisen. Kuo Wei-chung wurde in Myanmar geboren und kam als Kind allein hierher.«

Eierkopf pfiff durch die Zähne. »Die haben ihr eigenes Waisenhaus. Fünf Todesfälle, und vier Waisen, durch die sie miteinander verbunden sind. Wenn sie alle Mitglieder dieser *Familie* sind, dann ist das eine Familienangelegenheit. Jetzt müssen wir nur noch herausfinden, wer die Befehle gibt.«

»Dass es Großvater ist, glaube ich nicht. Er ist fast hundert und weiß kaum, was vorgeht.«

»Ich habe die Aufnahmen aus Ihren Schuhen gehört. Wir haben uns seine Patientenakten besorgt. Da steht ziemlich viel drin, aber das Hauptproblem ist Parkinson. Wir haben Leute darauf angesetzt, die untersuchen, wie er Huo Tan adoptiert hat, aber es ergibt keinen Sinn. Wenn Huo Tan schon tot war, wie soll er dann Luo Fen-ying adoptiert haben? Es wird einen Weile dauern, das aufzuklären, aber die Akten laufen uns ja nicht weg.«

»Und was kommt als Nächstes?«

»Als Nächstes kommen Ihr Abschiedsessen, noch mehr Geschenke, die Übergabe des Falls und eine Eskorte von drei Wagen – mit Sirenen –, die Sie nach Hause bringt. Der stolzeste Tag in Ihrem Leben, aber sagen Sie's nicht Ihrer Frau.«

»Und der Fall?«

»Sehen Sie? Sie können die Arbeit gar nicht ruhen lassen! Von wegen Ruhestand. Sagen Sie denen, Sie haben sich entschieden zu bleiben. Das Abendessen veranstalten wir trotzdem, und Sie laden uns dann zum Ausgleich nächsten Monat ein.«

»Das kann ich nicht machen.«

»War ein Witz. Wie auch immer, das Abendessen ist vorbestellt, also versuchen wir einfach, uns nicht zu sehr zu betrinken. Der Polizeipräsident, sein Stellvertreter und die übrigen Lamettaträger sind alle zu beschäftigt, es ist also nur das Dezernat. Das stehen Sie durch.«

»Das stehe ich durch? Ist das alles, was Sie über mein Abschiedsessen zu sagen haben?«

Aber mehr konnte niemand jemals tun. Wu beobachtete, wie Mobiltelefone klingelten, unverhofft neue Arbeit hereinkam und Gäste sich entschuldigten.

Das chinesische Neujahrsfest stand kurz bevor, und die Wettervorhersage kündigte Temperaturen unter dem Gefrierpunkt an. Auf Taiwans höchsten Bergen schneite es, was an und für sich nicht ungewöhnlich war, doch selbst der Yangmingshan, von Taipeh aus der nächste Berg, erlebte einen fünfminütigen Schneefall – kein geringes Ereignis für einen nur eintausendzweihundert Meter hohen Berg auf einer subtropischen Insel. Der Kälteeinbruch wurde für den Tod von einhundertvier Personen in den letzten zwei Wochen verantwortlich gemacht, hauptsächlich alte Menschen. Vielleicht wären sie so oder so gestorben, dennoch war das Wetter nicht völlig frei von Schuld.

Es gelang ihm, in der kurzen Zeit zwischen dem Beginn des Essens um halb acht und dem Abschied des letzten Gasts zwei Stunden später eine ganze Menge Alkohol zu vertilgen. Jeder, der ihm seine Aufwartung machte, schien nach demselben Drehbuch vorzugehen: »Wir müssen in Kontakt bleiben.«

War es das also? Allmählich glaubte Wu, er wäre besser dran, wenn er auf die Militärakademie gegangen wäre. Vielleicht hätte er sich eine dieser Tätowierungen machen lassen können.

Der Beamte, der mit der Sichtung der Meldeunterlagen betraut worden war, schickte eine Nachricht. Eierkopf spähte Wu beim Lesen über die Schulter. *Allmählich komme ich dahinter. Pi Tsu-yin hat Alexander Li adoptiert; Chen Luo hat Chen Li-chih adoptiert; Huo Tan hat Luo Fen-ying adoptiert. Aber Pi und die anderen wurden alle von Huo Po-yu adoptiert. Einzelheiten unten. Mal sehen, was ich sonst noch finden kann.*

Huo Po-yu alias Großvater, geboren 1917. Hat, soweit bekannt, fünf Kinder adoptiert:

Pi Tsu-yin, geboren 1929. Adoptierte 1988 Alexander Li.

Chen Luo, geboren 1940. Adoptierte 1994 Chen Li-chih alias Fat.

Huo Tan, geboren 1941, gestorben 1981. Adoptierte posthum Luo Fen-ying.

Shen Kuan-chih alias Peter Shan, geboren 1945.

Liang Tsai-han, geboren 1947. Ehemaliger Generalleutnant des Heeres, jetzt in den Vereinigten Staaten.

Alle Achtung. Huo Po-yu hatte fünf Kinder adoptiert, und drei von diesen hatten Li und die anderen beiden adoptiert.

»Shen Kuan-chih ist auch einer von ihnen?«

»Ich hatte es mir schon gedacht«, sagte Eierkopf mit ausnahmsweise ernster Miene. »Also, 1949 haben eine Menge Leute es nicht nach Taiwan geschafft, aber es ist ihnen gelungen, über Freunde oder Verwandte ihre Kinder hierherzuschicken. Und diese Kinder wurden im Melderegister denen zugeordnet, die sich um sie kümmerten. Aber man merkt, dass da was nicht stimmt. Pi ist nur zwölf Jahre jünger als Huo Po-yu, und sie haben nicht denselben Nachnamen. Offensichtlich hat da jemand seine Beziehungen spielen lassen.«

»Ich weiß, dass viele nicht entkommen sind, aber haben die ihre Kinder alle Großvater gegeben?«

»Wu, überlegen Sie doch mal, warum sie selbst nicht rausgekommen sind, aber ihre Kinder irgendwie schon.«

»Es ist seltsam.«

»Ist es nicht. Die, die auf dem Festland zurückblieben, waren Spione. Die Regierung hat ihre Kinder rausgeholt und dafür gesorgt, dass das Militär sich um sie kümmert. Oder sie haben sie als Geiseln behalten für den Fall, dass jemand Lust bekommt, die Seiten zu wechseln.«

»Aber Großvater hat fünf von ihnen adoptiert? Liang Tsai-han war da erst zwei.«

»Wu, Großvater muss ein Ex-Geheimdienstler sein.«

»Wie kann er ein Ex-Geheimdienstler und das Oberhaupt der *Familie* sein?«

»Wer weiß? Vielleicht sind sie alle Spione und halten sich deshalb so bedeckt. Bestimmt wissen sie, dass wir ihnen dicht auf den Fersen sind, das dürfen wir nicht vergessen.«

»Wir sind die Polizei. Das ist unser Job.«

»Und wer wird gewinnen, wenn die Polizei sich mit dem militärischen Geheimdienst anlegen muss?«

Bei der Vorstellung, mit einem Militärgeheimdienst aneinanderzugeraten, brach Wu der Alkoholkonsum des Abends als kalter, nach Fusel dünstender Schweiß aus. Er sprang in ein Taxi, um nach Frau Kuo zu sehen.

Die Beobachter waren alle auf ihrem Posten. Im Kommandofahrzeug befanden sich acht Monitore, auf denen die Kreuzungen in der Nähe sowie die Türen und Fenster von Frau Kuos Wohnung zu sehen waren. Wu klingelte. Sie meldete sich und sagte, sie sei gerade auf dem Weg nach unten, um eine zu rauchen.

»Alles ist an Ort und Stelle«, erzählte er ihr, als sie herauskam. »Sind die Kinder bei ihren Großeltern?«

»Haben Sie getrunken, Herr Kommissar? Sie sind völlig verschwitzt. Möchten Sie auf einen Tee mit raufkommen?«

»Nicht nötig, ich wollte nur mal vorbeischauen. Ist alles in Ordnung?«

Sie ließ den Arm sinken, den sie einladend ausgebreitet hatte. »Ja.«

Da traf Wu ein Baseballschläger in den Rücken, und er stürzte. Frau Kuo fing ihn auf, aber ein weiterer Baseballschläger traf ihn an der Wade. Sie schrie. Ein dritter Baseballschläger wurde geschwungen, da bog ein Beamter in Zivil mit gezogener Waffe um die Ecke. Irgendwo zwischen den Bäumen ertönte ein Knall, und der Polizist stürzte getroffen zu Boden.

Wu zog Frau Kuo zu sich herab, legte sich über sie und griff in die Tasche, um seine eigene Waffe zu ziehen. Eine Kugel bohrte sich in den Türrahmen, und Wu fiel ein, dass er seine Waffe zum Abschiedsessen nicht mitgenommen hatte.

Drei weitere Polizisten in Zivil stürmten auf sie zu. Drei weitere Schüsse kamen aus dem Park, und sie stoben hastig in Deckung. Wie viele von denen waren da?

Noch mehr Schüsse.

»Ins Haus! Rein da!«, schrie Frau Kuo.

Aufzustehen war zu gefährlich. Die Straßenlaterne war durch einen Schuss außer Gefecht gesetzt, und zwei maskierte Männer stürmten mit Baseballschlägern auf sie zu. Wu war seit Jahren außer Übung, aber sein Körper erinnerte sich an die alten Karatebewegungen. Ein Tritt fand das Schienbein des ersten Mannes, sodass dessen Schlagstock Wus Ohr verfehlte; ein zweiter Tritt fegte dem Mann die Beine unterm Leib weg, und er stürzte mit ausgestreckten Armen gegen Wu.

Als sie zu Boden gingen, traf der Schlagstock des zweiten Mannes Wu an der linken Schulter, und sein Arm wurde taub. Er wehrte den Mann mit verzweifelten Tritten ab, doch sein Angreifer nutzte die Bewegungsfreiheit, um eine Waffe zu ziehen – sie sah aus wie eine umgebaute Schreckschusspistole. Der Lauf fuhr herum und zielte auf Wus Gesicht. Frau Kuo klammerte sich von hinten an ihn, und er streckte seine Glieder von sich, um ihr mehr Deckung zu geben.

Ganz deutlich hörte er, wie eine Kugel in Fleisch eindrang. Die Waffe vor seinem Gesicht fiel herab; der Mann, der sie gehalten hatte, sackte zu seinen Füßen zusammen. Das gleiche Geräusch noch einmal. Diesmal ging ein Mann, der mit einer Waffe in der Hand zwischen den Bäumen hervorgerannt kam, zu Boden.

Irgendwo schrie irgendjemand: »Aufteilen!« Die drei Kollegen in Zivil kamen aus der Deckung und stürzten sich auf die drei Angreifer um Wu herum. Während sie miteinander rangen, trafen Polizeiwagen ein.

Das ist total in die Hose gegangen, dachte Wu. Sie hatten drei Festnahmen am Tatort. Mehrere andere flohen und wurden von Polizisten verfolgt. Und überall filmten Bürger mit ihren Telefonen. Hatten die denn keine Angst vor Querschlägern?

Wu rappelte sich hoch, stützte sich dabei einen Augenblick lang mit der Hand am Boden ab, dann half er Frau Kuo ins Haus. Er drehte sich um, um die Haustür zu schließen, und sah zu den hohen Gebäuden gegenüber. Ein Schatten auf einem Dach, der in einer Hand ein Gewehr trug und ihm mit der anderen zuwinkte.

Alex nahm das Zielfernrohr vom M1 ab und verstaute es, in zwei Teile zerlegt, in einem Werkzeugkasten. Er war hergekommen, um mit Kuos Witwe zu sprechen, doch dann hatte er in der Umgebung eine erstaunliche Menge verborgener Waffen bemerkt. Also hatte er sich einen guten Aussichtspunkt gesucht und war bereit, als die Waffen herausgeholt wurden. Ihm war nichts anderes übrig geblieben, als Wu zu retten. Der Polizist durfte jetzt nicht sterben – er hatte noch Arbeit zu erledigen.

Alex sprang über die schmale Gasse auf das benachbarte Gebäude, kletterte die Feuerleiter hinab und mischte sich unter die bummelnden Kauflustigen. Die Angreifer waren ihm nicht wie Profis erschienen mit ihren Baseballschlägern und umgebauten Waffen. Eher wie billig angeheuerte Schlägertypen.

Aber er konnte sich keine Gewissheit verschaffen, denn er durfte sich nicht länger hier aufhalten. Er stieg in eine U-Bahn und setzte sich. Als er auf sein Telefon sah, fand er zwei entgangene Anrufe.

Er musste sich ein andermal über Kuo Wei-chung erkundigen. Falls Kuo gewusst hatte, wer hinter alledem steckte, wusste seine Witwe es vielleicht auch. Und womöglich erzählte sie es gerade in diesem Augenblick Wu. Warum sonst sollten sie ihn so unbedingt umbringen wollen?

Wu hatte zwei Schläge mit Baseballschlägern, aber keine Schüsse abbekommen. Man würde ihn ins Krankenhaus bringen, um ihn zu untersuchen, und ihn befragen, und Alex war klar, dass er dort nicht in seine Nähe käme. Die Männer, die die Polizei gefasst hatte, würden auf die Wache gebracht und der Personenschutz für Kuos Frau würde verstärkt werden, daher konnte er mit ihr auch nicht reden.

Er verbrachte einige Zeit mit dem Sichten der neuesten Berichterstattung über die Fälle Kuo und Chiu. Danach hatte er bloß noch mehr Fragen. Chiu war beim Heer für die Beschaffung verantwortlich gewesen, und Peter Shan war ein Waffenhändler. Kuo war zur Ausbildung in Deutschland gewesen – war auch er in den Waffenhandel verstrickt gewesen?

Wu wiederum war den Drahtziehern allmählich so dicht auf den Fersen, dass er eine Bedrohung für sie darstellte. Doch an Wu kam Alex im Moment nicht heran, und er hatte nicht viel Zeit. Er musste das Risiko eingehen und ihn anrufen. Eine Textnachricht würde nicht genügen; er musste ihm diese Frage persönlich stellen.

Öffentliche Telefone waren in Taipeh mittlerweile schwer zu finden, aber er hatte eines vor den Büros einer Telefongesellschaft entdeckt. Und es nahm noch immer Münzen an. Er atmete tief durch und wählte Wus Nummer.

Wu ging nicht ans Telefon.

Als Nächsten rief er Eisenschädel an.

»Ich habe etwas. Es gibt eine Verbindung zur Beschaffungsbehörde der Streitkräfte«, erzählte Eisenschädel ihm mit fester, sicherer Stimme.

»Ich auch. Kilo.«

»Kilo? Was zum Teufel ist das?«

»Russisches U-Boot. Mal davon gehört?«

»Ich sehe mir das an. Wo bist du? Bleib in der Nähe, warte auf meinen Anruf.« Nie ein Mann vieler Worte.

Alex wählte noch einmal Wus Mobilnummer. Diesmal meldete sich jemand, allerdings nicht Wu.

»Ich möchte Kommissar Wu sprechen.«

»Er kann im Moment nicht reden.«

»Ich muss mit ihm sprechen.«

»Wer sind Sie?«

»Sein Neffe.«

»Und seit wann hat Wu einen Neffen? Wu, können Sie reden? Er sagt, er sei Ihr Neffe.«

Wus Stimme: »Hallo, Neffe.«

»Herr Kommissar, ich bin's.«

Kurz herrschte Stille. »Schieß los.«

»Können Sie reden?«

»Schnell. Ich hänge am Tropf.«

»Diese Männer heute Abend haben versucht, Sie zu töten. Sie glauben, dass Sie zu viel wissen.«

»Das ist mir klar.«

»Stand Kuo mit Fat und Chiu in Verbindung?«

»Ja. Willst du morgen zu mir kommen, um das Geld zu holen?«

»Was war die Verbindung?«

»Ich habe es dir gesagt, du musst morgen zu mir kommen. Im Moment bin ich im Krankenhaus, schon vergessen?«

Die Leitung war tot.

Zu Wu nach Hause gehen? Wollte er ihm eine Falle stellen?

Sein Mobiltelefon klingelte. Eisenschädel.

»Ich habe mich über das Kilo schlaugemacht. Ein russisches U-Boot, aber ein paar der Konstrukteure waren Ukrainer. Kann unter Wasser Seezielflugkörper abschießen. Also war Chou in Rom, um sich mit einem ukrainischen Mittelsmann zu treffen. Wir sollten uns zusammensetzen, die Details durchsprechen.«

»Auf der Garnelenfarm?« Alex hatte der Versuchung, Chins Bar vorzuschlagen, widerstanden.

»Nein, da sind überall Bullen. Weißt du noch, wohin ich immer auf ein Gläschen und eine Pastete mit dir gegangen bin?«

»Ja.«

»Wir sehen uns um eins. Und sei wachsam.«

Wu würde warten müssen. Alex verstaute den Werkzeugkasten und startete das Motorrad.

Bis Wu nach Hause kam, hatte er noch nicht wieder von Alex gehört. Seine Frau wartete auf ihn – wutentbrannt.

»Was hast du dir dabei gedacht, dich zusammenschlagen zu lassen, kurz bevor du dich zur Ruhe setzt?«

Darauf gab es nicht viel zu sagen.

Nachdem sie ihrer Wut Luft gemacht hatte, ging sie ein wenig besänftigt in die Küche, um Wan-Tan-Nudelsuppe in eine Schale zu füllen Sein Sohn kam überraschend aus seinem Zimmer und verlangte auch eine Schale. Wu wollte sich einen Whisky einschenken, aber seine Frau schlug ihm die Hand weg.

»Komm schon, Mama, gönn ihm einen kleinen.«

Beleidigt ging seine Frau zu Bett, verärgert über den Verrat ihres Sohnes. »Ihr seid beide gleich, ihr ignoriert mich. Na schön. Er hat deinen Nachnamen, kümmere du dich um ihn. Ich bin fertig damit!«

Ihr Sohn schenkte Wu einen Whisky ein – nur einen kleinen, in einem winzigen Glas. Na schön, dann eben einen kleinen. Hauptsache, alle waren zufrieden.

Sein Sohn war nicht wegen der Wan-Tan-Nudelsuppe aus seinem Zimmer gekomen. Er flüsterte Wu zu: »Ich habe es überprüft, Papa. Man hat uns wirklich gehackt.«

»Wer hackt denn einen Polizisten im Ruhestand?«

»Ja, das ist komisch.« Sein Sohn hoffte offensichtlich auf eine Erklärung. »Was hast du sonst noch gefunden?«, fragte er.

Wu wusste, er sollte nichts sagen, aber er konnte nicht anders, als seine aufregenden Erkenntnisse mit seinem Sohn zu teilen.

Der starrte auf den Monitor. »Das ist ja unglaublich! Huo Po-yu hat fünf Kinder adoptiert, und die haben wieder andere adoptiert. Das ist verrückt.«

»Das darfst du niemandem erzählen. Und lass das Hacken sein, hörst du?«

»Ich höre.«

Wus Telefon klingelte. Eine Frauenstimme. »Kommissar Wu, ich habe gehört, dass Sie versuchen, mich zu erreichen. Ich bin Luo Fen-ying.«

Wu sprang auf und verzog das Gesicht, denn seine gequälten Muskeln protestierten.

»Ich war verreist. Ist es dringend?«, fragte sie.

»Wo wohnen Sie? Ich brauche nur eine Stunde.«

»Geht es um Alex und Fat? Mit beiden habe ich schon ewig nicht mehr gesprochen. Ich weiß nicht, ob ich Ihnen viel sagen kann.«

»Sind Sie in Taiwan? Nur eine Stunde.«

»Okay, aber später, ja? Mitternacht?«

»Das passt.« Wu notierte sich ihre Adresse. »Wo ist das?«

Luo lachte. »Das Atelier einer Freundin. Sie ist Künstlerin. Ein paar von uns Mädels trinken was zusammen.«

»Sind Sie sicher, dass es Ihnen passt?«

»Herr Kommissar, eben wollten Sie mich noch unbedingt sehen, und jetzt machen Sie sich Sorgen, ob es mir passt.«

»Okay. Ich werde pünktlich sein.« Wu zog seine durchnässte Jacke an.

»Papa, wenn du jetzt losziehst, sorgt Mama sich zu Tode.«

Wu lächelte. »Ich muss diesen Fall aufklären, bevor ich in den Ruhestand gehe. Du siehst es vielleicht nicht, mein Sohn, aber du kommst ganz nach mir. Eines Tages, irgendwann, eines Jahres wirst du es erkennen. Und dann kommst du mit irgendeinem guten Tropfen hierher und gibst es zu.«

Sein Sohn lachte.

Im Schlafzimmer schrie seine Frau: »Jetzt tut ihr euch gegen mich zusammen! All die Jahre, die ich an euch beide vergeudet habe!«

Wu legte seinem Sohn die Hand auf den Mund. »Ich gehe zu ihr und entschuldige mich, bevor ich mich aufmache, sonst kann sie nicht schlafen, und darunter haben wir dann morgen beide zu leiden. Sie ist deine Mutter und meine Frau, und je zufriedener sie ist, desto zufriedener sind auch wir.«

KAPITEL FÜNFUNDZWANZIG

Alex zog sein Messer und löste die Laufsohlen von seinen Stiefeln. Er trug am liebsten Militärstiefel, und dieses Paar begleitete ihn schon seit drei Jahren, von den Sandstürmen der irakischen Wüste bis in die morastigen Salzwiesen der Elfenbeinküste. Zügig, wenn auch voller Bedauern, entfernte er die festen äußeren Sohlen, zog die Stiefel wieder an und lief zur Probe zwei Schritte durch eine Pfütze.

Geräuschlos. Und keine Profilabdrücke, nur die nichtssagenden Abdrücke der Mittelsohlen. Das Profil der französischen Militärstiefel wäre leicht zu identifizieren gewesen, und er wagte zu bezweifeln, ob es in ganz Taiwan auch nur ein einziges weiteres Paar gab.

Er überprüfte sein Gewehr und die Munition. Neun Patronen. Hoffentlich unnötig.

Und los.

Das Motorrad parkte auf der Gongguan Road. Es war fast elf Uhr abends, und der kalte Wind hatte die Menschenscharen, die normalerweise vom Kino und dem Shuiyuan-Markt angezogen wurden, vertrieben. Die Geschäfte hatten die Rollläden heruntergelassen, die Straßen waren verlassen.

Er bog rechts ab auf einen Weg, der an einem Hang mit einem Park entlangführte, sein einsamer Schatten von Straßenlaternen in die Länge gezogen. Der Weg unterquerte die höhergelegene Schnellstraße. An einer dunklen Stelle vergewisserte er sich, dass sich gerade keine Fahrzeuge näherten, und erklomm die Stützwand aus Beton. Flink trugen seine Hände und Füße ihn die dreihundert Meter hinauf.

Auf dem Hügel oberhalb der Mauer standen Häuser, deren Bau niemals offiziell genehmigt worden war: eingeschossig, zweigeschossig, zweigeschossig mit Anbau. Die Durchgänge zwischen den Häusern waren schmal und verschlungen, gerade so breit, dass zwei Personen aneinander vorbeikamen. Nur wenige Lampen brannten: Die meisten Häuser wirkten unbewohnt.

Dann sah er es: ein beleuchtetes Fenster. Und er hörte eine Frauenstimme mit dem starken Akzent irgendeiner Festlandprovinz. Eisenschädel hatte einmal einen Freund gehabt, der dort lebte, einen Mann, von dem es hieß, dass er die besten Pasteten Taiwans machte. Der Teigmantel war leicht angebrannt und von einer brotartigen Beschaffenheit, und am Lamm war so viel Fenchel, dass man beim ersten Bissen stutzte und beim zweiten süchtig wurde. Eisenschädel trank gern ein Glas zu seiner Pastete. Er bestellte immer zwei Pasteten vor, um nicht zu riskieren, dass er eine kalte Pastete bekam. Fat hatte einmal bei einem einzigen Besuch sechzehn Stück vertilgt.

Alex bog um eine Ecke. Das Pastetenlokal war jetzt ein Café, dessen Eisentür mit einer Kette gesichert war. Alex zog die mit Wasser vollgesogenen Stiefel und Socken aus und kletterte an der Seite eines dunklen Gebäudes in der Nähe empor.

Es nieselte und nieselte, und jede Straßenlaterne in Sichtweite war ausgefallen.

Wus Taxi bog in die Tingzhou Road ein, passierte den Shuiyuan-Markt und das Kino und hielt an der Kreuzung mit der Straße am Hang an. Er war früh dran und würde den restlichen Weg zu Fuß gehen. Es war nicht weit, aber auf dem Treasure Hill war kaum ein Licht zu sehen. Warum hatte sie ihn dort treffen wollen?

Ursprünglich hatte auf dem Treasure Hill niemand gewohnt. In den 1970er-Jahren hatten Migranten aus Fujian dort einen Tempel für Guanyin, die Göttin der Barmherzigkeit, und Buddha errichtet. Dann waren arme Einwanderer und ehemalige Soldaten auf die Hänge oberhalb des Tempels gezogen, hatten Unterschlüpfe aus Ziegelstein und Holz errichtet, und mit der Zeit war so eine von Taiwans berüchtigtsten Elendssiedlungen entstanden. Die Stadtverwaltung hatte mehrfach versucht, das Viertel zu räumen, doch ehemalige Soldaten wissen, wie man kämpft, und die Künstlergemeinde wollte nicht einen der wenigen Orte verlieren, an denen ihresgleichen es sich leisten konnte, zu leben und zu arbeiten. Und so wurde der Treasure Hill zu einem Teil der Stadtgeschichte erklärt, der es wert war, erhalten zu werden. Wenn Gebäude leer standen, übernahm die Stadt sie und vermietete sie an Künstler. In den zehn Jahren seither war eine bedeutende Künstlerkolonie entstanden.

War Luo Fen-yings Freundin wirklich Künstlerin? Wu hatte erwogen, Eierkopf zu sagen, wohin er wollte, doch wozu, wenn er noch gar nicht wusste, ob sie etwas Nützliches zu erzählen hatte. Er würde Eierkopf anrufen, wenn er etwas hatte.

Einen Straßenblock weit im Inneren von Treasure Hill war Taipeh nicht mehr zu sehen. Alles war dunkel, alles war still. Und der Regen fiel immer noch. Normalerweise war es in der Zeit vor dem chinesischen Neujahrsfest trocken, doch nicht in diesem Jahr. Reichlich Regen für die Bauern.

Als Wu an einem Pavillon vorbeikam, der der Göttin der Barmherzigkeit geweiht war, trat er hin und betete – um Frieden, wie immer an solchen Orten, niemals um Geld oder Status. Er klopfte auf die Waffe an seiner Hüfte, um sich zu vergewissern, dass sie noch da war. Wie Alex gesagt hatte, sie waren hinter ihm her.

Bis auf die Haut durchnässt, ging er weiter. Nur noch ein Tag bis zum Ruhestand.

In pechschwarzer Finsternis kroch Alex den Dachfirst entlang bis zum Rand. Mit einer geübten Rolle ließ er sich an einer Seite hinunter und streckte den Kopf nur so weit vor, dass er das Schlachtfeld durch seine Nachtsichtbrille überblicken konnte.

Seine Tasche vibrierte. Er zog das spielzeugartige Telefon hervor. Eisenschädel: »Kommst du nicht raus, um Hallo zu sagen?«

»Haben Sie rausgefunden, was Chou in Rom wollte?«

»Allerdings. Das Verteidigungsministerium hatte beschlossen, dass die Kilo-U-Boote die bevorzugte Option wären. Chou war dort, um den Deal zu besprechen. Wenn wir die Pläne und die Ingenieure bekämen, könnten wir selbst welche bauen. Hätte er stolz drauf sein können. Komm runter auf den Platz zu mir.«

»Hätten die Amerikaner nichts dagegen, wenn wir unser Geld den Ukrainern geben?«

»Die Regierung wollte die U-Boote, es war ihr egal, was die Amis dazu sagen. Der ukrainischen Wirtschaft geht es beschissen, aber sie haben jede Menge Forscher und Ingenieure zu verkaufen. Chou hat den Deal eingefädelt. Ursprünglich wollten die Ukrainer uns offenbar Panzer verkaufen, zu einem Zehntel der Kosten für US-Panzer, aber was sollen wir mit Panzern? Eine Parade veranstalten? U-Boote könnten allerdings nützlich sein. Und Chou war der persönliche Berater des Präsidenten mit Zugang zu den höchsten Ebenen. Dem hätte niemand was abgeschlagen.«

»Wenn es so ein guter Deal war, warum haben sie mir dann befohlen, ihn zu töten?«

»Alex, was weiß ich über Politik?« Eisenschädel wurde ungeduldig. »Wir sehen uns auf dem Platz. Oder traust du mir jetzt auch nicht mehr? Ich bin Garnelenfarmer und zufrieden damit. Wegen dieser Belohnung liefere ich dich doch nicht aus.«

»Meines Wissens beträgt die Standardprovision bei Waffendeals drei Tausendstel. Die amerikanischen M1A2-Panzer kosten dreißig Milliarden, drei Tausendstel sind also neunzig Millionen. Wenn Chou den U-Boot-Deal mit den Ukrainern eingefädelt hätte, was hätten wir für die Pläne und die Ingenieure bezahlt?«

»Ich bin ein alter Soldat, mein Sohn, und ich war nie gut in Mathe.«

»Was ich sagen will, ist: Die Panzer waren Shen Kuanchis Deal. Er hätte nichts verdient, wenn Chou die ukrainischen Pläne und Ingenieure gekauft hätte.«

»Du verwirrst mich.«

»Und da ist noch etwas, woraus ich nicht schlau werde.«

»Lass hören.«

»Baby Doll hat mir den Befehl gegeben, Chou zu töten. Ich nahm an, dass sie das auf Ihre Anweisung hin getan hat, nur hatten Sie schon den Dienst quittiert. Aber dann hat man Fat geschickt, um mich zu töten, und Sie waren der Einzige, für den er gearbeitet hätte. Außerdem wusste Fat, wo ich lebe, und er kannte den sicheren Unterschlupf in Budapest. Woher?«

Währenddessen hatte Alex weiter Ausschau nach Bewegungen gehalten. Nun entdeckte er auf einem Dach etwa einhundertzwanzig Meter von ihm entfernt eine Gestalt, die sich bewegte. Eisenschädel?

»Das musst du sie fragen. Sie bekommt ihre Befehle sicher von irgendwo innerhalb des Ministeriums – das ist ihr Job. Alex, du hast nie für mich gearbeitet; du hast für das Land gearbeitet. Nachdem ich aufgehört habe, muss dir logischerweise derjenige, der übernommen hat, die Befehle gegeben haben.«

Alex steckte das Telefon kurz in die Tasche, zog einen Badedelfin aus dem Rucksack und blies ihn auf. Er beschwerte ihn mit seiner Jacke und ließ ihn dann das Dach hinab bis ans Geländer rutschen.

»Bist du noch da?«

»Tut mir leid, Herr Oberst. Schlechter Empfang.«

»Du glaubst, ich habe dich reingelegt?«

»Nein. Ich durchschaue es bloß nicht. Die Anweisungen für Chou waren so präzise. Wie konnte jemand seine Bewegungen so gut kennen? War es jemand vor Ort? Wer ist jetzt Baby Dolls Vorgesetzter?«

»Einer der stellvertretenden Minister. Ein Zivilist.«

»Weiß er von mir?«

»Ich habe bei der Übergabe nichts erwähnt, aber du bist in den Akten. Herrgott noch mal, Alex, ich hatte fünf Jahre keinen Kontakt zu dir. Was glaubst du, was passiert ist? Ich habe mich zur Ruhe gesetzt, mich gelangweilt und beschlossen, dich einen der Topberater des Präsidenten erschießen zu lassen? Zu viel lautes Geknalle neben deinem Schädel, das ist dein Problem.«

Alex hörte Schritte. Er nutzte eine schwerere Regenbö als Deckung, um über das Geländer auf das Dach des Nebengebäudes zu springen. Das Blech schepperte beim Aufprall – so weit zu dem Versuch, unentdeckt zu bleiben. Er eilte über das abschüssige Dach zum Regenfallrohr, schob die Nachtsichtbrille auf die Stirn, hob das Gewehr, drückte die Wange an den Schaft und sah zum gegenüberliegenden Dach. Der Regen war zu dicht, um etwas zu erkennen.

Die Person, deren Schritte er gehört hatte, blieb am Fahnenmast auf dem kleinen, an drei Seiten von Gebäuden begrenzten Platz stehen. Plötzlich ein Licht, und im Schein eines Mobiltelefons erkannte er Wu. Was wollte der hier? Wu hatte keinen Schirm dabei, und die Regentropfen in seinem grauen Haar glitzerten im Schein des Displays. Ein leichtes Ziel.

Nur der Regen war zu hören. Alex konnte verstehen, was Wu sagte: »Ich habe dir gesagt, du sollst mit deinem Studium weitermachen und dir keine Sorgen um ... Was für Neuigkeiten? Sie haben was herausgefunden? Die Identität des dritten Scharfschützen? Ich erinnere mich, der, den man in der tschechischen ...«

Der Regen wurde stärker. Alex schob sich zwei Schritte vor. Die Gestalt auf dem Dach gegenüber war noch immer in Bewegung.

»... Chang Nan-sheng, Offizier a. D.? Was hat das Ministerium auf der Pressekonferenz gesagt?«

Alex' Blick zuckte zurück zu Wu. Diesen Namen kannte er!

»Der Garnelenmann ist Huang Hua-sheng, nicht Chang Nan-sheng. Was? Red lauter! Chang wurde von Huang ausgebildet? Im Jahr nach Li? Hast du schon wieder gehackt?«

Alex entdeckte eine weitere schemenhafte Gestalt, die sich rechts von ihm bewegte. Eisenschädel war nicht allein.

»Wir reden weiter, wenn ich nach Hause komme. Druck mir das aus.«

Wu hatte gerade sein Telefon eingesteckt und sah sich um, da klingelte es noch einmal. Er senkte den Kopf, um nachzusehen.

Scheiße. Ein Laserpunkt auf dem Fahnenmast hinter Wus gesenktem Kopf! Keine Zeit zum Überlegen.

»Runter, Wu! Runter!«, brüllte Alex, drehte sich, richtete das Gewehr auf die zweite Gestalt und schoss. Die Kugel schraubte sich durch den Regen, und der Laserpunkt verschwand.

Der Polizist sank auf ein Knie, und eine einzelne Kugel bohrte sich über seinem Kopf in den Fahnenmast.

Wus verletzter Rücken hatte verhindert, dass er sich so schnell bewegte, wie er gewollt hätte, aber es gelang ihm, in die Knie zu gehen. Er tauschte das Telefon gegen seine Waffe, dann hörte er eine Kugel über ihm im Fahnenmast einschlagen. Wenn das so weiterging, würde er sich noch an dieses Geräusch gewöhnen. Er hob die Waffe und suchte die schiefen Dächer der Gebäude um ihn herum ab.

Die Neuigkeiten seines Sohnes hatten seine Vermutungen bestätigt: ein ganzer Wurf von Waisen, die so manipuliert worden waren, dass sie wie eine Privatarmee funktionierten. Und früher mochte zwar Großvater für sie verantwortlich gewesen sein, doch mittlerweile war er kaum noch im Besitz seiner körperlichen und geistigen Fähigkeiten. Das hatte jemand anderes ausgenutzt und seine ganz private Streitmacht aufgestellt.

Alex hatte die Dächer verlassen, drückte sich an eine Mauer, spähte um die Ecke und suchte nach möglichen Zielen.

Aus seinem Telefon, das er zwischen Ohr und Motorradhelm eingeklemmt hatte, drang Eisenschädels Stimme. »Glaubst du etwa lieber der Polizei als mir, Alex? Ich sage dir alles, was du wissen willst, aber suchen wir uns ein Fleckchen mit weniger Bullen.«

Ehe Alex antworten konnte, schrie Wu: »Hier ist die Polizei! Werfen Sie Ihre Waffen zu Boden und kommen Sie raus!«

Auch als er vom Dach gesprungen war, hatte Alex die Stelle, an der er den roten Punkt gesehen hatte, nicht aus den Augen gelassen. Das mittlere Fenster eines Gebäudes rechts vor ihm. Der Schütze war eindeutig hinter Wu her, nicht hinter ihm. Und es war nicht Eisenschädel. Eisenschädel hätte sich niemals eine so schlechte Position gesucht.

Das machte zwei: Eisenschädel und der andere Schütze.

Durch das Zielfernrohr beobachtete Alex das Fenster und erkannte gerade eben einen Gewehrlauf mit Schalldämpfer.

Wu war ein großes Ziel, selbst zusammengekauert. Und warum telefonierte er immer noch?

Doch dann hörte Alex an jenem Fenster ein Telefon klingeln.

»Wu hier. Wo sind Sie?«

Hinter dem Gewehrlauf wurde das Licht eines Telefondisplays sichtbar, und Alex sah eine Gestalt. Er hielt den Atem an und zielte. Aber wie konnte es ...?

Jetzt richtete sich Baby Dolls Gewehr auf Alex.

Weniger als hundert Meter entfernt – Wind und Regen brauchte er da nicht zu berücksichtigen. Instinkt würde genügen. Er betätigte den Abzug und rief dabei ihren Namen.

Baby Doll schrie auf. Ein Knall ertönte, und ihr Gewehr schickte noch im Fallen eine Kugel auf den Weg zu Alex, durch den Regen, durch die Dunkelheit. Sie prallte gegen seinen Helm und wirbelte davon, in die Nacht. Der Helm brach auseinander, und sein Telefon landete im Schlamm. Alex schnappte es sich im Abrollen, dann rannte er im Zickzack über den Platz zu Wu.

»Runter!«

»Alex? Haben Sie sie getötet?«

Eine Kugel drang Alex in den Oberschenkel, gab sich diesmal nicht mit einer Fleischwunde zufrieden. Er spürte, wie sein Oberschenkelknochen brach, und stählte sich gegen den Schmerz, während er Wu packte und mit ihm in eine Gasse in Deckung rollte.

Das Display seines Telefons leuchtete auf. »Gute Arbeit, Alex. Du hast nicht vergessen, was ich dir über Köder beigebracht habe. Eine aufblasbare Puppe wäre allerdings besser als ein Delfin gewesen.«

Und Baby Doll war Eisenschädels Köder gewesen, begriff Alex. Baby Doll.

»Huang Hua-sheng?«, fragte Wu und deutete mit einem Nicken auf Alex' Telefon. Er löste sich von Alex, rannte aus der Gasse und schoss auf die umliegenden Dächer. Kugeln trafen Ziegelmauern und Blechdächer und übertönten vorübergehend den Wind und den Regen.

»Huang Hua-sheng, hier ist die Kriminalpolizei. Legen Sie Ihre Waffe nieder und kommen Sie raus!«

Alex versuchte nicht, den Mann aufzuhalten. Er wusste, dass Wu ihm die Ablenkung verschaffte, die er brauchte. Sachte schob er den Lauf seiner Waffe aus der Mündung der Gasse und zielte auf die Dächer, auf die geräuschvoll der Regen prasselte. Er lauschte auf jede Veränderung im Klang, die darauf hinweisen könnte, dass sich da jemand bewegte.

Dann tauchte ein Zielfernrohr aus dem Regen auf. Das nicht auf ihn, sondern auf Wu gerichtet war.

Ein kurzes Aufblitzen. Wu fasste sich an die rechte Seite und stürzte in eine Pfütze. Die Waffe glitt ihm aus der Hand und landete mehrere Schritte von ihm entfernt.

Sofort erkannte Alex seinen Irrtum und begriff, warum Wu nicht sicher gewesen war. Eine Festnahme durch Wu würde für Eisenschädel die Todesstrafe bedeuten. Aber Alex konnte seinen ehemaligen Lehrer nicht töten, und die Aussage eines Attentäters, der einen Regierungsbeamten ermordet hatte, wäre nicht viel wert. Nun wurde ihm auch klar, dass der stellvertretende Minister nicht gelogen hatte, als er beteuert hatte, er habe Alex' Namen noch nie gehört. Es war von Anfang an Eisenschädel gewesen, der ihm über Baby Doll befohlen hatte, Chou zu töten.

Wu lag ausgestreckt im Regen. Sein Plan, als Köder zu agieren, damit Alex einen Schuss auf Huang abgeben konnte, war nicht aufgegangen, und nun war er hier ein leichtes Ziel. Ein neuer Schmerz schoss ihm durch die linke Schulter, und Blut spritzte ihm ins Gesicht.

Er versuchte, sich zu konzentrieren. Alex hatte Luo Fen-ying getötet. Huang wollte ihn, Wu, tot. Huang hatte Luo Befehle gegeben. Ebenso wie Luo war Huang als im Verteidigungsministerium wohnend gemeldet. Falls da wirklich irgendeine mysteriöse Einheit am Werk war, dann waren das Luo und Huang.

Wu war bewegungsunfähig, konnte nicht einmal den Kopf drehen, damit ihm das Regenwasser nicht in die Nase lief. Vierundzwanzig Stunden bis zum Ruhestand.

Er streckte die Hand nach seiner Waffe aus. Zu weit entfernt. Aber seine Finger streiften sein Telefon. Der Bildschirm leuchtete auf. Wer rief ihn jetzt an?

Weil ihm keine andere Möglichkeit einfiel, Alex zu helfen, atmete Wu tief ein, zuckte zusammen und brüllte: »Huang Hua-sheng, die Polizei weiß alles! Sie haben Ihre Geheimdienstverbindungen genutzt, um die Akten zu fälschen, aber Sie und Shen Kuan-chih sind Brüder. Er wollte nicht, dass Chou ihm seinen Waffendeal mit den Amis vermasselt, deshalb haben Sie Luo Fen-ying Alex befehlen lassen, ihn zu töten. Und dann haben Sie Fat und Chang Nan-sheng losgeschickt, um ihn zum Schweigen zu bringen. Das waren alles Sie! Jetzt ergeben Sie sich!«

Ein Lachen ertönte, begleitet von einer Kugel. Sie prallte in Wus Nähe vom Boden ab und ließ Wasser statt Funken aufspritzen.

»Hör nicht auf den Bullen, Alex! Das hatte ich dir heute Abend erklären wollen. Wir sind eine Familie, und das bedeutet Loyalität, Verantwortung. Chou war besessen davon, U-Boote von den Ukrainern zu kaufen, Alex. Aber mit Waffen verdient die *Familie* ihr Geld, über Shen Kuan-chih. Er hätte U-Boote bekommen können, wenn er gewollt hätte.

Verdammt, Chou hat davon geredet, dass er unsere Piloten in MiGs und Su-35ern ausbilden lassen würde. Hat ein paar Ukrainer getroffen und gedacht, er könnte das Monopol auf alle Waffendeals haben. Und Chiu ist darauf reingefallen, er war sogar bei einer Vorführung von Panzerabwehr-Lenkraketen. Ein reiner Schreibtischsoldat. Als du Chou getötet hast, hat das die Regierungspläne, die beschissenen Sowjet-U-Boote zu kaufen, platzen lassen und Shens Deal mit den Amis wieder ins Spiel gebracht.

Ich musste das tun, als Angehöriger der *Familie*. Und dass ich dir Fat auf den Hals geschickt habe ... Es tut mir leid, Alex, aber ich musste das größere Ganze im Blick behalten. Ich hoffe, du kannst mir verzeihen.«

Alex feuerte eine kurze Salve auf die Dächer. Wenn Eisenschädel eine Gelegenheit sah, den Kopf zu heben, war Wu tot.

Doch es gab ein Problem mit dem M1: Es war eine Halbautomatikwaffe, und er hatte nur neun Patronen gehabt. Jetzt nur noch eine.

Eisenschädel schrie: »Das M1 von deinem Großpapa, Alex? Das Dutzend Patronen oder so, die er dir hinterlassen hat, müsste bald aufgebraucht sein.«

Wu antwortete ihm. »Huang, Sie waren Großvaters sechster Adoptivsohn. Wir wissen alles. Werfen Sie Ihre Waffe runter und kommen Sie raus. Sie kommen sowieso nicht davon.«

»Ha! Sie glauben, dass Sie Großvater getroffen haben, hätte was zu bedeuten? Hat er Ihnen erzählt, dass er mich adoptiert hat? Haben Sie irgendeinen Zeugen, den Sie präsentieren können? Ihr einziger Zeuge ist Alex, und das Wort eines Mörders wird Ihnen nichts nützen.«

Alex entriegelte den Verschluss des M1 und fischte die letzte Patrone heraus, dann schob er sie zurück in die Kammer. Eisenschädel sollte glauben, dass er noch nicht am Ende war, damit er auf der Hut blieb und Wu in Sicherheit war.

Und er musste Eisenschädels Aufmerksamkeit halten.

»Hab ganz vergessen, Ihnen zu erzählen, Eisenschädel, dass ich Baby Dolls Chef besucht habe. Den stellvertretenden Minister mit dem Plattfuß. Bevor er meinen Namen in der Zeitung gelesen hat, hatte er noch nie von mir gehört. Sie waren das. Ich wusste, dass Sie es waren, dass Sie ihr aufgetragen haben, den Befehl, Chou zu töten, an mich weiterzuleiten, dass Sie Fat auf mich angesetzt haben.«

»Alex, wir sind eine Familie.«

»Wir *waren* eine Familie.«

»Erinnerst du dich an die Tätowierung an meiner Schulter, die ich dir gezeigt habe? Es ist die gleiche, die du auf deiner linken Schulter hast, die dein Großpapa dir gemacht hat, als du fünfzehn warst. Was hat er dir erzählt? Ertrag die Schmerzen und denk daran, was die Tätowierung bedeutet: Du gehörst zur *Familie*.«

»Na und?«

»Du bist ein Teil unserer Familie. Das wirst du immer sein.«

»Und warum hast du dann Fat geschickt, um mich zu töten?«

»Wir hätten dir früher erklären müssen, was wir tun, aber dein Großpapa wollte davon nichts hören. Im Alter ist er furchtsam geworden. Ich habe dich beim Militärgeheimdienst eingeschleust und es so eingerichtet, dass du Zeit bei der französischen Fremdenlegion verbringen konntest, um zu dem zu werden, den wir brauchten. Du bist einer von uns, Alex.«

»Niemand hat mir je irgendwas über diese Tätowierung erzählt.«

»Wenn dein Großpapa nicht wollte, konnte man lange warten. Hat nie im rechten Augenblick den Mund aufgemacht. Aber du warst nicht wie Fat und Baby Doll, Alex. Ich hatte große Hoffnungen in dich gesetzt.«

Wu riskierte einen Einwurf. »Kuo Wei-chung war Shen Kuan-chihs Mann. Shen hat ihm befohlen, Chiu zu töten, aber Kuo hat sich geweigert. Daraufhin haben Sie Kuo getötet, nicht wahr, Huang? Kuo gehörte zur *Familie*, also haben Sie sich im Hotel mit ihm verabredet. Er brachte Bier und Essen mit, um Ihnen als dem Älteren Respekt zu erweisen, und als Sie die Waffe auf ihn gerichtet haben, saß er einfach da. Wo rangieren Sie in der *Familie*, Huang? Haben Sie den Laden übernommen, jetzt, wo es Großvater nicht gut geht?«

Alex wischte sich den Regen aus den Augen und suchte immer noch nach einem Ziel.

Sirenen näherten sich, dann Stiefelgetrappel und Eierkopf, der in ein Megafon brüllte.

Wu hatte sich mit den Bruchstücken, die er kannte, eine Geschichte ausgedacht, um Huang abzulenken. Doch jetzt erkannte er, dass das alles plausibel war. Er beschloss zu überleben. Andernfalls würde niemand Alex glauben, und der Fall würde unaufgeklärt bleiben.

Hatte sein Sohn Eierkopf hergeschickt? Nein, sein Sohn wusste nicht, wo er war.

Wu versuchte, die rechte Hand zu bewegen. Ging nicht. Er probierte es mit der linken. Das ging. Er steckte die Finger in einen Spalt zwischen den Pflastersteinen vor ihm und versuchte, sich vorwärts zu ziehen, doch als er spürte, wie die Wunde an seiner Seite weiter aufriss, gab er auf. *Ein Kadaver auf einem Metzgertisch,* dachte er, *der auf das Hackebeil wartet.*

Eine weitere Kugel, diesmal in sein linkes Bein. Wu schrie auf, dann erschlaffte er.

Zwei weitere Kugeln schlugen in Alex' Nähe ein. Er rührte sich nicht vom Fleck. Nur von dieser Stelle aus konnte er Wu im Blick behalten, und jetzt, wo die Polizei fast hier war, würde Eisenschädel unbedingt dafür sorgen wollen, dass der Polizist nie wieder sprach.

»Ich schlage dir einen Handel vor, Alex«, sagte Eisenschädel. »Wir reden ein andermal darüber. Den Bullen zu begegnen hilft im Moment keinem von uns weiter.«

Alex hielt den Mund. Ein Scharfschütze benötigte übernatürliche Geduld. Im Irak hatte er einmal einen Tag und eine Nacht lang reglos in einem Gestrüpp gelegen, ohne zu urinieren, ohne zu essen, ohne die Augen zu schließen, und auf die Gelegenheit gewartet, zuzuschlagen. Mit den Armen, die Eisenschädel zu Stahl geschmiedet hatte, hielt er sein Gewehr dicht an die Augen gedrückt, die unermüdlich offen zu halten Eisenschädel ihn gedrillt hatte.

Die Schritte der nahenden Polizisten umrundeten das ehemalige Pastetenlokal. Es waren eine ganze Menge, mit rasselnder Ausrüstung. Alex hörte, wie Patronen in die Kammern geladen wurden.

Er blieb, wo er war. Wenn Eisenschädel ihn töten wollte, musste er sich zeigen. Wenn Eisenschädel sich vergewissern wollte, ob Wu tot war, musste er sich zeigen. Wenn Eisenschädel fliehen wollte … Nun, dann musste er sich zeigen.

Eisenschädel sprang vom Dach. Alex zielte auf Eisenschädel, Eisenschädel auf Wu. Alex schoss als Erster. Ein Rauchwölkchen erblühte, eine weiße Blume an der Mündung seines Gewehrs. Seine Kugel traf Eisenschädel in die Schulter. Eisenschädel fuhr herum und verzog, ein Feuerwerk hoch in der Luft.

Er konnte es nicht darauf ankommen lassen, dass Alex wirklich keine Munition mehr hatte, und hechtete durch ein Fenster im Erdgeschoss.

Wu hatte sich so sehr gestreckt, dass er mit einer Fingerspitze seine Waffe erreichte. Das Platschen von Polizeistiefeln durch Pfützen näherte sich. Mühsam hob er den Kopf, bis er Alex' Gewehr und das Fenster, auf das es zielte, erkennen konnte.

Falls Eisenschädel hinten aus dem Haus floh, fände er sich inmitten eines Verbands schwer bewaffneter Polizisten wieder. Wenn er an der Seite hinausschlich, landete er in einer Sackgasse.

Wu dachte an Professor Wangs Ausführungen: *ein Schwein unter einem Dach.*

Alex wartete geduldig, doch allmählich fühlte es sich wie ein Sieg an. Er hatte Eisenschädels Gewehr gesehen: ein US-amerikanisches McMillan TAC-50 mit Zweibein. Die Waffe, mit der ein Scharfschütze einer kanadischen Spezialeinheit 2017 im Irak einen Kämpfer des Islamischen Staats aus einer Entfernung von dreitausendvierhundertfünfzig Metern getötet hatte – der weiteste Scharfschützenschuss in der Geschichte. Aber hatte Eisenschädel nicht immer gesagt, die Trefferquote sei wichtiger als die Entfernung? Vielleicht hatte er die Waffe in *American Sniper* gesehen und fand sie einfach cool.

Die Entfernung zwischen den beiden Männern betrug zwanzig Meter. Alex hielt ein altes M1, deaktiviert und wieder in Betrieb genommen, Eisenschädel ein TAC-50. Alex hatte keine Munition mehr und war mit seiner Geduld fast am Ende. Eigentlich hätte Eisenschädel alle Trümpfe in der Hand haben müssen, aber jetzt hatte er sich in eine ungünstige Position manövriert und saß in der Falle.

Alex beobachtete, wie Eisenschädel es riskierte, die Waffe über die Fensterbank zu heben, und durchs Zielfernrohr den Platz absuchte, bis er ihn entdeckte. Aber Alex versuchte nicht, zu fliehen. Er legte das M1 nieder und sah Eisenschädel grinsen.

»Woher wusstest du das mit der Provision?«

»Habe ich online gefunden.«

»Immer wieder habe ich es vor mir hergeschoben, dir von der *Familie* zu erzählen, Alex. Du bist zu schlau. Die Klugen nehmen Befehle nicht gut auf.«

Eisenschädels Grinsen erstarb, und da brüllte Alex: »Schieß!«

Zwei Schüsse ertönten zeitgleich, und Alex' Wange wurde wie mit dem Messer aufgeschlitzt. Er stand ganz still und beobachtete. Eisenschädel taumelte nach hinten, während das TAC-50 aus dem Fenster fiel. Aus der Mündung einer halb automatischen Polizeiwaffe Marke Smith & Wesson stieg Rauch auf.

Alex hielt Wu den erhobenen Daumen hin. »Guter Schuss.«

»Passen Sie auf sich auf, Alex.«

»Und Sie halten da drüben durch. Sie kommen in Ordnung.« Er verschwand wieder in der Gasse.

Wu ließ die Waffe fallen und blickte Alex hinterher. Es wurde definitiv Zeit, sich zur Ruhe zu setzen: Ganz offensichtlich hatte er vergessen, wie man ein Bulle war. Er verspürte nicht das geringste Bedauern darüber, dass der Mann, der des Mordes an Chou Hsieh-he verdächtigt wurde, entkam. Doch er, Wu, hatte diesen Schuss zustande gebracht und ihnen beiden das Leben gerettet. Insgesamt kein schlechtes Ende für seine Karriere.

»Wu! Wu! Alles in Ordnung?«

Bewaffnete Polizisten schwärmten auf den Platz aus. Eierkopf hielt einen kugelsicheren Schutzschild vor sich und hastete gebückt zu Wu.

Blitzlichter und Suchscheinwerfer vertrieben die Dunkelheit vom Treasure Hill. Vier Sturmgewehre stürmten das Gebäude vor ihm. Jemand rief: »Ein Mann, tot. Ein einzelner Schuss in die Stirn.«

Wu versuchte zu lachen, brachte aber keinen Ton hervor. Vielleicht verlor er ja durch seine Wunde alle Atemluft, dachte er. Und egal was die anderen denken mochten, er hatte an seinem letzten Tag alle fünf Morde zu seiner Zufriedenheit aufgeklärt. Gute Arbeit.

Eierkopf half ihm auf die Trage und befragte ihn zugleich. »Wo ist Alex?«

Wu wechselte das Thema. »Wie kommen Sie hierher?«

»Ich dachte, Sie hätten mit Luo Fen-ying verabredet, sich heute um Mitternacht zu treffen.«

»Ein Trick, den ich neulich gelernt habe. Scharfschützen kommen immer zu früh, um sich eine vorteilhafte Stellung auf dem Schlachtfeld zu sichern.«

»Sind Sie nicht zu alt, um noch neue Sachen zu lernen?«

»Sie haben mein Telefon angezapft und meinen Computer gehackt, oder? Hatten Sie Angst, dass ich Ihnen die Schau stehle? Ich hatte nur noch einen Tag.«

»Na ja, Sie hatten mir nicht erzählt, dass Sie sich mit Alex getroffen hatten. Also habe ich Ihre E-Mails überprüft. Verdammt, wollten Sie etwa auf den letzten Drücker Ihr ganzes Karma verdienen?«

»Meine Aufgabe ist es, Fälle zu knacken. Alex war eine Spur.«

»Er ist ein Killer, und jetzt ist er entkommen. Wie erkläre ich das dem Chef? Die Presse wird darüber herfallen; die Regierung wird Verlautbarungen abgeben. So knackt man keine Fälle.«

Die Trage wurde angehoben. Über ihnen wirbelte der Rotor eines Hubschraubers, und in dem Lärm ging Eierkopfs letzter Schrei fast unter: »Verdammte Scheiße, Wu, Sie dürfen sich zur Ruhe setzen! Ich nicht. Sie wissen doch, dass ich ...«

Wu beendete den Satz an seiner statt: »... gern der Chef bin.«

KAPITEL SECHSUNDZWANZIG

Ein Schuss in den Bauch ist die qualvollste Art zu sterben. Er bringt zwar das Herz nicht zum Stillstand, aber die Wunde hört nicht mehr auf zu bluten. Nach und nach blutet man aus, dem Herzen bleibt nichts mehr zu pumpen, und das Bewusstsein schwindet. Ein Schuss in die Lunge oder ein anderes lebenswichtiges Organ beschleunigt die Sache. Doch Huang Hua-sheng hatte ihn genau richtig getroffen: Die Kugel war an einer Seite in den Bauch eingedrungen, hatte Dick- und Dünndarm durchschlagen und eine langsame Blutung verursacht, die ihm eine halbe Stunde ließ, bis der Tod nahte. Er hatte fünfundzwanzig Minuten lang durchgehalten, bevor sie ihn auf die Trage legten. Sollte er sich glücklich schätzen?

Die Polizei gab bekannt, der Fall Chou und die sechs damit verbundenen Todesfälle seien aufgeklärt worden. Von der *Familie* war keine Rede – wozu auch? Die Beschaffungsbehörde des Militärs und Geheimdienste in den Händen einer jahrhundertealten Geheimgesellschaft? Wie viele Angehörige der *Familie* hatten noch immer hohe Posten bei den Streitkräften und in der Regierung inne? Verglichen damit war der Leiter der Kriminalpolizei ein niederer Untergebener.

Der Chef stellte sich vor ein Dutzend Kameras und hundert Reporter und erklärte alles. Seine Erläuterungen mäanderten hierhin und dorthin und klangen trotzdem irgendwie plausibel. Dass Kuo Wei-chung Shen Kuan-chis Mann gewesen war und Kuo sich geweigert hatte, Chiu Ching-chih zu töten, erwähnte er nicht. Allerdings gab er Huang Hua-sheng die Schuld an Kuos Tod. Kuo, sagte er, habe zu viel herausgefunden und kurz davorgestanden, seine Vorgesetzten zu informieren.

Und das schien so etwas wie ein Happy End zu sein. Kuos Tod würde als in Ausübung seiner Pflicht erfolgt eingestuft werden; Wu hatte klargestellt, dass er sonst an die Öffentlichkeit gehen würde, und dann würde am Ende niemand gut dastehen. Kuos Witwe hatte erreicht, dass ihrem toten Ehemann Gerechtigkeit widerfuhr, und ihre Kinder würden seine Pension und seine Lebensversicherung bekommen. Die ganze Wahrheit würde sie allerdings nie erfahren, und ihre Kinder würde sie allein großziehen müssen.

Es stellte sich heraus, dass Huang Hua-sheng Luo Fenyings Adoptivvater gewesen war. Wu konnte sich gut vorstellen, wie er sie, Fat und Chang Nan-sheng manipuliert hatte: *für Heimat und Vaterland* – genau wie bei den Yulin-Waisen. Sie hatten ihre eigene Wahrheit und glaubten unbeirrt daran. Vielleicht waren sie so glücklicher.

Wu erinnerte sich daran, wie Großvater in diesem heruntergekommenen Gebäude in seinem Rollstuhl gesessen und von den Schnittlauchteigtaschen in der Gefriertruhe geträumt hatte. Er hatte sein Leben damit verbracht, Waisenkindern zu helfen. Hatte er begriffen, dass eines von ihnen, Huang Hua-sheng, seine Rolle an sich gerissen und Befehle in seinem Namen erteilt hatte?

Und wenn er nun doch bei der Polizei bliebe?, überlegte Wu. Vielleicht, wenn er den Fall nicht gelöst hätte. Unter den gegebenen Umständen war der Leiter der Kriminalpolizei nicht geneigt, einen Mitarbeiter zu behalten, der Anweisungen ignorierte und gern den Mund voll nahm. Eierkopfs Vater hatte es ganz richtig durchschaut: Sei nicht an der Spitze, sei nicht ganz unten. Leiste deine Jahre ab, und wenn das Glück dir Beförderungen schenkt, nimm sie.

Aber wenn nicht, beobachte, wie andere befördert werden. Letztlich unterscheiden sich die Pensionen gar nicht so sehr.

Es dauerte zwei Monate, bis Wu wieder laufen konnte. Auf der rechten Bauchseite hatte er eine drei Zentimeter breite Schussnarbe, doch er betrachtete sie nicht als Narbe. Er nahm sie als Orden, der ihm zur Pensionierung verliehen worden war.

Wu steuerte seinen Rollator in die Küche. Sein Sohn versuchte sich an gebratenem Reis mit Eiern, einem Rezept, das Wu per Textnachricht von einer unbekannten Nummer erhalten hatte. Sein Sohn hatte beschlossen, es auszuprobieren, warum auch nicht?

»Hey, Papa, wusstest du, dass Gott Dante einmal gefragt hat, was die schmackhafteste Speise ist? Und Dante sagte, Eier. Dann fragte Gott, was für Eier. Dante sagte, gesalzene Eier.«

Salz zu Eiern, Zucker zu gedämpften Teigtaschen.

Wu klopfte seinem Sohn auf den Rücken. »Lern du, gebratenen Reis zuzubereiten, und wir machen noch einen Mann aus dir.«

Er wusste, dass sein eigener Vater bald mit seinem Einkaufstrolley voller Lebensmittel anrücken würde. Würde er unglücklich sein, wenn er sah, dass die Küche bereits belegt war? Vielleicht war es an der Zeit, dass Wu ihm sagte, er brauche nicht mehr für sie kochen. *Schau*, könnte er sagen, *dein Enkel kann das jetzt machen.*

Sie sollten ihn einmal die Woche besuchen. Das wäre besser, als wenn er jeden Tag zu ihnen käme. Für seine Frau war es schwer, sich gleichzeitig mit Ehemann und Schwiegervater auseinandersetzen zu müssen. Und für ihn selbst, einen nicht mehr ganz jungen Sohn und Ehemann, war es auch nicht einfacher, sich mit Vater und Frau auseinandersetzen zu müssen.

Wu schlurfte auf den Balkon und tastete seine Taschen nach Zigaretten ab. Hatte seine Frau sie wieder einmal konfisziert? Wie viele Päckchen waren das jetzt? Hundert? Fünfzig mindestens. Wenn seine Frau ihn bat aufzuhören, kam sein Kettenrauchen ihm wie eine törichte Angewohnheit vor, aber es war eine, die er seit Jahrzehnten genoss und an der er hing.

Er hatte Lust, auf einen Kaffee zu Julie zu gehen – afrikanischen, brasilianischen, was auch immer. Ein schönes, ausgiebiges Bad in der Sonne, bei dem er Julies Vater erklärte, dass die *Familie* keine normale organisierte Verbrecherbande war und selbst der Größte der Bosse sich irgendwann zur Ruhe setzen muss, weil sonst keine Zeit zwischen Thron und Rollstuhl bleibt.

Seine Wunden verheilten gut, und die Ärzte sagten, er könne in einem Monat in der Detektei anfangen. Ein Neuanfang. Jeder Tag ein Neuanfang. Morgen war Eierkopfs Abschiedsessen bei der Polizei. Wu hoffte, sein Aufstieg würde ihm gut bekommen und seine Leber dem Trinken gewachsen sein.

Sein Telefon klingelte. »Hallo?«

»Sie sehen besser aus, Herr Kommissar.«

»Besser als vor einem Monat. Und selbst?«

»Ich erhole mich auch.«

»Wo sind Sie?«

»Sehen Sie zu dem Pavillon im Park, links von Ihnen. Schauen Sie ganz genau hin.«

»Ich schaue ganz genau hin.«

»Sehen Sie die Blumen daneben?«

»Ja.«

»Das bedeutet, es ist Frühling.«

»Faszinierend.«

»Sehen Sie zur Fußgängerbrücke unter Ihnen. Schauen Sie ganz genau hin.«

»Ich sehe sie. Da ist ein Hund.«

»Er hat gerade seinen Haufen gemacht. Die Besitzerin tut so, als hätte sie es nicht bemerkt.«

»Ich lasse ihr ein Bußgeld aufbrummen.«

»Sehen Sie zu der Bank in der Mitte des Parks. Schauen Sie ...«

»... ganz genau hin.«

Wu schaute sich Alex, der neben der Bank stand und telefonierte, ganz genau an.

Alex nahm seinen Hut und die Sonnenbrille ab und verbeugte sich tief in Wus Richtung. »Jetzt sehen Sie das Flugzeug an, das gerade am Flughafen gestartet ist. Schauen Sie ganz genau hin.«

Wu beobachtete das Flugzeug eine Minute lang. Dann eine zweite Minute lang. Bis seine Frau ihn hereinrief.

»Essen ist fertig. Dein Sohn ist irgendwie in einer komischen Phase, er hat beschlossen zu kochen. Überall klebt Reis, und alles ist nass. Ich weiß nicht, was ich mit euch beiden machen soll!«

»Wie bist du zurechtgekommen, mein Sohn?«

»Ganz gut. Gebratener Reis mit Ei. Ich habe Garnelen dazugegeben.«

Stolz stellte sein Sohn eine Schale mit gebratenem Reis vor ihn auf den Tisch. Rosa Garnelen, gelbes Ei, grüne Frühlingszwiebeln. Wu schaute ganz genau hin.

DANKSAGUNG

Meine Liebe zu Schusswaffen wurde auf der Highschool geweckt, als ich für die Sportschützenmannschaft der Taipei Fuxing Senior High ausgewählt wurde. Unser Trainer war Yu Kuang-hsiu, ein erfahrener Scharfschützenausbilder. Zweimal die Woche folgten wir ihm mit dem M1-Gewehr über der Schulter und einer Munitionsschachtel in der Hand hinauf zu dem in den Datun-Bergen verborgenen Schießstand, und ich lernte, mithilfe körperlicher Betätigung mein Asthma, an dem ich seit der Kindheit leide, in den Griff zu bekommen.

Am Abend vor einem Wettbewerb wurde ich aufgrund meiner schlechten Trefferquote aus der Mannschaft genommen. Ich war unglaublich enttäuscht. Aber bei jenen Märschen hinauf zum Schießstand lernte ich Zhang Xueliang kennen, einen früheren Warlord und republikanischen General, der wegen der Anstiftung zum Zwischenfall von Xi'an Jahrzehnte unter Hausarrest verbrachte. Diese Begegnung führte viele Jahre später zu meinem Roman *An Unlikely Banquet* (etwa: Ein denkwürdiges Gastessen), in dem der große Künstler Zhang Daqian für den einstigen Warlord kocht.

In allem, was wir tun, liegt Gewinn und Verlust. Es ist der Prozess, der zählt, nicht Geburt oder Tod.

Meinen Wehrdienst leistete ich in der 206. Infanteriebrigade des Heeres, 616. Regiment, 2. Bataillon. Das 6. Armeekommando wählte unser Regiment für die Teilnahme an einer Militärübung aus. Zweimal pro Tag stellten die Offiziere des Regiments einen Zug zusammen, und dann rannten wir fünf Kilometer mit M14-Gewehren, die schwer in unseren Armen lagen. Mehrmals dachte ich, ein Knochen wäre unter diesem Gewicht durchgebrochen; drei Monate später hatte ich eine Liebe zum Laufen entwickelt, die ich mir bis heute bewahrt habe.

Unsere Leistung am Tag der Übung war bestenfalls passabel. Glücklicherweise gelang es dem Reservezugführer, der ebenfalls Zhang hieß, eine Gewehrgranate in die Öffnung eines Maschinengewehrnests, das wir angriffen, zu schießen und das Blatt noch zu wenden. Ich erinnere mich an den weiten Bogenflug der Granate, an die schmale Öffnung im Maschinengewehrnest – ein wundersamer Schuss –, und dass er der Stabilität halber kniete, den Kolben seines M14 in den aufgeweichten Boden drückte und den feindlichen Geschosshagel ignorierte. Er nahm eine Gewehrgranate in die linke Hand, steckte sie in den Granataufsatz, zielte und betätigte mit einem Seufzer den Abzug.

Ich beobachtete den Weg der Granate. Sie flog über schlammiges Gelände, über die Köpfe von Reserveoffizieren, die die Streitkräfte bald verlassen würden, über Schützengräben und Befestigungen hinweg. Sie flog so weit hinauf in den blauen Himmel, dass ich schon dachte, sie würde nie zur Erde zurückkehren.

Der Schiedsrichter hob eine rote Flagge. Die Granate flog ins Maschinengewehrnest, und der Sieg war unser.

Warum hatte er geseufzt? Er sei, sagte er später, einfach nur froh gewesen, dass der fieberhafte Halbkilometerangriff nun ein Ende hatte.

Dank diesem Schuss bekamen wir drei Tage Urlaub, konnten nach Taipeh zurückkehren und unsere Freundinnen wiedersehen.

Ich danke Hou Er-ge, ehemals Offizier bei einer Spezialeinheit der Marine und Schusswaffenexperte, der mich dazu inspirierte, die Geschichte eines Scharfschützen zu erzählen.

Ferner danke ich zwei taiwanischen Schriftstellern, Sean Hsu und Wolf Hsu, für Diskussionen über den Plot und die Veröffentlichung. Das Schreiben ist ein einsames Geschäft, und Gesellschaft zu haben wärmt mir das Herz.

Ein weiterer Dank geht an Gray Tan, dessen Vertrauen in mich mich angespornt hat weiterzuschreiben.

Und ich danke dem M14-Gewehr. Es ist alt, es ist schwer, und es ist schwierig zu reinigen. Doch wenn ich die Wange an das Holz des Schafts drücke und durch die Lochkimme die vertraute Laufkrone sehe, dann kommt meine rastlose Seele zur Ruhe.

Chang Kuo-Li, April 2020